KB029618

침묵 없는 여자

이 도서의 국립중앙도서관 출판시도서목록(CIP)은 e-CIP홈페이지(http://www.nl.go.kr/ecip)와
국가자료공동목록시스템(http://www.nl.go.kr/kolisnet)에서 이용하실 수 있습니다.
(CIP제어번호:CIP2015011971)

서성란 소설집

침 없는 여자

실천문학사

내가 쓴 소설을 한 편도 읽지 못한 엄마께
일곱 번째 책을 드립니다.

차례

디그니타스로 가는 열차

아내는 디그니타스로 가는 열차표를 끊었다고 했다. 그가 원할 때 언제라도 열차를 탈 수 있을 거라 했다. 아내가 가져다준 열차표는 한 장뿐이었다. 왜 한 장뿐이냐고 묻는 그에게 아내는 자신은 이미 죽어서 표가 필요 없다고 말했다. 그러나 그를 위해 기꺼이 동행할 거라고 했다.

끈적끈적 들러붙는 느낌이 불쾌했다. 몸으로 밀어보았지만 꿈쩍도 하지 않았다. 그는 손을 뻗어 슬그머니 건드려보았다. 손끝으로 미지근한 체온이 느껴졌다. 주름 잡힌 살가죽을 더듬었다. 늘어지고 쭈글쭈글하고 물컹한 것은 사람의 몸이었고 여자가 틀림없었다. 혹시 아내가 아닐까 하는 생각이 뇌리에 스쳤다가 이내 사라졌다. 그는 머리를 내저었다. 찬물을 뒤집어쓴 듯 의식이 맑았으므로 그는 아내가 죽었다는 사실을 또렷이 기억했고 여자로 짐작되는 이가 절대로 아내일 수 없다는 것을 분명하게 인지하고 있었다.

그는 누군가의 몸을 타고 넘어 바닥으로 내려갔다. 손바닥으로 벽을 더듬어 형광등 스위치를 찾아 눌렀다. 방 안이 천천히 밝아지면서 침대 위에 누워 있는 낯선 이의 모습이 드러났다. 몸피가 작고 살집이 없는 늙은 여자의 벗은 몸을 보는 순간 그는 비명을 지르면서 방을 뛰쳐나갔다.

열차는 아흐레 동안 쉬지 않고 달릴 거예요. 어쩌면 생각보다 시간이 조금 더 걸릴 지 몰라요. 예상보다 늦게 도착한다고 해도 보채거나 화를 내지 말아요. 아무리 시간이 많이 걸려도 당신은 무사히 그곳에 닿게 될 테니까 말이에요. 우리를 기다리는 사람은 없어요. 기쁜 얼굴로 맞아주는 사람이 없어도 당신은 그곳에 있는 아늑한 방에서 평화로운 밤을 보낼 수 있을 거예요. 그리곤 당신이 원하는 대로 고통 없이 세상과 작별하는 거예요.

그는 고개를 주억거리면서 아내의 이야기를 들었다. 아내는 쌍둥이 손녀딸들을 바라볼 때처럼 환하게 웃었다. 말을 더듬거나 우물거리지 않았다. 그의 눈치를 살피지 않았다. 죽은 아내는 젊고 예뻤다. 죽음을 앞두고 통증 때문에 밤낮없이 고통스러워 했었던 아내가 아니었다. 당신, 정말 괜찮은 거야? 그는 묻고 싶었지만 입이 떨어지지 않았다. 아내가 부드럽게 그의 뺨을 쓰다듬었다.

50대 초반 요양보호사가 실습생을 데리고 노인들 특유의 구리텁텁한 냄새가 배어 있는 병실 안으로 들어왔다. 병상을 차례로 돌면서 노인들을 살피던 보호사가 그에게 다가와서 이불을 들치고 바지를 벗겼다. 그는 저항하지 않고 고분고분 몸을 움직여주었다. 무표정한 얼굴로 종이 기저귀를 빼내고 물티슈를 뽑아 분비물이 묻어 있는 그의 엉덩이와 항문 주변을 닦아내면서 보호사가 말했다.

"화장실로 모시고 가야 하니까 그쪽에서 부축하세요."

두 여자가 양쪽에서 팔짱을 꼈다. 그는 순순히 화장실로 따라 들어갔다.

보호사가 샤워기와 연결된 수도꼭지를 틀어놓고 물의 온도를 맞추고 있을 때 그는 욕실 바닥에 오줌을 쌌다. 실습생이 고개를 옆으로 돌리고 그의 아랫도리를 외면했다.

고무장갑 낀 손으로 보호사가 물을 뿌리고 비누질한 타월로 문지르자 쭈그러져 있던 그의 성기가 하품을 하는 듯 부풀었다. 실습생의 얼굴이 붉어졌다.

"늙은 아기라고 생각하면 이상할 것도 불편할 것도 없어요."

마른 수건으로 그의 몸을 닦아주면서 보호사가 말했다.

그는 방으로 들어가서 얌전히 침대 위에 누웠다. 보호사가 그의 아랫도리에 파우더를 뿌리고 종이 기저귀를 채웠다.

"어르신, 조금 있으면 아침 식사가 나올 거예요. 주무시지 마세요."

머리카락을 빈틈없이 까맣게 염색한 보호사는 평소보다 친절했다. 실습생이 들어올 때마다 그녀의 목소리는 한 옥타브쯤 올라갔고 행동이 날렵해졌다. 그녀가 치매 노인 병동 특유의 냄새를 참지 못하고 구역질을 하거나 필요 이상의 동정심을 드러내는 실습생에게 주의를 주는 것도 정해진 순서처럼 되풀이되었다.

의사와 간호사와 요양보호사들은 한 틀에서 튀어나온 사람들처럼 의무적으로 친절했다. 노인들이 어린아이처럼 철없이 굴면서 온갖 말썽을 피우고 응석을 부려도 그들은 드러내놓고 짜증을 부리거나 외면하지 않았다.

새벽에 황망히 방을 뛰쳐나갔던 일은 기억에서 지워지고 없었다. 그는 요람에 누운 아기처럼 아무 근심이 없어 보였지만 눈 밑으로 축 늘어진 눈꺼풀 주머니가 생긴 주름진 얼굴은 생기가 없었고 빛을 잃은 눈동자는 금방이라도 꺼질 것처럼 흐릿했다. 하루 스물네 시간 종이 기저귀가 채워져 있는 사타구니와 담뱃진 내로 찌든 입뿐만 아니라 만지거나 눈으로 볼 수 없는 오장육부 구석구석까지 악취가 배어 있었지만 그는 냄새를 맡지 못했다.

생후 두 돌 무렵부터 자연스럽게 몸에 익었던, 정해진 장소에서 배변을 하고 그것을 처리하는 사소한 습관조차 그의 기억에서 시나브로 삭제되었다. 눈에 보이지 않는 질서 속에서 살았던 그는 한순간 리듬을 잃고 휘청거렸다. 규칙적인 몸의 움직임이 바닥에 떨어진 유리잔처럼 산산조각날 거라고 그는 상상도 하지 않았다. 지구가 자전하고 아침에 해가 뜨고 사람들이 호흡하는 것을 의식하지 않고 사는 것이 오히려 자연스러운 일이듯 그는 의심하지 않았다.

자식들이 결혼해서 분가를 했고 30년 넘게 다녔던 직장에서 정년퇴직을 했지만 그는 여전히 엄격한 아버지이자 경제적 능력이 있는 가장이었다. 아내의 발병과 투병 생활에 이은 죽음은 느닷없이 닥친 재앙이었다. 아내가 죽지 않았다면, 결혼 생활 내내 그랬던 것처럼 주눅이 든 얼굴로 그의 곁을 지키고 있었다면 그는 날마다 보는 얼굴들이 늘 처음 만나는 사람처럼 느껴지는 낯선 노인요양병원으로 들어오지 않았을 것이다.

밥 차가 나타나자 복도가 술렁거렸다. 환자복을 입고 입술에 빨간 립스틱을 칠한 60대 여자가 살집이 없는 엉덩이를 흔들며 열려 있는 남자 병실을 기웃거렸다. 보호사와 실습생들이 복도에 나와 있는 노인들을 병실로 쫓았다.

"혼자 식사하는 데 별문제가 없는 분들이에요. 곁에 있다가 도움이 필요할 때 거들어 드리세요."

보호사가 실습생과 함께 밥이 담긴 식판을 침대 테이블 위로 나르면서 말했다.

실습생이 그의 목에 턱받이를 둘러주고 식판 위의 밥그릇과 국그릇 뚜껑을 열었다.

"미역국이 나왔네요. 천천히 많이 드세요, 어르신."

그의 손에 숟가락을 쥐어주면서 실습생이 말했다.

102호실 네 명의 노인들이 조용히 밥을 먹기 시작했다. 배추김치는 짜거나 맵지 않았고 돼지고기 장조림은 물컹했고 달걀찜은 입에 넣자마자 씹을 것도 없이 목구멍으로 미끄러져 들어갔다.

문 씨가 후식으로 나온 사과 두 쪽을 이불 속에 숨겼다. 식사 때마다 문 씨가 먹을 걸 숨기는 것을 보호사는 알고 있었다. 한밤중에 문 씨는 이불을 뒤집어쓰고 숨겨놓았던 사과나 바나나, 귤 따위 과일을 꺼내 먹었다. 문 씨의 개인 사물함에는 자식들이 면회 올 때 가지고 온 과자와 사탕, 과일과 음료수가 차곡차곡 쟁여져 있었다.

숟가락으로 건져 올린 미역 건더기가 그릇 넘어 식판 위로 떨어졌다. 턱을 타고 미역 국물이 줄줄 흘러내렸다. 실습생이 티슈를 뽑아 그의 턱을 닦아주었다.

"누나, 우리 아들 언제 와?"

밥을 먹다 말고 문 씨가 생뚱맞게 물었다.

"지난주에 면회 왔었잖아요, 어르신. 기억 안 나세요?"

아들이 언제 오느냐고 문 씨가 물으면 보호사는 늘 같은 대답을 했다.

"언제 집에 갈 수 있냐고?"

"어르신 몸이 많이 좋아지면 아드님이 모시고 간다고 약속했어요."

"아냐. 집 다 지으면 데리고 간다고 했어. 근데 집 지으려면 5년이나 걸린대. 나는 그렇게 오랫동안 기다리기 싫어. 지금 당장 갈 거야."

식판 위에 숟가락을 내동댕이치고 문 씨가 징징 짜기 시작했다. 실습생이 문 씨에게 다가갔다.

"할아버지, 고정하세요. 아드님도 사정이 있겠지요. 울지 말고 어서 식사하세요."

굳어진 얼굴로 보호사가 문 씨의 어깨를 감싸고 있는 실습생의 손을 걷어냈다.

"어르신이라고 부르세요. 여기 계신 분들은 아기 같아서 응석을 받아주기 시작하면 떼가 늘어서 대책이 없어요. 실습 나오신 분들이야 일주일 있다가 가버리면 그만이지만 보호사들 생각을 해줘야죠."

그녀가 쏘아붙이자 실습생이 붉어진 낯빛으로 한 걸음 물러섰다.

"이렇게 밥을 안 드시면 아드님이 정말 모시러 오지 않을지도 몰라요. 뚝 그치고 어서 드세요."

더 이상 보채지 않고 문 씨가 숟가락을 들었다.

그는 열심히 숟가락질을 하고 있었지만 식판의 밥은 좀처럼 줄지 않았다. 치매와 함께 우울증과 실어증을 앓고 있는 한 씨는 밥을 먹는 내내 고개를 들지 않았다. 살가죽이 쭈글쭈글 말라붙은 김 씨가 식판을 싹싹 비우더니 급한 약속이라도 있는 사람처럼 서둘러 방을 나갔다. 노인요양병원 치매 병동 안을 하염없이 걸어 다니는 게 김 씨의 하루 일과였다.

실습생이 식판을 걷어갔다. 문 씨가 화장실에 가고 한 씨는 이불을 뒤집어쓰고 침대에 누웠다. 그는 아무것도 걸려 있지 않은 빈 벽을 바라보고 앉아 있었다. 낯설고 이상했다. 그의 시선이 천천히 자신의 손 쪽으로 옮겨갔다. 주름진 손등과 마디가 굵은 손가락을 물끄러미 바라보던 그는 언젠가 그 손으로 누군가를 때렸던 기억이 어슴푸레 떠올랐다. 그의 손은 쇠붙이처럼 단단해서 일격을 당한 이들은 누구라도 억, 소리를 내고 나뒹굴었다. 경찰봉을 들거나 권총을 쥐고 있을 때도 있었다. 그는 틈을 보여주지 않았다. 저항하느니 차라리 도망치는 편이 나았다.

조각난 필름처럼 드문드문 기억이 떠올랐다. 고통스럽게 숨을 헐떡거리는 작고 여윈 여자의 모습이 보였다. 얼굴빛이 누렇게 뜬 여자는 목구멍으로 물도 넘기지 못했다. 그녀 곁에 젊은 남자와 여자가 서 있었다. 그는 젊은 남녀가 여자의 아들과 딸이라는 것을 그리고 자신이 그들의 아버지라는 것을 기억해냈다. 아내는 음식을 삼킬 수 없는데다가 호흡곤란으로 생명이 위태로운 상태였다. 딸은 울면서 병실을 뛰쳐나갔고 아들은 고개를 떨어뜨린 채 서 있었다. 양복을 입은 아들은 체구가 작았고 빌려준 돈을 돌려 달라고 말을 꺼내지 못할 만큼 소심해 보였다. 살면서 단 한 번도 욕설을 내뱉거나 주먹질을 해본 적이 없었을 것 같았다. 일없이 종일 빈둥거리다가 텔레비전 드라마나 멜로 영화를 보면서 우는 한심한 여자들처럼 아들은 눈물이 흔할 것 같았다.

아들이 기어코 어깨를 들썩이면서 울기 시작했다. 의사는 아내가 일주일을 넘기기 어려울 것 같다고 말했다. 그는 울음을 그치라고 아들에게 명령하지 않았다. 아내에게 죽지 말라고 명령할 수 없었다. 그는 아무것도 할 수 없었다. 이제 그는 전화를 걸면 군말 없이 달려올 부하 직원이 없었다. 아침에 눈을 뜨면 제시간에 출근할 직장이 없었다. 정년퇴직 후 그는 몇 달 동안은 마지막 근무지였던 지구대 주변을 얼쩡거렸었다. 점심때가 되면 부하 직원들과 함께 밥을 먹고 저녁에는 포장마차에서 술을 마셨다. 종일 집에 있는 생활에 익숙하지 않아서 습관처럼 밖으로 나갔지만 지구대 말고는 달리 갈 곳이 없었다. 한두 달쯤 지나자 부하 직원들은 드러내놓고 그를 귀찮아했다. 그는 서운했고 화가 났다.

그의 명령에 복종하는 사람은 아내뿐이었다. 가장에게 정년은 없었다. 그처럼 오랫동안 공직 생활을 했던 경우라면 정년퇴직을 한 뒤에도 경제적으로 어려움이 없었다. 퇴직금으로 받은 돈은 은행에 넣어두었고 매달 생활비로 쓰기에 부족하지 않은 액수의 연금이 통장으로 들어왔다. 그는 인색한 사람이 아니었다. 딸이 서른

넘어 혼인을 할 때 그는 혼수를 넉넉히 해서 보냈고 아들이 집을 살 때 집값의 일부를 보탰다. 결혼기념일과 아내의 생일이 되면 제법 값나가는 보석을 사서 선물했고 철마다 옷을 사주고 이따금 외식을 했다. 나이를 먹을수록 점점 작아졌지만 그를 대하는 아내의 태도는 한결같았다. 그는 아내가 결혼 생활에 불만이 없을 거라고 지레짐작했다.

"어르신들, 방에만 계시지 말고 나오세요."

실습생이 문가에 서서 말했다.

102호실에는 그와 한 씨가 남아 있었다. 한 씨는 멍한 눈빛으로 벽을 응시한 채 대꾸하지 않았다.

산책하기에 좋은 날씨였다. 아침저녁으로 선선한 바람이 불고 한낮의 햇볕이 따뜻했다. 한 씨는 꿈쩍도 하지 않았다. 그는 슬리퍼를 꿰어 신고 실습생을 따라 방을 나갔다. 낮에 병실에 남아 있는 노인들은 대부분 거동이 불편한 중증 치매 환자들이었다. 이따금 휴게실에 나와 있었지만 한 씨는 벽에 붙어 있는 껌처럼 조용했다.

병원 뒤뜰에서 산책을 하고 싶었지만 그는 실습생을 따라 휴게실로 갔다. 보름 전쯤 누군가 면회를 왔었다. 그는 뒤뜰에서 찬합에 담긴 김밥과 과일을 먹었다. 하루 세끼 병원에서 먹는 밥보다 특별히 맛이 있지는 않았지만 그는 사방이 탁 트인 뜰에 나와 있는 것만으로도 기분이 좋았다. 밥을 먹고 잠깐 산책을 했다. 그를 찾아온 젊은 남자와 여자는 별로 말이 없었다. 그도 딱히 할 말이 없었다. 그는 그들이 누구인지 알지 못했지만 내색하지 않았다. 여자가 빈 찬합을 보자기에 싸면서 남자의 기색을 살폈다.

"보름 뒤에 다시 찾아뵐게요."

남자가 말했다.

그는 더 이상 벤치에 앉아 있을 수 없었다. 방문객이 돌아가면 그는 병실로 돌아가야 했다. 그들이 떠나는 것은 아쉬울 게 없었지만 그는 조금만 더 뒤뜰에 머물고 싶었다.

"지현이가 곧 둘째를 낳을 것 같아요. 산후 조리 끝나면 그때 찾아뵈러 온다고 했어요. 건강하게 잘 지내고 계세요, 아버지."

병원 현관 쪽으로 걸어가면서 남자가 말했다.

그는 지현이라는 이름도 아버지라는 호칭도 낯설었다.

102호 병실 앞에서 남자와 여자가 그에게 깍듯하게 인사를 하고 돌아갔다. 남자와 여자의 모습이 시야에서 사라졌을 때 그는 움켜쥐고 있던 손을 풀었다. 그는 찐득하게 땀이 괸 손바닥을 물끄러미 바라보았다. 손바닥에는 굵고 가느다란 손금이 거미줄처럼 뒤얽혀 있었다. 손금은 그가 걸어왔던 길처럼 처음과 끝을 짐작하기 어려웠다. 그 길 어디쯤에서 젊은 남녀와 지현이라는 사람을 만났을 거라고 그는 생각했다.

휴게실에 남녀 노인들이 뒤섞여 앉아 있었다. 노인들은 유선방송이 나오는 텔레비전 수상기 주변에 옹기종기 모여 앉아 있었다. 텔레비전 화면에 1년 전 방영되었던 드라마가 나오고 있었다. 화투패를 떼고 바둑을 두거나 멀거니 벽에 기대앉아 있는 노인들이 보였다.

"저렇게 테리비만 보니까 치매에 걸리는 거야. 나를 보라고, 틈날 때마다 바둑을 두니까 이렇게 정신이 말짱하잖아."

바둑판을 앞에 두고 앉은 문 씨가 휴게실 입구에 서 있는 그를 흘긋 쳐다보면서 말했다.

문 씨는 혼자 바둑을 두고 있었다. 바둑판 아래 흰색과 흑색 바둑돌이 담긴 통이 나란히 놓여 있었다. 문 씨가 흰색 바둑돌을 집어 바둑판 위에 올려놓았다.

“이거 보라고. 내가 오늘 집을 백 채도 더 지었어. 늙은 나는 하루에 집을 이렇게 많이 짓는데 우리 아들은 집 한 채 짓는 데 5년이 걸린대. 그게 말이 되는 거야?”

바둑판 위의 바둑돌들을 손바닥으로 흐트러뜨리면서 문 씨가 소리를 질렀다.

“좀 조용히 해. 여기가 댁 혼자만 사는 데 아니잖어. 다른 사람들 생각을 해야지.”

드라마를 보고 있던 백발의 여자가 짜증을 냈다.

“그러니까 자식들이 싫어하지. 사람은 나이를 먹을수록 품위를 지켜야 하는 법이야. 아기도 아니면서 만날 징징 짜고 똥이나 싸뭉개는 노인네를 누가 좋다고 하겠어?”

야단맞은 아이처럼 시르죽은 얼굴로 문 씨가 바닥에 흩어진 바둑돌을 집어 통에 담기 시작했다.

“자고로 여자는 젊으나 늙으나 무조건 예뻐야 해.”

입술에 빨간 립스틱을 칠한 60대 여자가 텔레비전 화면에 시선을 고정한 채 혼잣말처럼 중얼거렸다.

노인들의 시선이 60대 여자에게 쏠렸다.

“얼굴이 예쁘니까 이놈도 좋다 저놈도 좋다 그러잖아. 그러니까 여자는 죽을 때까지 예뻐야 해.”

노인들의 눈길을 의식한 여자가 두 무릎을 세우고 새치름한 표정을 지었다.

“이년아, 얼굴 이뻐 봤자 서방질밖에 더 하냐? 치매 걸린 년이 주둥이에 빨건 걸 칠한다고 다들 숭보는 것도 모르고. 쯧쯧.”

백발의 여자가 혀를 찼다. 빨간 립스틱을 칠한 여자의 낯빛이 파르르 떨렸다.

“그런 네년은 정신이 멀쩡한데 여기 들어와 있는 거냐. 터진 주둥이라고 함부로 나불대지 말어.”

빨간 립스틱 칠한 여자가 달려들어 백발의 짧은 머리카락을 잡아챘다.

“밤중에 벌거벗고 사내들 침대로 기어들어가서 자는 거 모르는 줄 아냐? 젊었을 때 행실이 나빴으면 늙어서라도 조신해야지. 망신살이 뻗친 줄도 모르고…….”

문가에 서 있던 보호사 두 명이 달려가서 노인들을 떼어놓았다.

“썅년들!”

그의 입에서 느닷없이 욕설이 터져 나왔다. 휴게실 안이 조용해졌다.

뒤돌아 나오면서 그는 더러운 입을 손바닥으로 틀어막았다.

입에서 욕설이 튀어나온 것과 동시에 흐릿했던 기억 하나가 불이 켜진 듯 선명해졌다. 그는 보름에 한 번씩 면회를 오는 젊은 남녀와 두어 달 함께 살았다. 남자는 그를 아버지라 불렀다. 아들은 의논도 없이 그를 제 집으로 데리고 갔다. 여행 가방 안에 옷가지 몇 벌을 넣은 뒤 아들은 그의 집 현관문을 잠그고 열쇠를 챙겼다.

아들의 집은 넓고 깨끗했지만 불편했다. 화장실에 가거나 물을 마시러 주방에 가다가도 그는 길을 잃었다. 세 개나 되는 방 중에서 자신의 방이 어디인지 몰라 난감할 때가 많았다. 보습 학원을 운영하는 며느리는 점심 식사를 차려놓고 출근했다. 초등학교에 다니는 쌍둥이 손녀들은 학교가 파하면 집으로 돌아와서 간식을 먹고 영어 학원과 피아노 학원으로 갔다. 아들은 퇴근하면 곧장 집으로 와서 그의 저녁 식사를 챙겨주었다. 그는 세끼 식사를 거르지 않고 먹었다. 일주일에 두 번 아들이 그의 몸을 씻겨주었다. 손녀들은 학교와 학원을 오갈 때마다 할아버지에게 인사하는 것을 잊지 않았고 필요한 것이 있는지 물을 만큼 철이 들었다.

현관에서 손으로 코를 틀어막고 서서 손녀들은 안으로 들어오지 않았다. 그는 화장실에 가려고 했지만 이미 늦어버렸다. 큰손녀가 목에 차고 있던 휴대전화로 엄마에게 전화를 걸었다. 며느리가 숨을 헐떡거리면서 집으로 달려왔다. 그는 순순히 화장실로 들어갔다. 바지를 벗었고 팬티를 벗었다. 며느리는 고무장갑을 낀 손으로 오물이 묻은 바지와 팬티를 둘둘 말아 비닐봉지 안에 넣고 샤워기를 틀어 똥으로 칠갑을 한 그의 아랫도리를 씻겨주었다. 세찬 물줄기가 닿자 그의 성기가 단단해졌다. 며느리가 기겁을 하고 뒤로 물러섰다.

"쌍년!"

그는 욕설을 내뱉고 며느리가 놓친 샤워기를 집어 들었다.

죽음을 맞이하는 아내의 모습은 아름답지 않았다. 소세포 폐암 진단을 받은 아내는 놀이기구를 탄 듯 거침없이 죽음을 향해 내달렸다. 아내는 정해진 궤도를 이탈한 기차처럼 통제 불능이었다. 그는 문병을 올 때 누군가 가지고 왔던 꽃다발을 치워버렸다. 병실 안을 떠도는 축축하고 오싹한 죽음의 기운을 장미꽃 향기로 감출 수 없었다. 화려한 꽃은 아내의 여윈 얼굴을 도드라져 보이게 할 뿐이었다.

병실에 함께 있었지만 그는 아내가 숨을 거두는 것을 보지 못했다. 그가 잠들었던 밤에 아내는 조용히 죽었다. 그는 아내의 얼굴 위로 이불을 끌어당겨 덮어주었다. 그는 아내가 먼저 죽어버렸기 때문에 자신이 죽으면 얼굴에 이불을 덮어줄 수 없을 거라고 생각했다.

아내가 죽은 뒤 그는 외출을 하지 않았다. 정해진 시간에 집을 나갔다가 귀가하는 생활은 몸에 밴 그의 오래된 습관이었다. 아침이 되면 어김없이 집을 나가서 어디에서든 시간을 보냈다가 저녁 무렵에 돌아갔다. 아내는 이틀에 한 번 장을 보았고 특별한 메뉴가 아니더라도 정성껏 밥을 차려놓고 그를 기다렸었다. 아내가 없었기 때문에 그는 굳이 집을 나갈 이유가 없었다.

딸과 며느리가 번갈아 가며 찾아와 밥을 차려주고 빨래며 청소를 해주었고 주말에는 아들이 쌍둥이 손녀딸들을 데리고 왔다.

아들은 제 집에서 함께 살자고 말했다. 그는 가만히 고개를 내저었다. 그는 익숙한 공간을 벗어나고 싶지 않았다. 분명했던 것들이 이따금 희미해진다는 사실을 그는 아들에게 내색하지 않았다. 하루가 다르게 쑥쑥 자라는 손녀딸들의 이름을 기억해내려고 애썼지만 글자가 지워진 백지처럼 머릿속이 하얬다. 전화벨 소리와 함께 휴대전화 액정 화면에 떠오르는 이름들이 낯설었고 수화기 저편에서 자신을 호명하는 목소리가 들리면 가슴이 철렁 내려앉았다.

집을 나가면 길을 잃을까 두려워서 그는 현관 근처에 얼씬거리지 않았다. 행여 아들과 며느리와 딸의 얼굴을 잊어버릴까 봐 겁이 났고 자신이 누구인지 모르는 어처구니없는 상황이 닥칠지도 모른다고 생각하면 오금이 저렸다.

아들은 아버지를 모시고 함께 살겠다고 결정을 내렸다. 그는 저항할 수 없었다. 바뀐 환경 때문에 그는 추락하듯 빠르게 망각의 세계로 휘말려 들어갔다. 그는 자신의 몸에서 싸늘한 죽음의 감촉을 느꼈다.

며느리는 젖은 걸레로 천 소파에 묻은 오물을 여러 번 닦아낸 뒤 세탁소에 전화를 걸었다. 세탁소에서 온 인부 두 명이 3인용 소파를 끌어 내갔다. 소파가 놓였던 자리에서 뒤엉킨 먼지 뭉치와 심이 부러진 연필 두 자루와 색종이로 접은 종이학과 동전 몇 개가 나왔다. 며느리가 진공청소기를 돌렸다. 손녀딸들은 그를 피해 방으로 들어갔다. 그는 아들 내외가 쓰는 침실과 손녀딸들의 방과 뚝 떨어져 있는 빈방을 기웃거렸다. 그곳이 자신의 방인지 알 수 없었다.

점심 식사 후 보호사의 지시에 따라 노인들이 미술 치료실에 모였다. 노인들이 앉아 있는 원탁 테이블 위에 8절지 도화지와 색연필이 놓여 있었다.

“어르신들, 오늘은 집을 그릴 거예요. 초가집도 좋고 기와집도 괜찮아요. 머릿속에 떠오르는 집을 그려보세요.”

정장 투피스 위에 앞치마를 두른 치료사가 말했다.

“집 짓는 거라면 내가 선수야. 우리 아들이 말이야, 2층 양옥집을 짓고 있는데 그게 5년이나 걸린대. 말이 안 되는 소리지, 안 그래?”

문 씨가 색연필을 집어 들면서 큰 소리로 말했다.

“만날 똑같은 얘기 지겹지도 않아? 제발 입 다물고 조용히 집이나 그려.”

문 씨와 마주 앉아 있던 70대 노인이 말했다.

입으로 떠들어대면서도 노인들은 색연필을 쥔 손으로 부지런히 그림을 그리기 시작했다. 약 기운 때문인지 한 씨는 끄덕끄덕 졸고 있었다.

그는 테이블 위에서 맞잡은 손을 풀었다. 나무껍질처럼 꺼칠한 손은 낡고 오래된 두꺼운 책 같았다. 바짝 마른 이파리 같은 손바닥에 엽맥(葉脈)처럼 뻗어 있는 손금을 따라가다 보면 어디에선가 문득 그가 살았던 집이 나타날 것 같았다. 그는 실개천을 따라 걷고 있는 남자를 보았다. 남자가 골목길로 접어들었을 때 어느 집에선가 개 짖는 소리가 들렸다. 해가 설핏 기울었고 골목에 나와 놀던 아이들이 딱지며 구슬 따위를 챙겨 집으로 돌아갔다. 남자는 길 모퉁이 한쪽에 쭈그리고 앉아 있는 아이를 보았다. 남자가 다가가자 무르팍에 얼굴을 묻고 앉아 있던 아이가 고개를 들었다. 아빠! 아이의 뺨에 눈물이 흘렀다. 남자가 아이의 목덜미를 잡아챘다. 사내자식이 계집애처럼 질질 짜기나 하고 부끄럽지도 않냐? 아이는 깃털처럼 가벼웠다. 남자는 아이를 집으로 데리고 가서 마룻바닥에 내동댕이쳤다. 남자의 아내가 기겁을 하면서 아이를 끌어안았다. 부엌 가스 불 위에 된장찌개가 끓고 있었다. 아내가 아이의 손을 잡아끌고 부엌으로 가서 상을 차렸다. 된장찌개와 제육볶음과 김치와 상추가 상에 올랐다. 아이에게 저녁밥을 주지 말라고 남자가 아내에게 명령했다.

아이는 방 한쪽 귀퉁이에 쭈그리고 앉아 있었다. 아이의 얼굴은 더러웠고 배에서 꼬르륵 소리가 났다. 그는 아내가 아이에게 남자 몰래 밥을 가져다주길 기다렸다. 식사를 한 뒤 남자는 몸을 씻고 텔레비전을 보다가 잠이 들 거였다. 아내가 그런 것처럼 그는 남자가 빨리 잠들기 바랐다.

아이는 소년이 되었다. 보통의 사내아이들과 달리 아이는 장난감 칼이나 총 따위를 가지고 놀지 않았다. 아버지가 경찰이라는 것을 자랑스러워하지 않았다. 아이는 터울이 많이 지는 여동생과 노는 걸 좋아했다. 남자가 퇴근해서 집에 돌아올 무렵이면 아이는 가슴이 울렁거렸다. 초인종 소리가 들리면 아이의 여동생이 소꿉놀이며 인형 따위를 재빨리 감춰버렸다.

아이가 소년에서 청년으로 성장했지만 남자의 눈에는 여전히 어린아이로 보였다. 아이가 대학 시험에 낙방했을 때 남자는 교과서와 참고서를 불태워버렸다. 아이는 울지 않았다. 남자는 아이가 법대에 들어가길 바랐다. 경찰대학에 입학하는 것도 나쁘지 않았다. 남자는 아이가 단단해져야 한다고 생각했다. 세상을 살아가는 지

름길을 남자는 알고 있었다. 에둘러 갈 까닭이 없었다.

재수를 하는 동안 아이는 남자의 눈에 띄지 않으려고 애썼다. 아이가 대학 입학원서를 쓸 때 남자는 법대와 경찰대학 중 하나를 선택하라고 명령했다. 아이는 교육대학에 진학해서 선생님이 되고 싶다고 했다. 남자는 허락하지 않았다. 아내가 돈을 융통해서 입학금을 냈고 아이는 제 뜻대로 교대에 입학했다. 쌍놈의 것들! 분을 참지 못한 남자가 주먹 쥔 손으로 아이의 턱과 가슴팍을 힘껏 내려쳤다. 무너지듯 주저앉은 아이의 등으로 남자의 발길질이 이어졌다. 옷자락에 매달리는 아내를 남자가 떠밀어버렸다. 아내와 아이의 입에서 동시에 비명이 터져 나왔다. 남자의 눈에 아이는 더 이상 아이가 아니었다. 아내와 아들은 내통한 남녀처럼 보였다. 눈앞에 실탄이 장전된 총이 있었다면 남자는 망설이지 않고 두 사람을 향해 쏘았을 것이다.

그는 고개를 뒤로 젖뜨리고 눈을 감았다. 맥박이 빨라지고 감은 두 눈에서 눈물이 흘러내렸다. 더 이상은 남자의 자취를 쫓을 기력이 없었다. 남자의 뒤를 따라가지 않더라도 수십 번 보았던 영화 속 장면처럼 그는 모든 것을 알고 있었다. 주인공이 떠난 자리에 남아 있는 배우들의 몸짓과 표정까지 읽을 수 있었다.

누군가 그의 곁으로 다가와 섰다. 그는 눈을 떴다. 미술 치료사는 말없이 그를 지나쳐 옆자리로 갔다. 노인들은 제각각 크고 작은 집을 그려놓고 숙제 검사를 받는 아이처럼 얌전히 앉아 있었다. 살이 쳐지고 주름이 잡힌 노인들의 얼굴이 서로 닮아 있었다. 의사와 간호사와 보호사와 치료사에게 어르신이라는 호칭 하나로 불리는 노인들은 얼굴만이 아니라 눈빛과 목소리와 냄새까지 비슷한 치매 환자일 뿐이었다. 그들 속에 자신이 앉아 있다는 것을 그는 알고 있었다. 그는 박성일이라는 이름으로 불리지 않았다. 그는 죽지 않았지만 더 이상 존재하지 않았다. 이따금 정신이 맑아지면 그는 자신이 누구인지 궁금했다. 띄엄띄엄 기억이 되살아났다가 정해진 순서처럼 나락으로 떨어지게 될 거라는 것을 알기에 두려움에 떨었다. 그는 화를 내거나 분노할 수 없었다. 의지와 상관없이 망각의 세계로 사라져버리는 자신을 통제할 수 없었다. 그것은 아내를 잃었을 때의 절망감과 비교할 수 없는 공포였다. 그가 선택할 수 있는 것은 아무것도 없었다.

빈 도화지 위에 그는 두 손을 얹었다. 해독하기 어려운 문자처럼 어지럽게 뒤얽혀 있는 손금 사이로 희미한 선 하나가 환영처럼 떠올랐다. 그것은 망망대해에 떠 있는 지푸라기처럼 보였다. 가뭇없이 사라져버릴까 두려워서 그는 몸을 떨었다. 아내가 그를 손짓해 불렀다.

열차에는 그와 아내 둘뿐이었다. 열차에 몸을 실은 지 만 하루가 지났지만 허리를 꼿꼿이 세우고 앉아 있는 아내의 얼굴에 피곤한 기색이 보이지 않았다. 열차에 오르기 전 웃으면서 반갑게 그를 맞아주었던 아내는 내내 조용했다. 아들과 딸과 손녀들의 안부를 묻지 않았고 노인요양병원에서의 생활이 어땠는지 궁금해 하지 않았다. 아내는 죽은 사람처럼 보이지 않았지만 살아 있는 사람의 온기가 느껴지지 않았다.

차창 밖은 안개가 낀 듯 부옇게 보였다. 해는 뜨지도 저물지도 않았다. 열차는 쉬지 않고 달렸다. 아내가 죽기 전까지 그의 생은 정해진 궤도를 따라 달렸다. 아내의 죽음은 그의 삶을 뿌리째 흔들어놓았다. 그는 아내와 자식과 자신의 삶을 완벽하게 통제할 수 있을 거라고 믿었다. 아내와 아들과 딸에게 폭언을 퍼부었지만 그때뿐이었다. 말은 곧 사라지는 거라고 생각했다. 중요한 것은 현실이었다. 자신이 책임지고 부양해야 하는 가족들의 안전과 편안한 삶을 위해서 그는 어떤 짓이라도 마다하지 않았다.

그는 명령을 어기고 제 뜻대로 대학에 진학한 아들을 내치지 않았다. 아들은 그의 사정거리 안에 있었다. 어긋난 것은 없었다. 아내는 불평 없이 그의 뜻에 따랐다. 그는 아내에게 많은 것을 바라지 않았다. 건강하게 노년을 함께 보낸 뒤 그는 아내보다 먼저 죽게 될 거라고 짐작했다. 아주 먼 훗날의 일이겠지만 연장자인 자신이 죽으면 아내가 조용히 장례를 치러주길 바랐다.

깊이 잠들어 있는 그를 아내가 흔들어 깨웠다. 눈을 뜨고 주위를 두리번거리는 그에게 아내는 조금 뒤에 열차가 종착역에 닿을 거라고 말했다. 그가 잠들어 있었던 여드레 동안 열차가 아홉 개 나라의 국경을 넘었다고 했다.

열차가 멈추자 그는 아내를 따라 자리에서 일어섰다. 객실을 나와 발판을 딛고 열차에서 내렸다. 짙은 안개 때문에 플랫폼 너머에 무엇이 있는지 가늠할 수 없었다. 아내는 망설이지 않고 안개를 뚫고 걷기 시작했다.

그는 아내의 등을 바라보고 걸었다. 아내의 걸음은 빠르지도 느리지도 않았다. 결혼 생활 36년 동안 그는 아내와 나란히 손을 잡고 걸어본 적이 없었다. 아내는 늘 앞서 걷는 그를 종종거리며 쫓아왔었다.

당신 있는 곳은 편안한가? 따라나서긴 했지만 어쩐지 불안하군.

아내는 잠깐 걸음을 멈추었다가 내처 걸었다.

올해 칠순이라는 거…… 당신 알아요? 길지도 짧지도 않은 생이니까 너무 억울해하지 말아요. 병원에서 수형자처럼 살아가는 삶을 당신은 원하지 않겠지요. 세상에 태어나는 것은 어쩔 수 없어도 죽음은 의지대로 선택할 수 있으니까요.

당신은 당신 의지대로 죽은 게 아니었잖아.

다행히 오래 끌지는 않았어요. 산소호흡기를 낀 채로 무의미하게 살아 있고 싶지 않았으니까요. 병원에서 기계에 의지해 생을 연명하고 있는 환자 중에 그것을 기꺼워하는 사람이 있을까요. 시체처럼 호흡만 붙어 있는 환자들은 죽음을 선택할 권리가 없어요. 산 자들은 그것을 자신들의 몫이라고 생각하니까요. 병원과 의사들과 가족들이 그걸 원하는 한 의식 없는 환자는 병상에서 벗어날 수 없는 거잖아요.

멀리 병원으로 짐작되는 회색 건물이 보였다. 그곳이 자신의 종착지라는 것을 그는 알고 있었다.

당신을 위한 내 마지막 선물이에요. 두려워하지 말아요.

당신이 곁에 있어서 안심이 돼.

회색 구름 같은 안개가 차츰 걷히면서 주위 풍광이 선명해졌다. 젖은 낙엽이 쌓여 있는 오솔길이 디그니타스까지 이어졌다. 단층으로 지어진 건물 뒤로 강물이 흘렀다.

죽기 위해 사람들은 열차를 타고 국경을 넘어 디그니타스로 갔다. 죽음을 선택할 자유와 평화로운 마지막 순간을 위해 그들은 긴 여행을 해야 하는 수고를 기꺼이 감수하는 것이다.

여기서부터는 당신 혼자 가세요.

병원 현관으로 통하는 돌계단 아래 서서 아내가 말했다.

아내의 모습이 흐릿해졌다. 걸어왔던 길을 흘긋 뒤돌아보고 그는 천천히 돌계단을 올라갔다. 그가 딛고 오른 계단이 아내의 모습처럼 시나브로 사라져버렸다.

흰 가운을 입은 남자가 방으로 그를 안내했다. 침대 하나가 놓여 있는 작은 방이었다. 열려 있는 창 너머로 강물이 흘렀다. 검푸른 강물 위를 걸어가는 사람의 뒷모습이 보였다.

그가 침대로 가서 앉자 남자가 창문을 닫고 방을 나갔다. 낯선 공간에 있었지만 그는 오랫동안 살았던 집에 온 듯 마음이 편안했다. 또렷한 정신으로 강을 건널 수 있게 된 것이 무엇보다 다행이라고 그는 생각했다.

잠시 후 남자가 쟁반 위에 서류 두 장과 맑은 액체가 담긴 컵을 담아 들고 방으로 들어왔다. 그는 서류에 사인을 하고 컵을 건네받았다.

액체가 담긴 컵을 손에 들고 그는 닫혀 있는 창 쪽을 바라보았다. 창문 너머로 강을 건너는 자신의 모습이 보였다. 아내를 완벽하게 통제했었다는 그의 생각은 오만이었다. 아내는 죽어서 자유로워졌다. 아내의 영혼은 본래 그가 가닿을 수 없는 세계에 있었을 것이다. 아내의 영혼이 그에게 갇혀 있었다면 지금 그가 느끼는 삶의 공포를 이해하지 못했을 것이다. 그는 죽음으로써 비로소 삶을 완성할 수 있을 것이다.

망설이지 않고 컵에 담긴 액체를 삼키는 그를 남자가 지켜보고 있었다.

그는 곧 잠들었다. 꿈도 없는 편안한 잠이었다. 잠시 뒤 그는 혼수상태에 빠져들었고 몇 시간이 지나자 사망했다.

부스럭거리는 소리에 그는 눈을 떴다. 긴 여행을 마치고 돌아온 듯 그는 고단했다. 사방이 어두웠다. 자신이 누워 있는 곳이 요양병원 201호 병실이라는 것을 그는 한참 뒤에야 알 수 있었다. 손을 뻗어 만져보지 않아도 곁에 여자가 누워 있다는 것을 그는 알고 있었다. 낮에도 밤에도 입술에 문신을 한 듯 빨간색 립스틱을 그리고 다니는 여자의 숨결이 차분했다. 그는 몸을 일으켰다.

어둠 속에서 그는 개인 사물함을 열고 열차표를 꺼냈다. 문과 한과 김의 병상을 일별한 뒤 그는 병실 문을 열고 밖으로 나왔다. 복도는 어두웠고 조용했다. 간호사 부스에 당직 간호사가 의자에 앉은 채로 끄덕끄덕 졸고 있었다. 1층으로 통하는 계단 입구가 육중한 문에 가로막혀 있었다. 그가 다가가서 손잡이를 돌리자 소리 없이 문이 열렸다.

그는 성큼성큼 계단을 내려갔다. 계단이 끝나는 곳에 플랫폼과 디그니타스로 가는 열차를 기다리는 죽음을 선택한 사람들의 긴 행렬이 보였다.

504호, 604호

티타임

둥근 테 선글라스와 베이지색 왕골 모자로 멋을 낸 504호가 나푼거리며 들어온다. 하늘색 민소매 원피스 차림에 빨갛게 입술을 칠하고 목걸이며 팔찌며 온갖 장신구를 차고 나온 폼이 어디 멀리 바캉스라도 떠날 사람처럼 보인다. 슈퍼마켓에서 장을 보거나 쓰레기를 버리러 나갈 때도 504호가 머리끝에서부터 발끝까지 한껏 치장을 한다는 것을 604호는 알고 있다. 504호가 604호에게 낱개 포장된 커피 믹스 두 개를 건넨 뒤 식탁 의자에 앉아 두 팔을 치켜들고 기지개를 켠다. 604호는 마지못해 그러는 것처럼 느릿느릿 주방으로 가서 커피포트에 물을 끓이고 찻잔 두 개를 꺼낸다. 이른 아침부터 집으로 찾아와서 커피를 마시자고 수선을 떨어도 604호는 전과 달리 504호를 무시해버리거나 바쁘다고 둘러대지 못한다.

"기분이 좀 우울해요. 그이가 출근할 때 이것저것 챙겨줘야 하는

데 오늘은 꼼짝하기 싫어서 침대에 누워 있었어요. 다른 건 몰라도 넥타이는 내가 꼭 골라 매주었는데 그것도 귀찮더라고요."

우울하다는 504호의 목소리는 평소에 그런 것처럼 교태가 잘잘 흘러넘친다.

"이 카푸치노, 우리 그이 부하 직원이 파리에서 사 온 거예요. 우리 그이가 H은행 지점장이라고 내가 전에 말했죠. 거래처에서 들어오는 선물이 성가실 정도로 많아요. 명절이면 과일이며 갈비며 건강식품이 베란다에 쌓인다니까요. 어때요, 카푸치노. 향이 좋죠?"

604호는 504호의 말과 달리 전혀 특별하지는 않은, 슈퍼마켓에 가면 언제라도 손쉽게 살 수 있는 일회용 낱개 포장이 된 인스턴트 카푸치노를 한 모금 삼킨다. 504호는 금세 들통이 날 거짓말을 해놓고도 태연하다. 사흘 전 504호 남편의 직업은 미대 교수였다. 504호 남편의 직업은 방송국 프로듀서와 대학교수, 성형외과 의사와 은행 지점장으로 기분에 따라 수시로 바뀌었다.

"어젯밤에는 피곤해서 일찍 침대에 누워 있었는데 글쎄 그이가 욕조에 물을 받아놓았다면서 내 옷을 벗겨주는 거예요. 이런 말 부끄럽지만, 전 알몸으로 그이의 품에 안겨서 욕실로 갔어요. 로즈마리 오일을 몇 방울 떨어뜨려 놓았는지 욕조 물은 알맞게 따뜻하고 향기로웠어요. 눈을 감고 따뜻한 물에 몸을 담그고 얼마쯤 앉아 있었을까…… 그이가 와인 잔에 붉은 포도주를 담아 들고 오는 거예요."

504호의 망상은 치료를 받아야 할 만큼 심각했지만 604호는 잠자코 듣고 있다. 504호는 604호의 고객이다. 504호가 고객이 되기 전까지 604호는 베란다 건조대에 빨래를 널거나 거실이며 방을 닦거나 배추를 절이고 다림질을 하면서 지루한 티타임이 끝나기를 기다렸다. 고작 인스턴트커피 한 잔을 타주고 집안일을 하면서 604호가 딴청을 피워도 504호는 지루한 줄 모르고 혼자 떠들다가 돌아갔다. 면전에 대고 오지 말라 하지 않아도 604호의 마음을 눈치채고도 남았을 텐데 504호는 수시로, 거리낌 없이 604호 현관벨을 눌렀다.

"집에 가서 좀 쉬어야겠어요. 내일 마사지 받고 싶은데, 점심때쯤 오면 되죠?"

504호가 손바닥으로 입을 가리고 하품을 하면서 일어난다.

"제가 예은이 집으로 갈게요."

마사지는 고객의 집으로 가서 해주는 게 관례인데다가 남편이 있는 집에서 마사지 해주는 것이 604호는 썩 내키지 않는다.

"아녜요. 저는 여기가 더 편해요. 내일 올게요."

발톱에 금색 매니큐어가 발라진 열 개의 발가락을 샌들에 끼워 넣으면서 504호가 황급히 손사래를 친다.

604호는 현관문을 닫고 딸의 방으로 들어가서 커다란 박스를 연다. 케이스에 담겨진 화장품들 사이에서 샘플이 들어 있는 작은 상자를 열고 마사지 크림과 한방 팩을 하나씩 꺼낸다. 604호는 아직 한 번도 고객에게 마사지를 해준 경험이 없다. Q화장품 특약점에서 교육과 마사지 실습을 받았지만 604호는 아직 실전 경험이 없는 초보 카운슬러일 뿐이다.

딸의 방에 가져다 놓은 화장품은 기초, 기능성, 색조 화장품이며 건강 보조식품까지 종류만 해도 100여 가지가 넘었다. 604호가 Q화장품 카운슬러로 일하게 되었다고 했을 때 504호는 마침 필요한 것이 있다면서 선뜻 50만 원이 넘는 화장품을 샀다. Q화장품은 일반 화장품 가게와 할인점에서 팔지 않고 백화점이나 카운슬러에게만 구입할 수 있는, 많은 여자들이 선망하는 고가의 브랜드였다. 504호는 눈가와 입가의 주름을 잡아준다는 링클과 한방 팩, 밤에만 사용하는 10여 가지의 한약재가 들어간 영양 크림을 산 뒤 가격의 10퍼센트인 5만 5천 원을 냈다. 55만 원을 전부 받지 못했지만 504호는 604호의 첫 번째 고객이었고 함부로 무시할 수 없는 존재가 되었다.

604호는 욕실로 들어가서 공들여 세수를 하고 마른 수건으로 얼굴을 닦는다. 샘플 마사지 크림을 얼굴에 골고루 펴 바르고 검지와 중지로 둥글게 원을 그리며 마사지를 시작한다. 신중하게 손가락을 움직이면서 604호는 마사지 순서를 떠올린다. 마사지 크림은 티슈로 닦아내고 뜨거운 타월로 찜질을 한 뒤에 한방 팩을 발라야 한다. 팩을 떼어내면 냉찜질을 해서 벌어진 모공을 수축시켜야 한다. 고객에게 마사지를 해주는 동안 여성지에 오르내리는 연예인들의 근황이며 텔레비전 연속극 이야기를 해주거나 라디오를 클래식 음악이 나오는 주파수에 맞춰놓고 느긋하게 여유를 부려도 될 것이다. 욕실 거울 앞에 서서 604호는 Q화장품 특약점에서 실습한 대로 빠뜨리지 않고 순서대로 마사지를 한다.

구두

그의 실직은 특별했다.

40대 초반 식품회사 마케팅 팀장인 그는 결혼해서 10년 동안 한 번도 지각이나 결근을 하지 않았고 상사나 부하 직원들과도 마찰 없이 원만하고 성실하게 직장 생활을 하는 것처럼 보였다. 집에 돌아와서 회사 일을 시시콜콜 이야기하는 사람이 아니었기 때문에 604호는 굳이 남편의 일에 대해 알려고 애쓰지 않았다.

"6개월 동안은 실업 급여가 나오니까 그동안 당신이 일자리를 알아봐."

그는 자신이 실직했다는 사실을 의논이나 통보가 아닌 아내에게 일자리를 구하라는 명령으로 대신했다. 아침에 자명종이 울려도 일어나지 않고 눈을 뜬 체로 멀뚱멀뚱 천장만 바라보고 누워 있는 그를 보았을 때 604호는 비로소 남편이 실직했다는 사실을 알아차렸다. 604호는 평소처럼 밥을 짓고 국을 끓여놓고 딸을 깨웠다. 딸이 밥을 먹고 학교에 간 뒤에 늘 그랬던 것처럼 베란다 창문을 열어놓고 진공청소기를 돌렸다.

"당장 청소기 못 꺼?"

버럭 소리를 지르면서 그가 안방에서 튀어나왔다. 604호는 자동인형처럼 재빨리 청소기 정지 버튼을 눌렀고 남편이 일어나서 밥을 달라고 할 때까지 청소도 설거지도 빨래도 미룬 채 멍하니 거실 바닥에 앉아 있었다. 504호가 찾아 왔지만 몸이 아파서 누워 있다고 둘러대고 현관문을 열어주지 않았다. 한낮이 되자 남편이 방에서 나왔고 거실 탁자 위에 올려놓은 신문을 집어 화장실로 들어갔다.

"만약 내가 사고로 죽고 보상금을 한 푼도 받지 못한다면 당신은 설이랑 어떻게 살아갈 거야?"

"당신하고 나하고 역할을 바꿔서 살아보면 안 될까? 처음에는 서툴고 힘들겠지만, 내가 살림을 하고 당신은 취직을 하거나 장사를 해도 괜찮을 것 같은데."

농담이나 장난으로 넘어가기에 뭔가 찜찜한 구석이 있었지만 604호는 이제 겨우 40대 초반의 건강한 남자가 실직을 염두에 두고 했던 말인 줄은 꿈에도 생각지 못했다.

그는 하루 종일 집에 있었다. 덩달아 604호의 생활이 바뀌었다. 남편이 직장에 다녔을 때 604호는 청소며 빨래며 설거지 따위 집안일을 느긋하게 해치운 뒤 소파에 앉아 텔레비전을 켜고 아침 연속극을 보거나 음악을 들었다. 504호가 벨을 누르는 시각은 늘 그 때쯤이었다. 604호는 504호와의 티타임이 지겨워서 헬스클럽이나 수영장에 등록을 해야겠다고 생각하면서도 차일피일 미루고 있었다. 504호가 수시로 벨을 눌렀지만 604호는 아프다거나 바쁜 일이 있다고 둘러대고 문을 열지 않았다. 이제 604호는 아침에 새 밥을 짓지 않았고 한낮이 될 때까지 아무 일도 하지 않고 멀뚱멀뚱 소파에 앉아 있거나 베란다에 서서 밖을 내다보거나 했다.

604호는 드라이클리닝을 맡기려고 양복을 옷장에서 꺼냈다. 양복 윗도리 깃에 붙어 있던 배지와 네임카드가 보이지 않았다. 주머니에서 라이터와 동전 몇 개를 꺼내 화장대 위에 올려놓고 604호는 옷을 둘둘 말아 들고 방을 나갔다. 슬리퍼를 꿰어 신던 604호의 시선이 현관 한쪽에 볼품없이 찌그러져 있는 낡은 구두에 머물렀다. 남편이 사시사철 신고 다녔던 구두는 뒤축이 닳고 가죽의 빛이 바래 있었다. 604호는 신발장을 열고 숨기듯 재빨리 구두를 집어넣고 밖으로 나왔다. 놀이터 앞을 지나가다가 604호는 504호를 보았다. 주름치마를 입고 핑크색 면사 니트 모자를 쓴 504호는 벤치에 앉아 미끄럼틀에서 놀고 있는 아이들을 물끄러미 바라보고 있었다. 604호는 놀이터를 지나 아파트 단지 내 상가에 있는 세탁소로 갔다.

"몸은 다 나았어요? 그러고 보니까 얼굴이 핼쑥해졌네요."

언제 따라왔는지 504호가 세탁소에서 나오는 604호 옆으로 바짝 붙어서면서 말했다.

"남편이 무사히 직장에 다니려면 아내의 내조가 필요한 시대예요. 너도나도 언제 잘릴지 몰라서 불안한데 무사태평으로 집안에서 살림만 하고 있다가는 큰일 난다니까요."

언제 그랬냐는 듯 504호의 얼굴에 화색이 돌았다. 604호는 504호의 이야기를 들어주는 유일한 이웃이었다. 설이와 예은이가 다니는 초등학교 학급 자모회 엄마들이나 같은 아파트에서 살고 있는 여자들 중 504호와 길게 이야기를 나누려고 하는 사람이 없었다. 504호를 '우아한 여자'라고 비웃고 놀려대는 사람은 7층에 살고 있는 수아 엄마뿐만이 아니었다. 504호의 얼굴을 모르는 여자들도 우아한 여자의 입에서 나오는 말이 모두 거짓말이거나 망상이라는 소문을 들어서 알고 있었다.

"나는 예은이 아빠 상사들 결혼기념일까지 챙겨요. 애경사는 물론이고 겨울이 되면 언제 김장을 하는지 알아내서 고무장갑 들고 봉사하러 다닌다니까요. 그러니까 설이 엄마도 두 손 놓고 보고 있지만 말아요."

604호는 빨간색 매니큐어를 칠한 504호의 길쭉한 손가락을 쳐다보았다. 중지와 약지에 낀 반지며 손목에 찬 시계며 팔찌가 화려했지만 혼자 앉아 멍하니 허공을 응시하고 있을 때처럼 생기가 느껴지지 않는 손이었다.

"어머, 내 정신 좀 봐. 약국에 간다는 걸 깜빡 잊었네요. 설이 엄마 먼저 들어가세요."

엘리베이터 앞까지 따라오던 504호가 왔던 길을 총총히 되짚어 걸어갔다.

등산복

그가 아침에 눈뜨는 시간은 종잡을 수 없다. 하루 종일 파자마 바람으로 침대와 화장실과 식탁을 오갈 뿐 그는 아내와 딸이 잠들기 전에 거실로 나오지 않는다. 낮이건 밤이건 침대에 누워 지내면서 그는 몰라보게 살이 내렸다. 소리에 예민하게 반응하는 남편 때문에 604호는 초저녁에 텔레비전을 켜는 것조차 조심스럽다. 2주일에 한 번 고용센터로 실업 급여를 받으러 가는 것이 그의 유일한 외출이다. 그는 직장을 구하려고 이력서를 쓰지 않았고 사업이나 장사를 할 생각도 없는 것 같다. 그를 찾는 사람은 아무도 없다. 배

터리가 방전된 그의 휴대폰은 화장대 서랍 깊숙이 처박혔다. 10년 넘게 일했던 회사에서 그의 존재는 삭제된 파일처럼 미련 없이 휴지통에 버려졌고 두 번 다시 복구될 가능성이 없어 보인다.

604호는 문이 활짝 열린 장롱과 벌거벗은 남편의 뒷모습을 본다. 침대를 등지고 선 그가 방바닥에 늘어놓은 옷가지를 하나씩 주워 입는다. 망사 러닝과 팬티 위에 등산 바지와 셔츠를 입는 손길이 신중하고 엄숙하다. 조끼와 윈드 재킷을 걸치고 등산 모자를 쓰자 그는 금방이라도 먼 곳으로 산행을 떠날 사람처럼 보인다. 그는 안방에서 한 발자국도 나가지 않고 입었던 반대 순서로 옷을 벗어서 주섬주섬 옷장 안에 넣는다. 가볍고 통풍과 땀 흡수가 잘 된다는 등산 바지며 셔츠며 윈드 재킷이며 조끼는 아직 한 번도 세탁을 하지 않은 새것들이다. 그는 한밤중에 도둑처럼 장롱이며 신발장이며 베란다 창고를 뒤진다. 신발장 속에 한 번도 신지 않은 새 등산화와 스틱이 들어 있고 베란다 창고에는 온갖 등산 장비가 구비된 큼직한 등산용 배낭이 있다. 그는 거실 한가운데에다 배낭을 부려놓고 안에 들어 있는 장비들을 하나씩 꺼내 펼쳐놓는다. 랜턴과 가스램프, 버너, 헬멧, 다용도 칼이며 피켈 고리 등 부피가 작은 것부터 코펠이며 침낭이며 모포며 텐트까지 크고 무거운 것들이 차례로 나온다. 수의를 꺼내 어루만지는 노인처럼 그는 아직 한 번도 사용하지 않은 크고 작은 등산 용품들을 거실 바닥에 늘어놓았다가 다시 차곡차곡 배낭 속에 집어넣는다. 등산복이며 자일이며 암벽을 탈 때 신는 등산화까지 사들였지만 그는 집에서 가까운 산에도 가지 않는다.

모자

"불편할 텐데 모자 벗지 그래요?"

504호는 모자를 벗지 않고 방바닥에 깔려 있는 여름 이불 위에 눕는다.

"나는 이게 더 편해요. 습관이 돼서."

604호는 504호의 머리맡에 마사지 크림과 한방 팩과 기초 화장품 샘플을 늘어놓는다.

604호는 504호가 쓰고 있는 갈색 덤프 모자 위로 헤어 띠를 둘러준다. 모자 때문에 아무래도 마사지가 쉽지 않을 것 같다. 604호는 504호의 얼굴에 마사지 크림을 골고루 발라주고 양쪽 검지와 중지 끝으로 가볍게 문지르기 시작한다. 행여 모자에 마사지 크림이 묻을까 봐 604호의 손길이 조심스럽다. 반쯤 드러난 이마를 시작으로 뺨과 입술과 턱을 지나 목덜미까지 손가락으로 둥글게 원을 그리면서 내려갔다가 코 쪽으로 다시 올라가기를 반복한다. 주름이 잡혀 있는 목덜미를 아래에서 위로 끌듯이 잡아당기고 입가와 눈 주위와 관자놀이를 손끝에 힘을 주어 지압한다. 504호의 입에서 가느다랗게 신음이 흘러나온다.

"아파요?"

"아니, 시원해요. 초보 같지 않은데요."

504호의 얼굴은 짙은 화장에 가려져 있을 때 보이지 않던 잡티며 기미가 고스란히 드러난다. 손끝으로 만져지는 피부가 생각보다 거칠고 푸석푸석하다. 604호는 티슈로 마사지 크림을 닦아내고 뜨거운 타월을 가져와서 얼굴과 목덜미를 정성껏 찜질해준다.

"한숨 자고 일어나요. 팩이 마르려면 30분 정도 지나야 하니까요."

눈가와 입술을 남겨놓고 604호가 504호의 얼굴에 골고루 팩을 펴 바른다.

"잠이 올 것 같지 않은데 발 마사지 좀 해줄래요?"

504호가 가늘게 눈을 뜨고 604호를 올려다본다.

"난 밤에 잠이 안 오면 발 마사지 해주는 동남아 아가씨들 생각이 나더라. 우리 그이가 동남아 쪽으로 자주 비행을 나가잖아요. 여러 번 따라 갔었는데 관광보다 발 마사지 받는 게 훨씬 더 좋았어요. 10불이면 발 마사지는 물론이고 온갖 서비스까지 받을 수 있으니까 얼마나 싼 거예요. 설이 엄마도 언제 나랑 한번 같이 갈래요?"

팩을 바르고 말을 많이 하면 주름이 생길 수 있다고 주의를 주고 604호는 마사지 크림 통을 가지러 안방으로 간다. 화장품 할인점에서 산 마사지 크림이 반절도 넘게 남아 있다. 604호는 검지로 마사지 크림을 듬뿍 퍼서 504호의 발등과 발바닥에 골고루 펴 바른다. 10달러에 발 마사지는 물론이고 온갖 서비스를 받을 수 있다면 화장품 값의 30퍼센트를 판매 수당으로 받는 604호에게 504호는 그보다 더한 것을 요구할지 모른다. 604호의 손가락이 금색 매니큐어가 발라진 발가락 사이를 지날 때 504호가 간지러운 듯 몸을 움찔거리면서 키득키득 웃는다.

도벽

대형 마트 식품 매장은 저녁 찬거리를 사러 나온 주부들로 북적거린다. 식품 매장 곳곳에 소주잔 크기의 종이컵과 일회용 접시에 음식이 담겨 있는 시식대가 보인다. 빈 수레를 밀면서 604호가 만두 판매대 쪽으로 간다. 유니폼을 입은 50대로 보이는 판매원이 전기 프라이팬 위에서 노릇노릇 구워지고 있는 만두를 잘라 접시 위에 올려놓자 604호가 연두색 플라스틱 이쑤시개로 만두 한쪽을 집어 입에 넣는다. 판매원이 냉동 군만두 한 봉지를 내밀면서 30퍼센트 세일한다고 말했지만 604호는 고개를 가로젓고 만두 코너를 지나가 버린다. 남편이 실직한 뒤로 604호는 백화점 계산대나 시식 코너에서 일하는 나이 든 여자들을 유심히 살핀다. 아파트 단지 상가 안에 있는 슈퍼마켓 계산원과 동네 음식점의 주방과 홀에서 일하는 여자들은 604호 또래이거나 나이가 많은 중년 여자들이다. 장사를 해볼까 하고 부동산 사무실을 찾아가 보았지만 권리금과 보증금이 만만치 않았다. 남편은 퇴직금을 미리 중간 정산해서 받았기 때문에 가게를 얻을 목돈이 없었다. 604호가 할 수 있는 일은 단순노동뿐이었다. Q화장품 카운슬러로 10년 넘게 일하고 있다는 동창을 우연히 만나지 않았다면 604호는 어쩌면 시식 코너에서 만두를 굽거나 우동이나 짜장면을 끓이고 있었을지 모른다. 산뜻한 차림새며 세련된 화장이며 밝고 화사한 동창의 모습에서 무거운 화장품 가방을 끌고 이 집 저 집으로 물건을 팔러 다니는 아줌마의 모습을 찾아볼 수 없었다. Q화장품은 유명 백화점과 카운슬러를 통해 살 수 있다고 동창이 말했다. 고가의 화장품이라 전문직 여자들과 평수 넓은 아파트에 살고 있는 주부들이 주 고객들이고 한번 Q화장품을 사용한 여자들은 웬만해서는 다른 화장품으로 바꾸지 않는다고 했다. 예전처럼 화장품 팔러 다니는 아줌마를 상상하면 안 돼. 고객의 레벨이 높으니까 카운슬러들도 여러모로 배울 게 많다니까. 몸으로 때우는 일하고는 비교할 수 없지. 우선 교육을 받아보고 결정해. 일을 시작해도 시간은 얼마든지 자유롭게 조종할 수 있으니까 살림이며 애 뒷바라지하는 것도 큰 문제없을 거야. 604호는 동창을 따라 Q화장품 특약점으로 갔다. 한 달 동안 교육과 실습을 받고 카운슬러 명함을 손에 쥘 수 있었다. 유일한 재산인 24평 아파트를 담보로 잡히고 천만 원 가까이 되는 화장품을 외상으로 사들여 딸의 방에 가져다 놓았다.

604호는 제과 코너에서 식빵과 도넛 두 개를 수레에 담는다. 북적대는 사람들 속을 이리저리 뚫고 돌아다녔지만 수레에는 감자 한 봉지가 추가되었을 뿐이었다. 604호는 맥주와 소주가 박스로 쌓여 있는 곳을 지나 포도주며 와인이며 고급 양주가 진열돼 있는 쪽으로 수레를 끌고 간다. 그곳은 식품 매장의 가장 구석진 곳이라 사람들 발길이 뜸했다. 주류 코너에서 직진을 해서 계산대 쪽으로 가려다 말고 604호가 수레를 세운다. 배꼽이 훤히 드러나는 짧은 티셔츠와 엉덩이가 꽉 끼는 청바지를 입은 여자는 504호가 분명하다. 벨트 장식이 있는 아이보리색 팔각 모자가 눈에 익다. 모자를 깊이 눌러 쓴 504호가 양주 진열대 앞에서 머뭇거리고 있다. 그냥 지나칠까 생각하다가 504호가 있는 쪽으로 수레의 방향을 꺾는다. 604호는 진열대의 양주가 눈 깜짝할 사이에 504호가 어깨에 메고 있는 숄더백 안으로 사라지는 것을 본다. 604호는 고개를 돌리고 황급히 504호를 지나쳐 버린다. 에스컬레이터를 타고 1층으로 올라온 뒤에도 뛰는 가슴이 쉽게 진정되지 않는다. 사람을 잘못 보았을 거라고 생각하고 싶지만 504호의 얼굴이며 양주병을 슬쩍하는 것까지 낱낱이 보고 말았다. 604호는 504호가 생리 도벽이 있는 게 아닐까 생각해본다. 남편의 직업이 항공기 기장이거나 방송국 프로듀서이거나 은행 지점장이거나 대학교수이거나 성형외과 의사인 여자가 위험을 무릅쓰고 양주를 훔치는 까닭을 생리 도벽 말고 달리 납득할 만한 이유를 찾을 수 없다. 집으로 가는 버스를 기다리면서 604호는 수아 엄마가 했던 말을 생각한다. 엄마를 닮아서 속을 짐작할 수 없는 아이라고요. 이제 겨우 초등학교 4학년인 애 얼굴 좀 봐요. 칙칙하다 못해 불길한 느낌이 들잖아요. 반이 같고 아파트 위아래 층에 살면서 설이와 수아와 예은이는 삼총사처럼 어울려 다녔다. 604호가 세 아이를 묶어서 수학 과외를 시키자고 했을 때 수아 엄마는 못마땅한 얼굴로 반대했다. 둘보다 셋이 과외비가 싸다는 이유로 어쩔 수 없이 과외를 시작했지만 수아 엄마는 사사건건 예은이의 행동을 트집 잡고 못마땅해 했다. 화장품 카운슬러 일을 시작하면서 604호 집에서 받았던 수학 과외를 다른 집으로 바꿔야 했을 때 504호는 아이들이 북적거리는 게 싫다고 잘라 말했다. 보세요. 비밀이 많은 여자라니까요. 남의 집에는 눈치 없이 드나들면서 자기 집에는 못 오게 하잖아요.

설이 방에 둔 새로 산 학용품이며 액세서리며 식탁이나 싱크대에 무심코 놓아둔 동전 따위가 없어졌던 일들이 차례로 떠오른다. 책상 서랍에 넣어놓은 형광펜이나 지우개, 수첩, 꽃무늬가 박힌 편지지와 편지 봉투가 없어졌다고 할 때마다 604호는 아무 곳에나 두고 수선을 피운다고 오히려 딸을 나무랐다. 수학 과외를 받는 날이면 예은이는 30분쯤 일찍 와서 설이와 함께 컴퓨터 게임을 하거나 간식을 먹었다. 언젠가 아이들이 먹을 간식을 방으로 가져다주고 쓰레기를 버리러 나갔다 들어왔을 때 604호는 거실 탁자에 둔 지갑을 뒤지는 예은이를 보았다. 604호와 눈이 마주치자 예은이는 얼른 지갑을 내려놓고 재빨리 방으로 들어가 버렸다.

야영

등산 바지와 셔츠와 조끼를 차례로 입고 그는 도둑고양이처럼 한밤중에 살금살금 방을 나가 불 꺼진 거실을 지나 베란다로 간다. 창고에 있는 등산 배낭을 꺼내 어깨에 메고 띄엄띄엄 불이 켜져 있는 앞 동 건물을 바라본다.

그는 흰색 망사 커튼과 미처 떼어내지 않은 겨울용 커튼으로 거실 유리문을 꼼꼼히 막아놓는다. 배낭을 뒤져 제일 먼저 가스램프를 꺼내 불을 밝힌다. 거실 중앙에 4인용 텐트를 치는 데 5분이 채 걸리지 않는다. 원터치로 펼치고 접을 수 있는 텐트 위에 그늘막까지 치자 소파와 장식장이 마주 놓인 거실이 틈 없이 꽉 찬다. 침낭이며 속이 비어 홀쭉해진 배낭 따위를 텐트 안에 넣고 코펠 냄비를 들고 주방으로 간다. 텐트 입구에 가스램프를 매달아놓았지만 불 꺼진 주방은 어두컴컴하다. 수도꼭지를 틀어 코펠을 두어 번 헹구고 물을 받는다. 싱크대 찬장에서 라면을, 냉장고에서 김치가 담긴 플라스틱 통을 꺼내 두 손으로 나눠 들고 텐트로 돌아간다.

라이터돌을 당겨 버너에 불을 붙일 때 그의 이마와 콧잔등에 맺혀 있던 땀방울이 턱을 타고 손등 위로 툭 떨어진다. 그는 물이 담긴 코펠 냄비를 버너 위에 올리고 모자와 조끼를 벗는다. 주방 창이 열려 있지만 거실 유리문을 막아놓아서 통풍이 잘 되지 않는다. 물이 끓자 그가 라면을 두 쪽으로 잘라 수프와 함께 넣고 뚜껑을 닫는다. 거실이 열기로 후끈 달아오른다. 나무젓가락으로 면을 건져 먹고 국물까지 말끔히 마시고 그릇을 씻어 다시 배낭에 넣는다. 그는 램프를 켜놓은 채 텐트로 들어간다. 바지와 양말을 벗지 않고 침낭 속에서 눈을 감는다. 별이 없는 깜깜한 밤, 그의 존재를 밝혀 주는 것은 텐트에 걸린 가스램프뿐이다.

외상

신경정신과 대기실은 한가하다. 604호가 안내 데스크에 앉아 있는 여자에게 의료 보험증을 내고 소파로 간다. 20대로 보이는 여자 혼자 잡지를 뒤적이고 있는 대기실은 에어컨 바람 때문에 썰렁하다. 604호는 손에 잡히는 대로 두툼한 잡지를 집어 무릎 위에 펼쳐놓는다. 안내 데스크에서 이름을 부르자 잡지를 보고 있던 여자가 일어나서 진찰실 쪽으로 걸어간다. 진찰실에서 나온 사람은 선글라스를 끼고 보라색 망사 중절모를 쓴 504호다.

"어머, 설이 엄마가 여기에 웬일이에요?"

504호 목소리는 평소와 달리 가라앉아 있다.

"머리가 좀 아파서……."

604호가 신경정신과에 온 까닭은 남편 때문이다. 남편은 날마다 한밤중에 등산복을 차려입고 밖으로 나갔다가 새벽녘에 집으로 돌아온다. 차곡차곡 접어 장롱에 두었던 등산복이 세탁조에 처박혀 있고, 땀에 전 바지와 양말에 흙과 검불이 묻어 있었다. 신발장에 얌전히 들어 있던 등산화와 스틱이 현관에 나와 있었다. 야간 산행을 하고 돌아오면 남편은 아침이 되어도 커튼을 걷지 못하게 했다. 햇빛 때문에 눈을 뜰 수 없다는 남편에게 604호가 안약을 사다 주었다. 두 눈에 수시로 안약을 넣었지만 남편은 여전히 햇빛을 피해 커튼을 쳐놓은 어두운 방 안에 틀어박혔다. 아파트 경비원이 출근하는 604호를 붙잡고 한밤중에 일어났던 해괴망측한 소동에 대해서 이야기했다. 베란다 난간에 등산용 자일을 매달고 5층에서 아래로 내려오는 그를 발견한 사람은 경비원뿐만이 아니었다. 앞 동에 살고 있는 주민의 신고를 받고 달려온 경비원은 우선 그가 무사히 지상으로 내려오기만을 기다렸다고 했다. 한밤중에 자일을 타고 아파트 난간을 내려오는 그의 행동을 납득하기란 요령부득이었다. 어리둥절한 표정을 짓고 서 있는 604호에게 경비원이 두 번 다시 그런 일이 없게 해달라고 거듭 부탁을 하고 경비실로 돌아갔다.

504호가 안내 데스크에서 건네준 처방전을 받아 들고 총총히 사라진다. 604호는 며칠 전부터 504호를 기다렸다. 한 달 뒤 지방으로 이사를 가게 됐다는 수아 엄마의 말을 듣고 과외 선생이 그동안 504호가 미루고 주지 않은 과외비 이야기를 꺼냈다고 했다. 수아 엄마는 504호를 가리켜 비싼 화장품은 척척 사들이면서 애 과외비를 주지 않는 이상한 여자라고 비아냥거렸다. 대학 다닐 때 그림을 전공했는데 예은이 조기 유학 수속을 밟다가 자기도 함께 떠나기로 마음먹었대요. 이 나라에서는 도저히 예술적 영감이 떠오르지 않는다나 뭐라나. 어차피 우아한 여자 입에서 나온 말은 믿을 게 못 되지만 혹시 모르죠, 유학이 아니라도 이사를 갈지. 밀린 과외비 주겠다고 통장 계좌 번호 적어 갔다는데 아마 그 선생 우아한 여자한테 돈 받기 쉽지 않을 것 같네요.

604호는 남편이 먹을 국에 신경정신과 의사가 처방해준 신경안정제를 넣는다. 햇빛 때문에 낮에는 밖으로 나가기가 두렵고 한밤중에는 자신도 모르는 사이 어딘가를 헤매고 다닌다고 말하자 의사는 604호에게 최근에 갑자기 환경이 바뀌었다거나 스트레스를 받은 일이 있는지 물었다. 604호는 아무 거리낌 없이 남편이 사고로 죽었다고 거짓말을 했다. 약물만으론 병세가 호전되지 않는다면서 의사가 주기적으로 병원에 와서 상담을 받으라고 말한다. 신경안정제를 먹은 뒤로 남편은 한밤중에 사라지지 않고 얌전히 잠이 든다.

굳은살

604호는 날마다 Q화장품 특약점으로 출근한다. 출근부에 도장을 찍듯 남편이 먹을 국과 찌개에 신경안정제를 넣는 것을 빠뜨리지 않는다. 잠자기 전에 공들여 팩을 했고 영양 크림과 아이 크림과 수분 세럼과 링클 따위 대여섯 가지 기능성 화장품을 빠뜨리지 않고 바른 덕분에 604호의 얼굴이 반질반질 윤기가 흐르고 잡티며 주름이 눈에 띌 정도로 줄어든 것 같다. 604호는 밝고 화사한 정장을 입고 세련되고 품위 있게 화장을 하고 아파트 여자들을 만난다. 은행과 우체국을 드나들며 화장품 판촉을 한다. 안방 화장대 위에 여전히 화장품 할인점에서 산 싸구려 화장품들이 놓여 있지만 604호는 Q화장품 특약점에서 카운슬러에게 판매하는 기초와 기능성과 색조 화장품 샘플을 쓴다. 아침에 눈을 뜨면 제일 먼저 화장을 했고 저녁에 세안을 하기 전까지 화장을 지우지 않는다. 고가의 화장품을 선뜻 사지 못하는 여자들의 마음을 움직이게 할 수 있는 방법은 Q화장품의 탁월한 기능을 입이 닳도록 이야기하는 것보다는 자신의 잡티 없이 매끄러운 피부를 보여주는 것이 가장 좋은 판촉 방법이라는 사실을 604호는 알고 있다. 은행 창구에서 일하는 30대 초반의 직원에게 에센스와 아이 크림을 판 뒤로 604호는 종종 점심시간에 은행 직원 식당에서 여직원들과 함께 밥을 먹고 커피를 마신다. Q화장품에 별 관심을 보이지 않는 직원들에게 샘플을 나눠주고 여직원 휴게실에서 발 마사지 서비스를 해준다.

504호는 집으로 찾아오지 않았고 아파트 놀이터와 슈퍼마켓에서도 볼 수 없다. 수학 과외가 깨졌지만 예은이는 종종 604호로 놀러 왔다. 병원 대기실에서 마주친 뒤로 504호는 감감무소식이다. 판매 실적도 중요하지만 수금을 제대로 하는 것이 유능한 카운슬러라는 것을 잊지 마세요. 많이 팔았다고 무조건 월급을 받을 수 있는 건 아니죠. 얼마나 많이 그리고 빨리 수금을 하느냐에 따라 성과급이 올라간다는 사실을 기억하세요. 아침 회의 때마다 특약점 점주는 똑같은 말을 지겹도록 반복한다. Q화장품 카운슬러 일을 권했던 동창은 50퍼센트 이상 미수금이 남아 있는 고객에게 화장품을 팔지 말라고 충고했다.

604호는 우체국 직원 식당에서 점심을 먹고 여직원들 발 마사지를 해주고 딸의 하교 시간에 맞춰 집으로 돌아가는 길에 504호를 만나러 갈 생각이다. 과외 선생이 밀린 과외비를 받았는지 알 수 없다. 대형 마트나 백화점에 갈 때마다 504호는 숄더백 안에 몰래 값비싼 물건들을 넣어오고 있을지 모른다. 벨을 누르자 현관문이 빠끔히 열리고 예은이가 고개를 내민다.

"엄마, 계시니?"

예은이는 약 먹고 자고 있다고, 귀찮은 듯 짧게 대꾸하고 안으로 사라진다. 604호는 현관문을 살그머니 열고 안으로 들어간다. 위아래 층에 살았지만 504호 집에 들어가 보는 것은 처음이다. 그동안 504호는 단 한 번도 604호를 집으로 초대한 적이 없다. 가까운 슈퍼마켓에 갈 때도 옷이며 화장이며 모자까지 구색을 맞춰 다니는 504호가 집을 어떻게 꾸며놓고 살고 있을지 궁금하다. 한낮인데 집 안이 어두컴컴하다. 아파트 여느 집이나 똑같은 위치에 있는 붙박이 장식장 위에 구형 텔레비전과 오디오와 전화기가 놓여 있고 소파는 때에 절어 더러운데다 군데군데 찢어진 틈으로 누렇게 색이 바랜 스펀지가 튀어나와 있다. 소파 탁자에 잡지며 신문이며 컵이 두서없이 쌓여 있고 베란다 창에 보라색 버티컬 블라인드가 드리워져 있다. 꽃과 잎사귀가 말라 죽은 화분이 현관 입구와 거실 군데군데 버려진 듯 놓여 있고 장판과 벽지는 10년 전 분양할 때 깔려 있던 것 그대로다. 604호가 집에 들어온 걸 아는지 모르는지 예은이는 제 방 책상 앞에 앉아 컴퓨터 게임을 하고 있다. 시리얼 봉지와 그릇들이 쏟아져 나와 있는 식탁과 설거지할 그릇들이 쌓여 있는 더러운 싱크대 개수대처럼 예은이 방 역시 어둡고 칙칙한 가구와 벽지로 둘러싸여 있다.

504호는 모로 누워 자고 있다. 604호가 방으로 들어오는 것을 모르고 베개에 얼굴을 묻고 곤히 잠들어 있다. 안방 창가에 두꺼운 커튼이 꼼꼼히 드리워져 있다. 국과 찌개에 신경안정제를 빠트리지 않고 넣었지만 604호의 남편은 야간 산행을 중단하지 않았다. 깊이 잠든 건 604호였다. 머리맡에서 들리는 사이렌 소리에 눈을 떴을 때 남편은 사라지고 없었다. 경광등이 정신없이 번쩍거리는 경찰차 주변으로 경찰과 경비원과 아파트 주민 10여 명이 둥그렇게 둘러서서 웅성거리고 있었다. 604호는 베란다 난간에 묶여 있는 자일과 그것을 붙잡고 허공에 떠 있는 남편을 보았다. 604호는 허둥지둥 옷을 갈아입고 밖으로 나갔다. 604호를 알아본 경비원이 경찰관에게 손짓을 하며 무어라고 말했고 곁에 서 있던 사람들이 수군거렸다. 그는 무사히 착지했고 곧바로 경찰차에 태워졌다. 경찰차 뒷좌석에 앉아 지구대로 가면서 한밤중에 소란을 피운 까닭을 묻는 경찰관에게 그는 태연한 얼굴로 야간 등반을 했을 뿐이라고 대답했다. 경찰서에서 조사를 받을 때도 그는 같은 말을 되풀이했다. 그가 아파트 주민이고 몇 차례 경비원의 주의를 받았다는 사실을 경찰관은 알고 있었다. 다른 목적이 없었다고 해도, 공동주택에서 그것도 한밤중에 자일을 타고 오르내리는 것은 본인이 위험한 것은 물론이고 주민들에게 불안감을 준다는 사실을 거듭 이야기했지만 그는 아랑곳하지 않았다.

"왜 한밤중에 그런 위험천만한 행동을 하는 겁니까?"

30대 중반으로 보이는 경찰관이 별 희한한 사람을 다 본다는 표정을 짓고 물었다.

"난 야간 등반을 했을 뿐이오."

그는 자못 당당했다.

"널린 게 산인데 하필 아파트 건물을 탈 건 뭡니까, 그것도 오밤중에?"

경찰관의 낯빛에 피곤한 기색이 역력했다.

"나는 햇빛 때문에 낮에는 밖으로 나가지 못합니다."

경찰관과 한 시간가량 실랑이를 벌이다가 훈방 조치로 집에 돌아오면서 그는 자기는 아무 잘못이 없다는 말만 되풀이해서 말했다.

아파트 여자들에게 우아한 여자라는 별명으로 불리는 504호의 잠든 모습은 조금도 우아해 보이지 않는다. 문짝이 떨어져 나간 장롱에 504호가 입고 다니는 원피스며 재킷이며 치마가 우중충하게 걸려 있고 옷의 색깔과 모양에 맞춰 머리에 쓰고 다니는 모자들이 방바닥에 아무렇게나 쌓여 있다. 604호는 504호가 누워 있는 침대 옆으로 다가가서 화장대 위에 놓인 액자를 집어 든다. 테두리가 낡은 액자 속에 504호가 서너 살 때로 보이는 예은이를 안고 웃고 있다. 화장품 병들이 어지럽게 널려 있는 화장대 위에 사진틀을 내려놓고 604호가 방에서 나가려고 하자 504호가 몸을 뒤척인다. 다시 고르게 숨을 내쉬는 504호를 바라보던 604호가 움찔 놀란다. 외출할 때는 물론이고 마사지를 받을 때조차 쓰고 있겠다고 고집하던 모자를 벗은 504호의 민머리가 낯설다. 잡티와 기미며 주름까지 고스란히 드러난 맨 얼굴을 맡기면서 한사코 모자를 벗지 않았던 까닭이 무엇인지 604호는 비로소 알 것 같다. 발소리를 죽이며 604호가 방을 나간다. 현관에서 신발을 신으려다 말고 열려 있는 예은이의 방문을 노크한다.

"이사 가니?"

컴퓨터 모니터에 눈을 박고 있던 예은이가 깜짝 놀란 얼굴로 604호를 쳐다본다.

"아뇨, 우리 집 원래 이래요."

예은이는 시큰둥하게 대꾸하고 돌아앉아 컴퓨터 자판을 두드린다.

604호는 굳은살 박이고 물집이 잡힌 남편의 발처럼 504호의 허연 정수리가 낯설다. 언제나 화려한 모자로 감추었던 504호의 정수리는 오래 전부터 탈모가 시작된 듯 어린아이 손바닥 크기만큼 둥글게 비어 있다. 지구대에서 돌아왔던 밤 604호는 우유 한 컵에 신경안정제를 몽땅 털어 넣고 전자레인지로 데웠다. 남편이 우유를 한 방울도 남기지 않고 마실 때까지 지키고 서 있었다. 남편이 잠들자 604호는 화장품 할인점에서 산 마사지 크림을 덜어 발 마사지를 시작했다. 남편의 발은 크고 거칠고 낯설었다. 발꿈치의 굳은살은 그가 야간 등반을 시작하기 전부터 생겼을 것이다. 새 등산화 때문에 생겼을 물집은 한동안 그의 발에서 쉽게 사라지지 않을 것이다. 604호는 두 번 다시 같은 소동이 벌어지지 않게 주의하겠다고 경찰관과 약속했다. 약속을 지키려면 아무래도 신경안정제만으로 부족했다. 굳은살 박이고 물집까지 생긴 그의 발을 쉬게 하려면 하룻밤으론 어림없었다. 몇 날 며칠이라도 죽은 듯 잠들게 하려면 마취제만큼이나 강력한 무언가가 필요했다. 그것을 어디에서 구할 수 있을지 604호는 알 수 없다. 예은이에게 현관문을 잠그라고 말하고 604호는 밖으로 나와서 살그머니 문을 닫는다.

막

1막

김치찌개 1인분에 밥 두 공기를 먹었지만 보뜨마는 아직 배가 부르지 않았다. 얼른 숟가락을 내려놓지 못하는 그녀를 라자람이 걱정스러운 얼굴로 바라보았다. 한국에 온 지 6개월이 지났지만 한국말이 전혀 늘지 않은 것과 반대로 보뜨마는 하루가 다르게 몸무게가 늘었다. 눈치 없이 지금처럼 계속 먹어댄다면 강제 추방 당하기 전에 해고되어 쫓겨나는 게 먼저일 것 같았다.

라자람이 눈치를 주자 보뜨마가 아쉬움이 남은 얼굴로 숟가락을 내려놓았다. 식당으로 들어오는 지배인과 여탕 직원에게 머리를 조아려 인사하고 라자람은 밖으로 나왔다. 아랫배가 불룩한 보뜨마가 굼뜨게 자리에서 일어났다. 그녀는 매트를 깔고 앉거나 누워 있는 사람들을 지나쳐서 1층 여탕으로 이어진 계단을 걸어 내려갔다. 6개월 전 처음 보았을 때보다 그녀는 체중이 무려 20여 킬로그

램은 늘었을 것 같았다. 보뜨마는 라자람이 보았던 여자들 중에서 가장 뚱뚱했다. 인도의 옷 가게를 샅샅이 뒤진다고 해도 그녀에게 어울린 만한 사리를 찾아낼 수 없을 것 같았다.

남탕을 나와서 엘리베이터를 타고 라자람은 지하 세탁실로 내려갔다. 커다란 업소용 세탁기 석 대가 놓인 그곳이 라자람의 일터였다. 그는 2층 식당에서 하루 세끼 밥을 먹었고 자정부터 아침 7시까지 남탕 수면실에서 잤다. 아침에 잠을 깨면 일이 시작되었고 잠들기 전까지 끝나지 않았다. 라자람은 하루 중 대부분의 시간을 세탁실에서 보냈다. 세탁기가 돌아가는 동안 그는 기다란 작업대 앞에 서서 세탁과 건조가 끝난 수건과 옷을 개키고 틈틈이 밖으로 나가서 담배를 피웠다. 24시간 영업을 하는 '천지연 사우나'의 남탕과 여탕에서 나오는 수건, 티셔츠, 반바지 수백 벌을 날마다 깨끗이 세탁해서 운반하는 것이 그의 일이었다.

보뜨마를 처음 보았을 때 라자람은 그녀의 건강한 팔과 다리에 마음이 끌렸다. 안전하지만 단조로운 일과 익숙하지만 결코 가까워질 수 없는 사람들 속에서 오늘이 어제와 똑같은 것처럼 내일 역시 결코 달라지지 않을 지루하고 따분한 시간을 살았던 라자람은 태연하게 그녀를 지나치지 못했다. 라자람이 경계심을 늦추고 다가갈 수 있었던 것은 그녀가 자신과 같은 이방인이라는 것을 한눈에 알아보았기 때문이었다.

얼굴이 예쁘지 않았지만 보뜨마의 작고 아담한 몸은 싱싱하고 건강해보였다. 경계와 의심이 가득 찬 눈동자는 6년 전 라자람이 한국에 왔을 때의 모습을 떠올리게 했다. 2주일에 한 번, 열두 시간씩 주어지는 자유 시간에 하릴없이 거리를 쏘다녔던 라자람은 비로소 그 시간을 유용하게 보낼 수 있게 된 것에 감사하며 보뜨마에게 다가갔다.

피로와 긴장, 불안한 마음보다 그녀가 감추지 못했던 것은 배고픔이었다. 뜨거운 해장국을 한 그릇 먹고 나자 그녀의 표정이 한결 누그러졌다. 김치며 깍두기며 한국 음식이 입에 맞는 것 같았다. 고향 몽골에서 그녀는 봄부터 가을까지 한국 음식을 먹을 수 있었다고 했다. 관광객들이 남기고 간 김치며 장조림이며 깻잎이며 컵라면 따위를 가족과 함께 아끼면서 나눠 먹었다고 그녀는 더듬거리며 말했다.

한국어가 능숙했다면 현지인으로 오해할 만큼 보뜨마는 한국 사람과 외모가 비슷했다. 일터에서 의사소통을 하는 데 아무 문제가 없을 만큼 한국어가 익숙했지만 라자람은 외국인이라는 사실을 숨길 수 없었다. 라자람이 보뜨마와 소통할 수 있는 언어는 힌디어나 몽골어 혹은 영어가 아니라 한국어였다. 그녀가 한국어에 서툴다는 것에 안심하면서 라자람은 보뜨마에게 손을 내밀었다. 그녀에게 당장 필요한 것이 하루 세끼 식사와 잠자리라는 사실을 묻지 않아도 알 수 있었다. 보뜨마는 잠자코 라자람을 따라왔다. 천지연 사우나는 식사와 잠자리뿐 아니라 자유롭게 몸을 씻을 수 있었고 겨울이 와도 추위를 걱정하지 않아도 되는 좋은 일자리였다. 직원을 채용하는 것은 총지배인의 권한이었지만 모든 것이 서툰 그녀를 보살피는 것은 라자람 몫이었다.

24시간 상주 근무할 수 있는 직원을 구하기란 쉽지 않았다. 매표소와 여탕 남탕 카운터, 매점과 식당에서 일하는 사람들은 모두 열두 시간씩 2교대로 근무했다. 여탕과 찜질방 청소를 하는 아주머니들은 자주 바뀌었다. 출퇴근할 필요가 없었기 때문에 보뜨마는 일자리를 쉽게 얻을 수도 있었다. 탕과 탈의실을 청소하고 막을 관리하고 찜질방 곳곳에 널브러져 있는 음식물 찌꺼기와 빈 음료수 병 따위를 치우는 일은 한국어가 능숙하지 않더라도 건강한 팔과 다리만으로 충분했다.

보뜨마는 일자리와 잠자리를 동시에 얻었다. 비록 남탕과 여탕으로 나누어져 있었지만 라자람은 그녀와 한 공간에서 잠들었고 하루 세끼 밥을 함께 먹었다. 규칙적으로 돌아오는 열두 시간을 그녀와 함께 보낼 수 있을 거라고 생각했다.

라자람은 정기 휴일이 돌아오면 보뜨마가 고분고분 자신을 따라오리라는 것을 의심하지 않았다. 가고 싶다거나 반드시 가야만 할 곳이 있을 턱이 없었다. 그가 그랬던 것처럼 보뜨마는 돈을 벌기 위해서 한국에 왔을 것이었다. 달리 이유가 있을 리 없었다. 보뜨마가 믿고 의지할 수 있는 사람이 자신뿐일 거라고 생각하자 라자람은 행복했고 스스로 떠안은 책임감으로 어깨가 무거워졌다.

때밀이 임 씨가 밀걸레로 탈의실 바닥에 떨어진 머리카락을 밀어내고 있는 보뜨마를 손짓해 불렀다. 임 씨는 수면실로 통하는 나무 계단 밑으로 마사지 가격표가 붙어 있는 창고 문짝을 활짝 열어 놓고 송 씨와 마주 앉아서 떡과 과일을 먹고 있었다. 보뜨마는 오른쪽 손바닥을 셔츠에 대충 문질러 닦고 임 씨의 손에 들려 있는 인절미 한 조각을 받았다. 못을 박은 벽에 옷가지가 걸려 있고 작은 냉장고 위에 오일이며 크림이며 오이 따위가 쌓여 있는 그곳은 때밀이들의 휴게실이자 물품 보관소였다. 두 사람은 브래지어와 팬티 차림으로 사과를 깎고 떡을 먹었다. 축 늘어진 젖가슴과 쭈글쭈글한 아랫배를 드러내놓고 무람없이 먹고 떠들었다.

송 씨가 보뜨마에게 사과 한쪽을 내밀었다. 보뜨마는 고개를 저었다. 라자람의 말대로 그녀는 손쓸 수 없을 만큼 살이 쪘다. 만약 때밀이들처럼 브래지어와 팬티 차림으로 일해야 한다면 보뜨마는 당장 일을 그만둘 수밖에 없을 거였다.

인절미를 손에 든 채 잠깐 망설였지만 보뜨마는 재빨리 입에 넣고 성급하게 씹어 삼켰다. 밥을 먹은 지 두 시간도 지나지 않았는데 보뜨마는 허기가 졌다. 떡 한 조각을 삼키자 꾹꾹 누르고 있었던 무언가가 식도를 타고 올라오는 것 같았다. 밥이며 김치, 미역국 따위로 허기가 채워지지 않았다. 갓 잡은 양을 토막 내 들통에 담고 뜨겁게 달군 둥글고 매끈한 돌멩이와 감자를 함께 넣어 푹 삶아 익힌 양고기를 양껏 먹고 싶었다. 구수한 냄새를 풍기는 따뜻한 양고기를 떠올리자 보뜨마의 입에 군침이 돌았다. 따뜻한 양고기 국에 밥을 말아 먹고 싶었다. 아버지 티무르가 낡은 푸르공에 관광객들을 태우고 일주일 혹은 열흘에서 보름 일정으로 사막 여행을 떠났다가 돌아오면 보뜨마의 어머니 바야즈는 양고기 국을 끓였다. 여행을 하는 동안 티무르는 식사 때마다 휴대용 칼로 뼈에 달라 붙은 차갑게 식은 양고기 살점을 조금씩 아껴서 떼어 먹었다. 그것으로 그는 길고 고된 여행을 버틸 수 있었다. 운이 좋으면 여행자 캠프에서 양이나 염소 고기로 요리한 허르헉을 먹을 수 있었다. 양이나 염소 한 마리를 잡으면 관광객 수가 아무리 많더라도 가이드와 운전기사들은 언제나 충분히 먹을 수 있었다. 한국인과 유럽인들은 양과 염소 고기를 즐기지 않았고 아예 입에 대지 않는 사람들도 많았다. 여행이 끝나면 그는 김치며 깻잎이며 장조림이며 라면이며 치즈며 과일이며 채소까지 관광객들이 남긴 음식을 전리품처럼 챙겨서 집으로 가져왔다. 한국인 관광객들이 남기고 간 음식을 먹으면서 보뜨마는 그들이 살고 있는 나라를 상상했다. 보뜨마에게 한국어를 가르쳐 준 사람은 아르뜨네였다. 10여 년 가까이 관광객들을 싣고 사막 여행을 다녔지만 한국어는커녕 영어조차 좀처럼 알아듣지 못하는 티무르와 달리 아르뜨네는 한국인들과 막힘없이 이야기할 수 있었다. 아르뜨네의 몸과 언어는 사막 여행으로 단련되었다. 그는 쭈뼛거리거나 웃음으로 얼렁뚱땅 모면하려고 하는 티무르와 달랐다. 보뜨마는 아르뜨네처럼 여행사 가이드가 되고 싶었다. 관광객들을 위해 밥을 짓고 심부름을 해주면서 그들과 자유롭게 이야기하는 아르뜨네 곁에 있고 싶었다.

보뜨마는 바다에서 찍은 아르뜨네의 사진을 가지고 있었다. 막힌 곳 없이 사방이 툭 트인 바다 이야기를 해주면서 아르뜨네는 돈을 모아 한국으로 가고 싶다고 말했다. 초원에서 태어나 도시에서 자란 보뜨마는 몽골을 떠나본 적이 없었다. 끝 모를 바다로 이어져 있다는 나라를 상상하기 어려웠다. 관광객들을 태운 푸르공을 타고 고비사막으로 가듯 그가 바다가 있는 나라로 훌쩍 떠나버릴 것 같아서 보뜨마는 두려웠다.

보뜨마는 탈의실 곳곳에 널려 있는 수건과 옷을 집어서 커다란 세탁물 통에 담았다. 여자들이 선풍기와 드라이어로 머리를 말리거나 화장을 하는 거울 앞자리는 수시로 치워야 했다. 밀걸레가 여자들의 발에 닿지 않게 조심하면서 보뜨마는 머리카락을 쓸어 모으고 물기를 닦았다. 흡연실의 재떨이와 여탕 쓰레기통은 하루에 세 차례 이상 비워야 했다. 보뜨마는 비닐봉지를 들고 입구에 두꺼운 커튼이 드리워져 있는 흡연실로 들어갔다. 재떨이로 사용하는 큼직한 화분 주위로 플라스틱 의자 네 개가 놓인 흡연실에서 벌거벗은 중년 여자 손님 한 명과 박 씨가 담배를 피우며 두런두런 이야기를 하고 있었다. 보뜨마는 화분 안에 수북한 담배꽁초들을 비닐봉지에 긁어 담고 바닥을 닦았다. 박 씨는 강 씨와 열두 시간씩 교대로 일했다. 붙박이로 일하는 그녀 덕분에 흡연과 수다가 늘어난 박 씨는 지배인 눈을 피해 온탕에 들어가 앉아 있거나 사우나를 하거나 단골손님들과 노닥거리면서 보뜨마의 일거수일투족을 감시했다.

일을 지시하는 사람은 박 씨 한 사람이었지만 보뜨마는 여탕으로 탈의실로 휴게실로 찜질방으로 바쁘게 돌아다니면서 쓸고 닦고 줍고 치웠다. 주황색 머릿수건을 쓴 여자들이 탕에 몸을 담그고 앉아 있었다. 살이 델 만큼 물이 뜨거운 열탕에는 가슴이 축 늘어지고 뱃살이 두 겹 세 겹으로 잡혀 있는 노인들이, 온탕과 히노키 탕에는 젊은 여자와 아이들이, 녹차탕에는 살집이 좋은 중년 여자들이 마치 편을 가르듯 나뉘어 앉아 있었다. 보뜨마는 탕 주위로 흩어져 있는 바가지와 대야를 모아서 겹쳐 쌓아놓은 플라스틱 목욕 의자 옆에 가져다 놓고 바닥에 떨어진 쓰레기와 비누 조각을 주웠다.

냉탕에서 아이들 여럿이 수영을 하고 있었다. 플라스틱 바가지를 들고 물장난을 치는 아이들 때문에 찬물이 냉탕 턱을 타고 흘러넘쳤다. 사우나에서 땀을 내고 나온 여자들이 냉탕으로 들어가서 수영을 하고 물속에서 제자리 뛰기를 했다. 천지연 사우나에 온 손님들은 물을 무서워하지 않았다. 사방이 벽으로 둘러싸인 여탕과 찜질방에서 아무 두려움 없이 몸을 씻고 땀을 내고 때를 밀었다. 아이들이 수영을 하거나 물장구를 치고 있는 가로로 길쭉한 냉탕은 끝을 알 수 없다고 했던 아르뜨네의 바다가 아니었다.

"막에 물 뿌려라."

박 씨가 여탕 출입문을 열고 들어오면서 보뜨마를 손짓해 불렀다.

벽에 걸린 둥근 시계가 정오를 가리키고 있었다. 물을 뿌리고 막을 닫을 시간이었다.

"대충 하지 말고 충분하게 뿌려. 막이 건조하면 손님들이 죄다 나한테 항의하니까. 니가 잘해야 내가 편해."

박 씨가 뒤따라오면서 구시렁거렸다. '항의'가 무슨 뜻인지 알 수 없었지만 보뜨마는 묻지 않았다.

2층 찜질방으로 통하는 계단 옆으로 불가마로 이어져 있는 복도가 있었다. 불가마에서 땀을 내고 나온 여자들이 거적이 깔린 바닥에 벌거벗은 채로 눕거나 앉아서 쉬고 있었다. 나이 많은 여자들은 여탕 안에 있는 습식 사우나보다 불가마를 즐겼다. 집에서 가져온 과일과 매점에서 산 냉커피와 찐 달걀을 나눠 먹으면서 온종일 막에서 시간을 보내는 여자들이 적지 않았다.

보뜨마는 막 출입문을 활짝 열어놓고 둘둘 말려 있는 호스를 풀어 불가마 안으로 집어넣었다. 막 입구 옆쪽으로 붙어 있는 수도꼭지를 틀자 물이 콸콸 쏟아졌다. 벌거벗은 여자들이 하나둘 밖으로 나왔다.

"내가 뿌릴까?"

불가마에 남아 있던 여자가 물었지만 보뜨마는 손에 호스를 쥔 채 잠자코 물을 뿌렸다.

불에 그을려 새까맣게 변한 멍석이 깔린 둥근 막은 뜨거웠다. 반구형으로 벽돌을 차곡차곡 쌓아올린 가마는 한껏 몸을 낮춰야 들고 날 수 있었고 높이가 낮은 출입문 외에 환기 구멍이 따로 없었다. 벽을 따라 장작이 쌓여 있고 멍석 위에 모래시계 하나가 놓여 있을 뿐 침상과 탁자와 난로 따위는 보이지 않았다.

보뜨마는 쭈그리고 앉아서 멍석에 충분히 스며들 수 있도록 물을 뿌렸다. 망에 담아 장작더미 위에 올려놓은 말린 쑥이 젖지 않도록 조심하면서 구석구석 물을 뿌렸다. 커다란 돌로 붙들어 맨 기둥도 없고 천장을 열고 닫을 수도 없었지만 보뜨마는 어쩐지 가마가 게르를 닮았다고 생각했다. 이동할 수 없는데다가 1년 열두 달 살을 태울 듯 뜨거운 가마는 가축을 데리고 언제라도 새로운 초지를 찾아 떠나야 하는 유목민들의 게르가 아니었다.

보뜨마는 수돗물을 잠그고 호스를 둘둘 말았다. 정사각형 모양의 출입문을 닫고 거적을 가져와서 그 위에 덮어씌웠다. 오후 1시까지는 누구도 막을 출입할 수 없었다.

거적이 깔린 통로가 텅 비어 있었다.

2막

2주일마다 돌아오는 열두 시간은 하릴없이 쏘다니거나 텅 빈 수면실에서 무료하게 시간을 죽일 때는 지독하게 길고 지루했지만 바다를 보러 가기에는 턱없이 모자랐다. 세탁실 바닥에 지도를 펼쳐놓고 라자람은 손가락으로 해안선을 따라 동해를 지나 남해까지 천천히 짚어나갔다. 해운대가 경상남도 끝자락에 있다고 불가마에 불을 지피는 노인이 말해주었다. 지도를 가져다준 것도 노인이었다. 노인은 한글을 모르는 라자람을 위해서 글자 위에 빨간색 볼펜으로 동그라미를 그려놓았다. 서울역으로 가서 기차를 타면 대여섯 시간쯤 걸릴 거라고 했다. 바다를 보고 곧장 다시 기차를 탄다면 영업시간 전에 돌아올 수 있을지도 몰랐다.

귀퉁이 한쪽이 찢겨나가고 구깃구깃한 지도를 가져다주면서 노인은 손자가 멋진 지구의를 선물 받았기 때문에 돌려주지 않아도 된다고 말했다. 고마운 마음의 표시로 라자람은 노인에게 담배 한 갑을 사주었다. 라자람은 노인이 장작을 패고 불을 지피는 천지연 사우나 건물 뒤편으로 가서 담배를 피웠다. 고향이 남쪽 바닷가 마을이라는 노인의 사투리가 섞인 말을 라자람은 제대로 알아듣지 못할 때가 많았다.

바다를 보러 가고 싶다고 말했을 때 노인은 라자람이 향수병에 걸렸을 거라고 오해했다. 라자람의 고향은 바다는커녕 강과 호수를 볼 수 없는 인도 북부 산간 마을이었다. 끝없이 펼쳐져 있는 초원과 사막의 나라가 그렇듯이 가없는 바다를 상상하기란 쉽지 않았다. 바다를 보고 오면 고향으로 돌아갈 수 있을지도 모르겠다고 말했던 보뜨마를 라자람은 이해할 수 없었다. 한국에 오기 위해 수년 동안 모은 돈에 빚까지 내야 했던 라자람에게 고향은 그립다고 해서 선뜻 돌아갈 수 있는 곳이 아니었다. 천지연 사우나 정기 휴일이 돌아왔을 때 그녀는 라자람의 기대를 저버리고 말도 없이 혼자 밖으로 나갔다가 돌아왔다. 사우나에서 보뜨마를 기다렸던 라자람은 그녀가 길을 잃지 않고 무사히 돌아온 것에 안심했지만 화를 억누를 수 없었다. 어디에 갔었느냐고 따지듯 묻는 라자람에게 보뜨마는 태연한 얼굴로 바다에 가려 했었다고 대답했다.

라자람은 그녀가 농담을 하는 거라고 생각했다. 6년을 살았지만 라자람에게 한국은 호락호락한 나라가 아니었다. 가이드 없이 지도 한 장 없이 혼자 바다에 가려고 했다는 보뜨마의 겁 없고 무모한 행동에 놀랐지만 라자람은 그녀를 말릴 수 없었다. 정기 휴일이 돌아오면 그녀는 배낭 여행자처럼 간단하게 짐을 챙겨 훌쩍 밖으로 나가버렸다.

바다를 보러 가겠다고 했지만 보뜨마는 매번 김포 시내를 벗어나지 못했다. 라자람은 버스 정류장에 서 있는 보뜨마를 보았다. 여러 대의 버스가 정차했다가 출발했지만 그녀는 꼼짝하지 않았다. 30여 분을 정류장에 서 있던 보뜨마가 인도를 따라 걷기 시작했다. 주택가와 학교를 지나 밥집과 술집과 옷 가게가 있는 번화가로 접어들 때까지 보뜨마를 주의 깊게 살피는 사람이 없었다. 옷가게와 네일아트 숍, 미용실과 액세서리 가게를 지나서 보뜨마가 밥집으로 들어갔다. 그녀는 출입문을 등진 자리로 가서 앉았다. 종업원이 물병과 컵을 들고 오자 보뜨마가 음식을 주문했다. 음식이 나오자 그녀는 고개를 숙인 채 먹기 시작했다. 보뜨마가 밥을 먹고 나올 때까지 그는 음식점 밖에서 기다렸다.

라자람은 지도를 차곡차곡 접어서 잠바 안주머니에 넣었다. 남쪽 바닷가는 한겨울에도 이곳처럼 춥지 않다고 불을 지피는 노인이 말했다. 지금보다 더 살이 찌기 전에 보뜨마를 바다에 데리고 가야겠다고 라자람은 생각했다. 미루고 늦추다가 그녀 역시 고향으로 돌아가야 할 때를 놓쳐버릴지도 몰랐다.

불가마 앞에 거적을 깔고 앉아 땀을 식히고 있던 중년 여자가 보뜨마를 손짓해 불렀다. 손목에 차고 있던 열쇠를 빼 보뜨마에게 내밀면서 생맥주 두 잔을 사 오라고 말했다. 냉커피며 냉녹차며 달걀이며 식혜 따위는 1층 매점에서 팔았지만 생맥주를 사려면 2층으로 올라가야 했다. 여자들은 마치 식당에서 종업원을 찾듯 보뜨마를 불렀다. 매표소에서 표를 사고 들어오면 천지연 사우나에서 밥을 먹거나 음료수를 사거나 마사지와 안마와 지압을 받는 것 모두 번호가 찍혀 있는 열쇠로 해결할 수 있었다. 무시로 보뜨마를 불러 열쇠를 내밀고 심부름을 시켰지만 음료수를 사주거나 팁을 주는 여자는 없었다. 어눌한 말투와 굼뜬 행동을 보고 그들은 처음에 보뜨마를 조선족으로 오해했다. 깜빡 속을 만큼 한국 사람과 닮았다고 수다스럽게 말하면서도 그들 중에 정작 몽골이 어느 곳에 있는 나라인지 정확하게 알고 있는 사람은 많지 않았다. 관광객들 중 절반이 넘는 수가 한국인이었기 때문에 보뜨마는 한국인들 대부분이 몽골을 잘 알고 있을 거라고 생각했었다. 젊거나 늙었거나 날씬하거나 뚱뚱하거나 상관없이 자기 몫으로 나온 음식을 남기지 않고 다 먹는 한국 사람은 드물었다. 그들은 양고기 냄새에 질색하면서도 디지털 카메라를 꺼내 접시에 담긴 음식을 찍었고 마두금 연주와 몽골 전통 춤 공연을 구경하면서 보드카와 맥주를 마셨다. 관광객들이 울란바토르 시내에서 보내는 마지막 밤에 티무르는 언제나 충분히 먹을 수 있었다. 접시 가득 담긴 호쇼르와 뽀즈와 밥과 채소를 그는 남기지 않았다. 사막 여행 내내 아르뜨네는 밤이 되면 티무르와 함께 푸르공 뒷자리에서 침낭을 덮고 잠들었지만 뼈에 달라 붙은 식은 양고기를 칼로 떼어 먹지 않았다.

초원을 벗어나 사막으로 들어서면 관광객들은 아르뜨네의 눈과 입과 손에 모든 것을 맡기고 의지했다. 사막을 달리다가 가게가 나타나면 아르뜨네는 재빨리 푸르공을 세웠다. 관광객들은 신기루라도 본 듯 놀라 소리치면서 가게로 뛰어 들어가 콜라와 아이스크림을 샀다. 아르뜨네는 관광객들이 한국에서 가지고 온 음식과 여행사에서 준비한 식재료로 밥을 짓고 찌개를 끓였다. 식사가 끝나면 티무르와 운전기사들이 설거지를 했고 아르뜨네는 커피를 타서 관광객들을 대접했다. 여행자 캠프에 도착하면 티무르와 운전기사들은 주차장에 차를 세워놓고 그들끼리 밥을 지어 먹은 후 침낭을 하나씩 챙겨 들고 푸르공 뒷자리에 일찌감치 자리를 잡고 누웠다. 양이나 염소를 잡는 특별한 저녁이 아니더라도 아르뜨네는 관광객들과 함께 캠프 식당에서 밥을 먹었고 샤워장이 빌 때를 기다렸다가 사막의 먼지를 뒤집어쓴 몸을 씻고 더러운 옷을 빨았다. 그는 사막 여행 내내 샤워는커녕 셔츠 한 벌로 버티는 운전기사들과 달랐다.

한국인을 닮은 반듯하고 잘 생긴 젊은 가이드는 관광객들에게 인기가 많았다. 관광객들에게 한국어 실력을 칭찬받을 때마다 아르뜨네는 몽골 대학에서 한국어를 전공했고 기회가 생기면 한국으로 가서 공부를 하고 싶다고 말했다. 그들은 환하게 웃는 얼굴로 명함이나 이메일 주소와 전화번호를 적은 메모지를 주면서 아르뜨네가 한국에 올 때 연락을 하면 자신들이 가이드가 돼주겠다고 약속했다. 아르뜨네는 관광객들이 아낌없이 뿌렸던 명함과 연락처가 적힌 메모지를 차곡차곡 모아놓았다. 아르뜨네가 한국인들과 자유롭게 말할 수 있었던 것은 한국어 교수의 강의와 과제, 시험 때문이 아니었다. 어눌했던 말과 행동은 관광객들과 함께 사막에서 보냈던 시간만큼 늘었고 빨라졌다. 초원과 사막에 매료되어 감탄사를 늘어놓았지만 관광객들은 여행 일정이 끝나면 미련 없이 비행기에 올랐다. 누구라도 칭찬할 만큼 막힘없이 한국어를 구사할 수 있다고 해도 아르뜨네는 그들을 따라서 떠날 수 없었다.

울란바토르 국제공항에서 한국인 관광객들을 전송한 뒤 티무르가 집으로 돌아가서 바야즈가 끓여준 양고기 국을 먹을 때 아르뜨네는 관광객들을 상대로 공연을 하고 음식을 파는 식당 '칭기즈칸'으로 보뜨마를 찾아왔다. 여행사에서 받은 돈과 팁으로 주머니가 두둑했지만 웬일인지 아르뜨네의 얼굴은 텅 빈 듯 허전하고 피곤해보였다. 관광객들과 함께 있을 때 재바르게 움직이면서 얼굴에 웃음이 사라지지 않았던 아르뜨네가 아니었다. 식당 건물 뒤편이나 인적이 드문 골목으로 가서 키스를 하고 거침없이 셔츠 안으로 손을 넣어 가슴을 만지고 귓가에 달콤한 말을 속삭였던 아르뜨네는 언제부터인가 열정과 사랑이 사라져버린 사람처럼 의무적으로 보뜨마를 찾아왔다가 지친 발걸음으로 돌아가 버렸다.

겨울 내내 아르뜨네는 보뜨마를 찾아오지 않았다. 아르뜨네의 아버지 감바트르가 일하는 한국 음식을 파는 작은 식당으로 찾아가 보았지만 만날 수 없었다. 관광객들에게 된장찌개와 김치찌개, 불고기와 비빔밥을 팔았던 식당은 손님이 한 명도 없었다. 여행사와 게스트하우스는 텅 비었고 오가는 사람이 드문 거리가 을씨년스러웠다.

티무르는 겨울 동안 택시 운전을 했다. 그는 초원에 비가 내리길 바라는 마음으로 봄을 기다렸다. 고비에 비가 내리면 초원은 호수가 되었다. 운이 좋으면 몇 시간 동안은 먼지바람이 잦아든 초원에 머물 수 있을지도 몰랐다. 축복처럼 단비가 내리는 초원을 달려 그는 사막으로 갈 것이었다. 사막 한가운데 차를 세우고 관광객들에게 밥을 지어주고 물통에 담아온 물을 아껴가면서 설거지를 하고 크고 밝고 또렷하게 반짝이는 별을 바라보면서 잠이 들 거였다. 그는 초원의 호수가 순간이라는 것을 잘 알고 있었다. 적막하고 황량한 고비사막을 지나면서 쉬지 않고 보드카를 마시거나 길게 탄성을 터트리거나 마스크와 수건으로 입과 코를 틀어막고 쉴 새 없이 카메라 셔터를 눌러댔던 사람들은 캠프에 도착하면 머리부터 발끝까지 모래 먼지를 뒤집어쓴 몸을 씻느라 바빴다. 관광객들이 옷을 갈아입고 식당으로 가서 입맛에 맞는 음식이 나오길 기다리고 있는 동안 그는 자동차를 점검하면서 다음 날 달려야 할 거리를 가늠했다. 그는 이방의 언어를 배우려고 하지 않았다. 그들의 나라를 상상하지 않았다. 관광객들이 남기고 간 음식을 맛있게 먹었지만 양고기를 좋아하는 그의 입맛은 변하지 않았다. 영리하고 싹싹하고 부지런해서 관광객들에게 인기가 많았던 아르뜨네는 티무르와 달랐다. 아르뜨네는 매가 먹이를 낚아채는 속도만큼 빠르게 달라졌다. 아르뜨네의 아버지 감바트르는 아들이 언젠가 훌쩍 한국으로 떠날 거라고 짐작했다. 초원에 내린 비가 마르는 것을 어찌할 수 없는 것처럼 그는 아르뜨네를 붙잡을 수 없을 것이었다.

생맥주 두 잔을 쟁반에 받쳐 들고 보뜨마는 저녁밥을 짓지 않는 여자들이 거적 위에 앉아 땀을 식히고 있는 불가마 쪽으로 걸어갔다. 가로로 길쭉한 창문에 문풍지를 발라 놓아서 바람 한 점 들지 않는 통로 바닥이 뜨거웠다. 햇볕에 달구어진 사막의 모래벌판 한가운데 외따로 서 있는 게르가 보였다. 쌍봉낙타와 말과 양과 염소 한 마리 보이지 않는 게르 주위로 벌거벗은 여자들이 줄을 맞춰 앉아 있었다.

3막

가슴 한가운데 천지연 사우나 글자가 새겨진 반팔 티셔츠와 반바지를 입은 여자들이 미역국을 먹고 있었다. 늘어진 젖가슴과 겹겹이 잡힌 뱃살을 옷으로 가리고 머릿수건을 풀어 짧거나 긴 머리카락을 드러낸 여자들은 벌거벗었을 때와 사뭇 달라 보였다. 물을 뿌리고 막을 닫자 통로에 앉아 있던 여자들이 저녁밥을 먹으러 우르르 2층으로 올라갔다. 하루도 빠지지 않고 출근을 하듯 사우나로 오는 여자 몇은 식당에서 미역국을 사 먹는 것으로 하루 일정을 마무리했다. 보뜨마는 하루에 세 번 라자람과 식당 구석진 자리에 마주 앉아 밥을 먹었다. 선택할 수 있는 메뉴가 많지 않았다. 고기 한 점 없는 국물 위로 참기름이 둥둥 떠다니는 미역국은 물려서 먹고 싶지 않았다. 라자람이 라면을, 보뜨마가 비빔밥을 주문했다. 콩나물과 채소 몇 가지가 섞인 비빔밥은 맛이 없었다. 천지연 사우나 식당에서 먹을 수 있는 음식 중에 고기가 들어 있는 메뉴는 김치찌개뿐이었다. 돼지비계 몇 점으로는 고기 맛을 느낄 수 없었다.

2주일에 한 번 돌아오는 휴일에 보뜨마는 세 시간 간격으로 밥을 먹었다. 삼겹살과 오리고기와 만두를 사 먹고 김포 시내를 걸어 다녔다. 라자람이 뒤를 따라다니지 않더라도 길을 잃을 염려는 없었다. 그는 부탁하지 않았는데도 자청해서 관광객 뒤를 따라다니는 걱정 많은 가이드 같았다. 라자람은 보뜨마가 혼자서 고기를 구워 먹고 있는 식당으로 들어가지 않았다. 김치찌개를 시켜도 비계를 골라내는 그가 어차피 먹을 수 없는 음식이었다. 젓가락처럼 길고 볼품없이 야윈 몸으로 그는 그림자처럼 조용히 움직였다. 보뜨마가 하루에 몇 차례 수건과 옷이 가득 담긴 세탁물 통을 지하 세탁실로 가져가면 그는 굳은살 박인 손으로 세탁물을 개거나 여탕 남탕으로 가져갈 수건과 옷을 나누어 쌓거나 세탁기 앞에 구부정히 앉아 있거나 했다. 이따금 그는 세탁실 바닥에 지도를 펼쳐놓고 곰곰이 생각에 잠겨 있다가 황망히 지도를 접어 잠바 주머니에 집어넣었다. 빨간색 볼펜으로 동그라미를 쳐놓은 곳이 어디인지 보뜨마는 묻지 않았다. 말 한 마디 하지 않고 조용히 뒤를 따라다니면서 왜 지도에 표시해놓은 곳으로 가지 않는지 보뜨마는 알 수 없었다. 어쩌면 그는 한국에 살고 있는 6년 동안 일터 주변을 떠나본 적이 없었을지도 모른다. 고향으로 돌아가야 할 때를 놓쳐버리고 강제 출국을 당할까 두려워서 귀퉁이가 너덜거리도록 지도만 만지작거렸을 것이었다. 사랑하는 사람을 말없이 떠났고 이제 얼굴조차 희미해져서 떠올리지 못할 거였다.

게스트하우스 근처에 있는 식당으로 찾아갔을 때 아들이 한국으로 떠났다고 아르뜨네의 아버지 감바트르가 말했지만 보뜨마는 믿지 않았다. 타이어를 갈고 깨끗이 빨아서 말린 시트를 운전석과 조수석에 끼우면서 티무르가 무심한 얼굴로 바쁘게 떠나느라 작별 인사를 할 겨를이 없었다고 아르뜨네의 말을 전해주었다. 티무르가 낯선 가이드와 함께 한국인 관광객들을 데리고 칭기즈칸으로 저녁 식사를 하러 왔을 때 보뜨마는 비로소 아르뜨네가 떠났다는 사실을 실감할 수 있었다. 아르뜨네처럼 환하게 웃으면서 바쁘게 움직였지만 시도 때도 없이 묻고 요구하고 불만 가득한 얼굴로 불평을 늘어놓는 관광객들 틈에서 젊은 여자 가이드가 곤혹스러워한다는 것을 눈치채기란 어렵지 않았다.

티무르가 푸르공에 한국인 관광객들을 태우고 사막으로 떠나면 보뜨마는 날짜를 헤아렸고 아르뜨네가 그들과 함께 울란바토르로 돌아오는 상상을 했다. 식당 주방에서 양고기를 다져 뽀즈와 호쇼르를 만들고 양배추를 썰고 양고기 칼국수를 끓이면서 보뜨마는 아르뜨네를 기다렸다. 언제나처럼 무대가 열리고 마두금 연주가 시작되면 보뜨마는 오가는 사람이 뜸한 식당 출입문 쪽으로 나갔다. 아르뜨네는 출입문 밖 기념품을 파는 간이 상점에서 환전을 하지 못했거나 잔돈이 부족한 관광객들이 달러를 투그릭으로 바꿀 수 있게 도와주었다. 주방 입구에 서 있는 보뜨마를 발견하면 아르뜨네는 사람들이 눈치채지 못하게 재빨리 손바닥 키스를 날렸다. 새벽 비행기를 타야 할 관광객들이 호텔에 투숙을 하면 아르뜨네는 게스트하우스에 짐을 부려놓고 한밤중에 보뜨마를 찾아왔다. 낙타와 말과 양 들이 물과 풀이 있는 초원을 찾아다니듯 아르뜨네는 보뜨마의 품으로 달려왔다. 티무르와 감바트르가 친구가 되고 그들이 초원을 떠나 울란바토르에 정착한 뒤로 아르뜨네와 보뜨마는 남매처럼 어울렸고 사랑을 나누었고 서로의 곁을 떠나지 않을 거라는 사실을 의심하지 않았다.

라면을 먹으면서 습관처럼 왼손으로 잠바 안주머니를 더듬는 라자람을 보뜨마가 흘긋 바라보았다. 무언가 할 말이 있는 듯했지만 그는 입을 열지 않았다. 하루 세끼를 함께 먹었지만 음식을 주문할 때 말고는 두 사람은 거의 말을 하지 않았다. 식당 아주머니와 손님들은 두 사람 모두 한국어가 서툴 거라고 짐작했다. 백 년을 산다고 해도 저절로 깨칠 수 없는 글자와 달리 억양이 센 사투리가 아니라면 라자람은 듣고 말하는 데 어려움이 없었다. 보뜨마가 주눅이 든 표정으로 입을 다물고 있는 까닭을 한국어가 서툴기 때문일 거라고 오해하기는 라자람도 마찬가지였다. 네, 아니요로밖에 대답할 줄 모르는 형편없는 한국어 실력으로 그녀가 천지연 사우나 주변을 벗어날 수 없을 거라고 생각했다. 함께 바다로 가자고 말하면 보뜨마가 어떤 표정을 지을지 라자람은 궁금했다. 불을 지피는 노인에게 여러 번 들어서 라자람은 버스와 지하철과 기차를 갈아타고 해운대까지 가는 여정을 외우고 있었다. 바닷물이 차갑겠지만 신과 양말을 벗고 잠깐이라도 물속에 발을 담글 수 있을 거였다. 회를 파는 식당은 겨울이라 한가할 거라고 했다. 피서객들로 바글거리는 한여름이 아니라 인적이 드문 겨울이라야 진짜 바다를 볼 수 있다고 노인이 말했다.

보뜨마가 숟가락을 내려놓았지만 라자람은 지도를 꺼내지 않았다. 라자람은 무거운 몸을 힘겹게 일으켜 세우고 식당을 나가서 1층 여탕으로 통하는 계단을 내려가는 그녀를 속수무책으로 바라보았다.

박 씨가 퇴근하고 강 씨가 작업복으로 갈아입었다. 카운터와 1층 매점 직원이 바뀌었다. 사물함에서 꺼낸 봉지 커피를 스테인리스 컵에 담아 온수를 가득 붓고 강 씨는 벽걸이 텔레비전 앞에 놓인 길쭉한 나무 의자로 가서 앉았다. 밤 근무를 하는 동안 강 씨는 수시로 커피를 마셨고 손님이 뜸한 새벽이 되면 나무 의자에 앉아 꾸벅꾸벅 졸았다. 자정이 될 때까지 탕과 탈의실을 청소하고 세탁물 통을 지하 세탁실로 가져가고 흡연실 재떨이를 치우는 것은 보뜨마의 몫이었다. 새벽 3시가 되면 강 씨가 물을 뿌리고 막을 닫았다. 막은 아침 7시까지 열지 않았고 덩달아 손님이 뜸했다.

보뜨마는 여기저기 흩어져 있는 목욕 의자와 바가지와 대야를 주워 한곳에 모아놓고 미끄러운 바닥을 솔로 문질렀다. 검은색 브래지어와 팬티를 입은 임 씨가 천장에 U자 모양으로 매달려 있는 쇠 봉에 끼워진 수건을 두 손으로 붙잡고 목욕 침대에 엎드려 있는 젊은 여자의 등과 허리와 다리를 밟아주고 있었다. 온종일 여자들의 때를 밀어주고 마사지를 해주고 몸을 밟아주느라 임 씨는 지치고 피곤해보였다. 샤워를 하고 싶었지만 보뜨마는 옷을 벗지 않았다. 날마다 벌거벗은 여자들을 보았지만 보뜨마는 알몸을 드러내길 꺼렸다. 보뜨마는 손님들이 목욕 의자에 앉아 때를 미는 자리로 가서 바가지에 물을 받아 얼굴을 씻고 반바지 아래로 드러난 종아리와 발을 닦았다. 한 바가지의 물로 몸을 씻고 빨래를 하는 것에 그녀는 익숙했다. 샤워기를 틀면 언제라도 물이 콸콸 쏟아졌지만 그것으로 충분했다.

자정이 지나서 보뜨마는 수면실로 올라갔다. 매트가 깔린 넓은 방 한가운데 두 사람이 담요를 덮고 자고 있었다. 수면실 입구를 커튼으로 여며놓고 보뜨마는 구석진 자리로 가서 스펀지 베개를 베고 누웠다. 검은색 커튼은 불빛과 소음을 완전히 막아주지 못했다. 오가는 발걸음 소리며 텔레비전 소리, 사람들의 말소리가 어둠 속에서 분명하게 들렸다. 보뜨마는 담요를 끌어당겨 얼굴을 덮었다. 눈을 감으면 그대로 곯아떨어질 것처럼 피곤했지만 초원과 사막의 밤하늘에서 반짝거리는 별처럼 정신이 또렷했다. 보뜨마는 아르뜨네의 사진을 꺼내 보지 않았다. 바다를 배경으로 서서 웃고 있는 아르뜨네의 사진은 수없이 보고 만졌던 탓에 귀퉁이가 닳고 너덜너덜해졌다. 그 사진을 처음 보았을 때 보뜨마는 아르뜨네가 언젠가 떠날 거라는 사실을 눈치챘어야 했다. 그는 이미 여러 차례 작별 인사를 했는지도 몰랐다. 아르뜨네가 떠나고 젊은 여자 가이드가 왔던 것처럼 칭기즈칸 주방에는 한국어를 열심히 배우는 요리사가 봄이 되면 찾아올 한국인 관광객을 맞을 준비를 하고 있을 것이었다.

자고 있던 여자가 몸을 뒤척였다. 불빛과 소음이 아니더라도 집이 아닌 곳에서 깊은 잠을 이루기란 어려웠다. 사막의 캠프에서 관광객들은 깊이 잠들지 못했다. 여행자 캠프를 찾을 수 없는 곳에서 민박을 할 때 그들은 한 바가지의 물로 씻어야 하는 걸 알고 곤혹스러워했다. 해가 저물면 한여름에도 난로에 불을 지펴야 하는 사막에서 그들은 밤새 보드카를 마시고 땅으로 쏟아질 듯 낮게 내려와서 반짝거리는 별을 바라보았다. 아르뜨네는 덩달아 술이 늘었다. 하루 여덟 시간 이상 운전을 해야 하는 티무르는 관광이 끝나는 날까지 술을 한 방울도 입에 대지 않았다. 관광객들이 아낌없이 따라주는 보드카에 취하면 아르뜨네는 비틀거리는 걸음으로 티무르가 자고 있는 푸르공으로 돌아갔다. 냉난방이 안 되는 낡은 자동차 조수석에 앉아 있으면 끝없이 펼쳐져 있는 하늘과 수정처럼 반짝거리는 별이 문득 낯설어 보였다. 그는 규칙적으로 코를 골아대는 티무르가 아버지의 친구이며 어린 시절부터 늘 자신의 곁에 있었던 보뜨마의 아버지가 아니라 적막하고 신비로운 사막을 관광하기 위해 불편을 감수하는 관광객들이 무조건 믿고 의지해야 하는, 말이 통하지 않는 운전기사로밖에 느껴지지 않았다. 이정표 하나 없는 사막 길을 환히 꿰고 있었지만 티무르는 초원과 사막을 벗어나서 원하는 길로 자유롭게 차를 달릴 수 없었다. 사막 여행은 보름이면 충분했다. 흙먼지가 풀풀 날리는 사막에서 한 달 이상 머물려고 하는 사람들은 드물었다. 영하 30도 이하로 떨어지는 추위가 찾아오기 전에 관광객들은 서둘러 몽골을 떠났다. 아르뜨네는 사람과 낙타와 말과 양 들이 자취를 감추는 겨울이 오기 전에 여행자들의 나라로 떠날 생각이었다. 관광객들에게서 받은 수십 장이 넘는 명함과 메모지가 이정표가 되어줄 거라고 믿었다.

담요를 몸에 둘둘 말았지만 한기가 느껴졌다. 손바닥으로 수면실 바닥을 더듬었다. 미지근했다. 보뜨마는 자리에서 일어나서 등을 벽에 기대고 앉았다. 잠을 이루지 못하는 것은 추위 때문이 아니었다. 옆자리 여자가 드르렁드르렁 코를 골았다. 보뜨마는 여자들이 깨지 않게 조심하면서 커튼을 걷고 밖으로 나왔다. 유선 방송이 나오는 텔레비전 앞 나무 의자가 텅 비어 있었다. 탈의실과 매점, 신발장이 있는 출입구 쪽이 조용했다. 여탕 유리문 너머로 온탕에 몸을 담그고 앉은 여자 몇이 보였다. 보뜨마는 2층으로 통하는 계단 쪽으로 걸어갔다. 라자람은 남탕 수면실에서 곤히 자고 있을 거였다. 어쩌면 그는 빨간색 볼펜으로 지도에 동그라미를 쳐놓은 곳으로 떠나는 꿈을 꾸고 있을지도 모른다. 아르뜨네의 사진은

이정표가 아니었다. 여행자도 관광객도 유학생도 아닌 그녀가 길을 잃고 낯선 곳을 헤매다가 문득 정신을 차렸을 때 24시간 내내 불이 꺼지지 않는 곳으로 와 있었다. 계단을 올라가려다 말고 보뜨마는 불가마로 이어져 있는 통로 쪽으로 고개를 돌렸다. 멀리 입구에 거적을 두른 게르가 보이고 바람이 마두금을 연주하는 소리가 들렸다. 보뜨마는 마두금 소리를 따라 게르가 서 있는 곳으로 발맘발맘 걸어갔다. 거적을 걷어내자 머리를 숙이고 허리를 굽혀야 들어갈 수 있는 덮개 문이 드러났다. 보뜨마는 몸을 낮추고 안으로 들어갔다. 화롯불이 타고 있는 게르는 몸을 델 만큼 뜨거웠다. 그녀는 거리낌 없이 셔츠와 바지를 벗어서 벽에 걸고 침대로 올라가서 누웠다. 뼛속을 파고들던 추위와 맹렬한 허기가 차차 누그러지면서 그녀는 곤히 잠들었다.

6인실

새벽에 울었던 여자는 자고 있었다. 더워서 한잠도 자지 못했다고 툴툴거리면서 선예 씨가 수건을 들고 밖으로 나갔다. 잠을 방해한 것은 더위만이 아니었다. 새벽 2시경에 여자는 온 가족을 대동하고 병실로 들어왔다. 간호사가 불을 환하게 밝히고 병상에 시트를 깔았다. 병상 주위로 커튼을 쳐놓았기 때문에 영순은 여자의 얼굴을 볼 수 없었다. 남편으로 짐작되는 남자가 목소리를 낮춘 채 여자와 한참 동안 이야기를 나누다가 아이들을 데리고 돌아갔다. 가족이 떠나자 여자가 앓는 소리를 내다가 흐느껴 울기 시작했다. 잠을 깬 선예 씨가 밖으로 나가서 간호사를 불러왔다. 우는 아이에게 사탕을 주듯 간호사는 언제라도 진통제를 놓는 데 인색하지 않았다. 영순은 여자보다 먼저 잠들었다. 병상의 노인은 영순을 깨우지 않고 아침까지 잘 잤다. 한밤중에 똥을 싸서 종이 기저귀며 환자복이며 시트까지 갈게 한 것에 대한 보상인 듯했다.

영순은 탕비실로 가서 컵라면 용기에 뜨거운 물을 부어왔다. 밥을 짓는 것이 귀찮은데다가 밥맛도 없었다. 새벽에 입원한 여자는 눈을 뜨고 누워 있었다. 환자복 안쪽으로 어깨에 차고 있는 보호대가 보였다. 퉁퉁 부은 얼굴로 병상에서 일어난 여자가 가방을 뒤져 세면도구를 꺼냈다. 검은색 트렁크는 병실에서 사용할 물품을 넣어온 가방처럼 보이지 않았다. 여자는 맨발에 구두를 신고 병실을 나갔다.

"식사 하실래요?"

밥을 먹고 있던 선예 씨가 병실로 돌아온 여자에게 보조 침대에 놓여 있는 식판을 눈으로 가리키면서 물었다.

여자는 고개를 내젓고 침대에 젖버듬히 기대앉았다. 설령 밥을 먹고 싶다고 해도 여자는 당장 먹을 수 없었다. 밥과 국과 반찬이 담긴 그릇마다 뚜껑을 덮어놓은 식판에는 수저가 없었다. 가족이 수저를 가져다주거나 여자가 직접 매점으로 가서 사와야만 식사를 할 수 있었다.

"그럼, 이 밥, 간병인 언니 줘도 되지요?"

선예 씨가 침대에서 내려오더니 식판을 영순에게 가져왔다.

"아침부터 컵라면이 뭐야. 밥을 먹어야지."

선예 씨는 곰살궂게 지청구를 하면서 밥과 국과 반찬 뚜껑을 일일이 열어주고 제자리로 돌아갔다.

입원 환자들이 식사 때 자리를 비우거나 밖에서 가져온 음식을 먹느라 식판에 손을 대지 않으면 선예 씨는 영순과 간병인 김 씨에게 가져다주었다. 친동기간처럼 살가운 사람이었다.

"교통사고예요?"

선예 씨가 여자에게 물었다.

여자가 고개를 끄덕였다.

“새벽에 가족들이 전부 같이 왔던데…… 명절 쇠러 고향에 가는 길이었나 보네요. 그런데 왜 혼자 입원했어요? 가족들은 다치지 않았어요?”

그렇다고 대답하고 여자가 침대에 누웠다.

선예 씨는 더 이상 묻지 않았다. 물을 수 없었다. 여자는 텔레비전 소리가 왕왕거리고 아침 식사를 하느라 소란스러운 병실이 짜증스럽다는 듯 두 눈을 감아버렸다.

선예 씨는 환자답지 않은 혈색 좋은 얼굴로 밥을 맛있게 먹었다. 장기 입원 환자들이 대부분 그렇듯 그녀는 식사 때마다 복도 끝에 있는 공용 냉장고에서 김치며 밑반찬을 가져와서 밥을 먹었다. 영순도 집에서 가지고 온 반찬을 공용 냉장고에 넣어두었다. 이따금 간병인 김 씨와 함께 찌개를 끓여 먹을 때도 있었지만 대부분 이틀 동안 먹을 수 있게 한꺼번에 밥을 지어놓고 끼니때마다 전자레인지에 데우거나 물을 넣고 끓여서 혼자 먹었다.

식판을 복도에 내놓고 선예 씨는 커피를 마시면서 리모컨으로 텔레비전 채널을 이리저리 돌렸다. 아침 연속극이 나올 시간이었다. 영순의 자리는 창가 벽에 걸린 텔레비전 수상기와 너무 가까워서 고개를 쳐들고 눈을 치켜뜨지 않으면 화면이 잘 보이지 않았다. 간밤에 전을 몇 개 집어 먹었더니 식욕이 없었다. 영순은 꾸역꾸역 라면을 먹고 식판의 밥을 빈 찬합에 덜어놓았다. 의사가 회진을 돌고 가면 선예 씨는 환자복을 벗고 사복 차림으로 병실을 나갈 것이다. 오전에 외출을 하면 선예 씨는 저녁 식사가 나올 때쯤 반찬 냄새를 풍기면서 병실로 돌아왔다. 어제는 저녁 9시가 지나서 녹두전이며 동태전이며 산적 따위를 한 보따리 싸들고 와서 영순과 김 씨에게 맛을 보라며 나누어주었다. 304호실에서 선예 씨가 부쳐온 전을 먹을 수 있는 사람은 간병인들뿐이었다. 기관 삽관술을 받은 두 노인 환자는 콧줄로 식사를 했고 거식증에 걸린 60대 여자는 음식에 손을 대지 않았다. 이틀 전 장염으로 입원한 50대 여자는 가족들이 밖에서 사 가지고 오는 죽으로 끼니를 때웠다.

추석을 앞두고 선예 씨는 바빴다. 몸은 병실에 있었지만 정신은 온통 반찬 가게에 가 있는 것 같았다. 온종일 전을 부치고 나물을 볶느라 허리를 펼 틈이 없었다고 구시렁거렸지만 그녀의 얼굴은 대목을 맞아 즐거운 비명이라도 지르고 싶은 표정이었다.

"1년 열두 달 오늘만 같으면 금방 부자 될 것 같아."

나무젓가락으로 녹두전을 찢어 입에 넣고 오물거리면서 선예 씨가 말했다.

그녀는 304호 병실에 입원한 환자와 가족들에게 살가웠고 영순과 간병인 김 씨에게 친근하게 굴었다. 영순이 간병하는 노인과 김 씨가 돌보는 노인 모두 종이 기저귀를 찼고 목에 뚫어놓은 구멍으로 수시로 가래를 뽑아줘야 했다. 노인들은 밤낮을 가리지 않고 똥과 오줌을 싸고 가래가 끓어 숨넘어가는 소리를 냈지만 선예 씨는 한 번도 짜증을 내거나 투덜거리지 않았다.

병상의 노인이 그르렁그르렁 가래 끓는 소리를 냈다. 영순은 재빨리 자리에서 일어났다. 머리맡에 있는 흡입기를 집어 관이 삽입

되어 있는 노인의 목에 넣고 가래를 빼내는 일을 영순은 눈을 감고도 할 수 있었다. 가래를 빼주자 노인이 뜨고 있던 눈을 감았다. 노인은 진작 일어났었던 모양이었다. 잠을 깼다고 해도 노인이 할 수 있는 일이란 기껏해야 영순이 손을 놀리는 대로 몸을 움직여주거나 베개를 등에 받치고 잠깐 병상에서 일어나 앉아 있거나 하는 것뿐이었다. 김 씨가 간병하는 환자가 그런 것처럼 노인은 두 달 동안이나 자식들 얼굴을 알아보지 못했다.

영순은 식판과 컵라면 그릇을 치우고 수건 두 개를 빨아가지고 왔다. 병상 주위로 커튼을 드리우고 바지를 벗겼다. 노인이 차고 있는 종이 기저귀는 흠뻑 젖어 있었다. 종이 기저귀를 빼내자 듬성듬성 거웃이 박혀 있는 아랫도리가 드러났다. 지린내가 진동했다. 영순은 물을 적신 수건으로 노인의 아랫도리를 구석구석 닦아냈다. 노인은 눈과 입을 감고 닫은 채로 영순의 손길을 따라 굼뜨게 몸을 움직여주었다. 새 기저귀를 채우고 바지를 입히고 나서 영순은 노인을 모로 눕혀놓고 팔과 다리를 주물렀다. 욕창이 생기지 않게 하려면 하루에 한 번 이상 자세를 바꿔 눕게 해야 했다. 노인이 의식을 찾자 간병 일이 한결 수월해졌다. 살집이 많지 않았지만 노인의 몸은 거대한 고목처럼 무거웠다. 혼자 할 수 있는 일이 거의 없다고 해도 아무것도 하지 않는 것은 아니었다. 스스로 먹고 마시고 싸고 걸어 다니지 못했지만 간병하는 이의 손길을 느끼고 몸을 움직일 수 있는 것만으로도 다행이었다. 노인의 의식이 돌아온 것을 누구보다 기뻐했던 사람은 영순이었다.

"지금 식사 하시겠어요, 어르신?"

깨끗한 수건으로 얼굴과 손을 닦아주면서 영순이 묻자 노인은 순하게 눈을 끔벅였다.

영순은 병상 발치께 있는 높낮이를 조절하는 손잡이를 돌려 침대 머리 쪽을 비스듬히 세워놓고 일회용 비닐장갑을 꼈다. 노인의 코를 통해 위로 이어진 위관 튜브 뚜껑을 열고 음식물 주머니를 연결한 뒤 조절기를 열었다. 씹거나 삼킬 필요가 없는 식사가 더디게 이어졌다. 냄새와 감촉과 맛을 느낄 수 없는 음식은 기다란 관을 통해 위로 공급될 것이었다. 느릿느릿 식사가 끝나자 영순은 주사기에 보리차를 채워 음식물 주머니에 넣었다.

"할머니, 얼굴이 날마다 더 좋아지네요. 이제 금방 퇴원할 수 있겠어요."

노인의 병상 맞은편 자리에서 선예 씨가 호들갑스럽게 말했다.

"내일 모레가 추석인 거 아시죠? 아드님이랑 며느님 얼굴 볼 수 있어서 좋겠네요."

노인은 잠자코 눈만 끔벅거렸다. 보리차가 한두 방울 남았을 때 영순은 조절기를 잠그고 음식물 주머니를 뺐다. 일주일에 한 번 아들과 며느리, 딸들이 찾아오면 노인은 눈빛으로 의사소통을 했다. 그들이 자신의 피붙이라는 사실을 인지하기 위해 애쓰는 것 같았다.

노인이 무엇을 잃어버렸고 어떤 것을 되찾았는지 영순은 알 수 없었다. 노인이 어떤 생을 살았는지 자식과의 관계가 어떠했는지 알 길이 없었다. 일흔일곱 살 노인은 집과 가족을 떠나 병원과 간병인 손에 맡겨졌다. 간병을 하기 위해 병원에 왔을 때 영순은 노인의 얼굴보다 병상 발치에 매달려 있는 네임카드를 먼저 보았다.

이양보. 태어난 순간부터 평생을 누군가에게 자기의 몫을 내주고 살아야 할 운명이었을 노인의 생이 어쩐지 서글펐다.

정형외과 과장이 간호사를 대동하고 병실로 들어왔다. 뒤따라 들어온 남자는 어깨에 보호대를 찬 여자의 남편이었다. 의사는 창가 쪽에 있는 선예 씨에게 먼저 갔다. 의사는 여느 때와 마찬가지로 몸 상태가 어떤지 물었고 선예 씨는 허리가 아프다고 대답했다. 선예 씨는 한 달 전 교통사고로 입원했다. 골절을 당한 것은 아니었지만 사고 후 팔과 다리, 허리가 아파서 장기 입원 중이었다.

의사가 선예 씨에게 물리치료를 받으라고 이르고 어깨에 보호대를 찬 여자에게로 갔다. 여자와 여자의 남편이 긴장한 얼굴로 의사를 맞았다.

"오늘은 토요일이라 어렵겠고, 연휴가 끝나는 대로 수술 날짜를 잡읍시다."

의사가 말했고 여자가 겁먹은 얼굴로 남편을 쳐다보았다.

"간단한 수술이니까 걱정하지 않아도 됩니다. 수술 전날 저녁부터 금식을 할 거고 수술 시간은 마취까지 해서 총 세 시간 정도 걸립니다. 수술을 받으면 3일 뒤에는 오른팔을 사용할 수 있습니다. 1년 후에 쇄골에 박아놓은 철심을 빼내는 수술을 다시 할 겁니다. 수술 일정이 잡히면 다시 말씀드리겠습니다."

의사는 명쾌하게 말하고 간호사와 함께 병실을 나갔다.

"쇄골 골절이라면서요?"

옷을 갈아입고 병실을 나가면서 선예 씨가 여자의 남편에게 물었다.

"네."

"근데 왜 수술을 한다는 거죠? 쇄골은 시간이 지나면 붙는다고 그러던데……."

선예 씨가 고개를 갸울이면서 나가자 여자의 남편이 어디론가 전화를 걸었다.

신경외과 담당의가 회진을 돌고 간 뒤에 영순은 머그컵에 커피를 타서 마셨다. 노인은 잠깐 앉아 있었던 것이 피곤했는지 병상에 누워 눈을 감았다. 의식이 돌아오고 자식들을 알아보았다고 해서 노인이 당장 집으로 돌아갈 수 있는 것은 아니었다. 스스로 호흡할 수 있다는 것을 제외하면 노인이 할 수 있는 일이란 거의 없었다. 스물네 시간 곁을 지키고 있을 만큼 한가한 자식은 없을 것이다. 살아온 시간은 오리무중이었지만 규칙적으로 문병을 오고 병원비와 간병비를 지불할 수 있는 경제적인 능력과 책임감이 있는 자식이 있다는 것만으로도 노인은 불행하지 않았다.

병원 6인실에 입원한 환자들을 불행하다고 할 수 없었다. 장염에 걸린 50대 여자는 아들과 딸이 사다 주는 죽을 먹었고 남편이 죽고 거식증에 걸렸다는 60대 여자는 딸이 날마다 문병을 왔다. 쇄골이 골절돼 수술을 받게 될 여자 옆에는 건강한 남편이 있었고 교통사고로 장기 입원 중인 선예 씨는 보험회사와 합의를 하면 보상금을 두둑하게 받을 수 있을 것이다. 하루에 수차례 간병인의 손에 가래가 뽑히고 콧줄로 식사를 하는 두 노인 역시 생의 끝자락에서 버려진 것이 아니었다.

그르렁그르렁 가래 끓는 소리가 들렸다. 병실 입구 쪽에 있는 김 씨가 간병하고 있는 노인이었다. 영순은 창가 턱에 머그컵을 올려놓고 노인에게 달려갔다. 머리맡에 있는 흡입기를 집어 뚫려 있는 목구멍 안으로 집어넣었다. 가래를 뽑아내자 벌겋게 달아올랐던 노인의 얼굴이 편안해졌다. 간병인 김 씨는 어디로 갔는지 보이지 않있다. 화장실이나 당비실에 가느라 잠깐 자리를 비워야 할 때마다 환자의 상태를 살피고 종종걸음을 치는 영순과 달리 김 씨는 느긋하고 태평스러웠다. 전화 통화를 하느라 10여 분씩 복도에 나가 있었고 샤워를 하거나 세탁을 하느라 한 시간씩이나 자리를 비우기도 했다.

"꼭 내가 자리를 비울 때 이렇다니까."

영순이 복도로 나가서 손짓을 하자 휴대전화를 들고 통화를 하고 있던 김 씨가 투덜거리면서 병실로 들어왔다.

영순은 잠자코 자리로 돌아가서 남은 커피를 마셨다. 김 씨를 대신해 석션을 해주었다고 해서 공치사를 할 생각은 없었다. 보호자라도 되는 것처럼 환자를 소홀히 하지 말라고 잔소리하고 싶지도 않았다. 영순이 잠깐 자리를 비운 사이 일이 생기면 노인을 위해 흡입기를 집어들 수 있는 사람은 김 씨뿐이었다. 아직 그런 일은 한 번도 없었지만 영순은 언젠가 생길지도 모르는 일을 위해 보험을 들어두는 거라고 생각했다.

영순이 믿고 의지하는 것은 여러 개 가지고 있는 보험증서들이었다. 그것들은 30년 넘게 함께 살고 있는 늙은 남편이나 자식보다 든든하고 미더운 존재였다. 배움이 있고 사교적인 성격이었다면 영순은 스물네 시간 병자를 돌보는 일을 하는 대신 보험 설계사가 되었을 것이다. 기껏 까막눈을 면했을 뿐인 영순은 보험 설계사는커녕 노인 요양원에서 일할 수 있는 요양 보호사도 언감생심이었다.

보험 설계사가 될 수 없었지만 보험을 드는 것은 어렵지 않았다. 매달 보험료를 낼 수만 있다면 배움이나 성격 따위는 아무 문제될 것이 없었다. 아파트 경비원으로 일했던 영순의 남편은 하나둘씩 늘어가는 보험을 달가워하지 않았다. 그가 벌어오는 돈은 매달 집세와 공과금을 내고 식료품을 사면 수중에 남는 것이 없었다. 그는 영순이 간병 일을 해서 아등바등 버는 돈을 차곡차곡 저축하길 바랐다. 그에게 보험이란 죽 쒀서 개를 줘버리는 일일 뿐이었다. 단번에 수천만 원을 받을 수 있다지만 멀쩡한 육신에 암종이 생기지 않으면 고생해서 번 돈을 도둑맞는 것과 같았다. 혹시 생길지 모르는 미래의 위험에 대비해 알토란 같은 돈을 퍼붓는 것은 미련하고 바보 같은 짓이었다. 영순이 몇 개의 보험증서를 가지고 있는지 그는 알지 못했다. 유사시에 찾아 쓸 수도 없는 한갓 휴지 조각에 불과한 그것들에 영순이 집착하는 까닭을 알지 못했다.

간병인 김 씨가 리모컨을 집어 채널을 돌렸다. 6인실의 텔레비전은 종일 켜져 있었다. 환자든 간병인이든 누군가 아침에 켜놓으면 한밤중이 되어서야 전원이 꺼졌다. 텔레비전을 보려면 보조 침대에서 고개를 치켜 올려야 하는 영순과 반대로 김 씨는 병실 출입문 쪽 자리라서 화면이 잘 보이지 않는다고 구시렁거렸다.

"추석에 쉬어?"

김 씨가 물었다.

"한나절만 쉬었다가 와야지."

영순은 추석날 아침에 집에 갔다가 그날 저녁에 다시 병원으로 돌아오겠다고 노인의 며느리에게 미리 얘기를 해놓았다. 영순이 없는 열두 시간 동안 노인을 간병해줄 사람을 간병인 협회에서 보내주기로 했다.

"명절인데 며칠 푹 쉬지, 그러다가 병나겠다. 나는 이틀 쉬었다가 올 거야. 집에 가면 아무것도 안 하고 잠만 잘 거야."

"추석인데 어떻게 잠만 자?"

"송편 한 접시 사고 말 거야. 음식 만드는 것도 귀찮아."

김 씨는 마땅히 볼 프로그램이 없는지 짜증스럽게 리모컨을 눌러 채널을 돌렸다.

"내 몸 내가 위해야지. 아파서 쓰러지면 다 소용없어. 자기도 아등바등 너무 애쓰지 말고 살살 일해. 난 아무래도 야간 근무는 관둬야 할까 봐. 너무 힘들어서 못하겠어."

김 씨가 24시간 상주 근무를 한 지 아직 한 달이 안 되었다. 일주일에 하루 쉬고 6일을 근무하는 것이 힘에 부치는 모양이었다.

보조 침대에서는 깊은 잠을 잘 수 없었고 잠들어서도 안 되었다. 쪽잠을 자면서 이따금 깨어 환자의 가래를 빼주고 기저귀를 갈아주다 보면 시나브로 날이 밝았다. 환한 낮에 의자에 앉아 끄덕끄덕 졸다 깨다 하다 보면 방바닥에 요를 깔고 푹 자고 싶은 마음이 간절했다.

영순은 쉬는 날이 없었다. 집에 간다고 해도 편하게 잘 자리가 없었다. 손바닥만 한 단칸방은 늙은 남편과 젊은 아들이 차지해버렸다. 1년 전 해고된 남편은 다시 일자리를 구하지 못했다. 결혼해서 아들딸 낳고 살았던 아들은 불쑥 찾아와서 돌아갈 생각을 하지 않았다. 모질게 쫓아내버리면 갈 곳이 없어 노숙을 해야 할 꼬락서니였다. 졸지에 영순은 늙은 남편과 아들을 부양해야 할 처지가 되었다. 아들은 영순의 보험이 아니었다. 돈벌이를 할 때는 명절에나 얼굴을 볼 수 있었던 손님 같은 존재였던 아들은 가진 것을 다 털어먹고 염치없이 쳐들어와서 뭉개는 애물단지였다.

영순은 생애 최초로 받은 자격증으로 일자리를 얻었다. 사설 학원에서 받은 수료증은 환자를 간병할 수 있는 자격증과 같았다. 어려운 시험을 쳐서 합격한 것은 아니었지만 수료증을 받았을 때 영순은 누군가로부터 인정받았다는 느낌이 들었다. 간병인 협회에 가입하고 가입비와 회비를 냈다. 단기 혹은 장기 입원 환자를 간병하는 일을 주야간으로 나누어서 하거나 24시간 상주 근무를 할 수 있었다. 영순은 24시간 상주 근무를 선택했다. 돈을 벌 수 있고 잠자리까지 해결할 수 있었다.

병원 6인실은 병자들만의 공간이 아니었다. 아프거나 다쳤거나 해서 입원한 환자들과 그들의 가족들과 면회객들과 간병인들이 먹고 자고 신음하고 웃고 울고 떠들다가 떠나는 곳이었다. 통증으로 잠을 이루지 못하는 환자에게 당번 간호사는 망설이지 않고 진통제를 놓았다. 간병인들은 깊이 잠들지 못했고 간호사들은 졸음을 쫓기 위해 수시로 커피를 마시면서 아침을 맞았다. 밤이 되면 응급실이 소란해지는 것처럼 6인실이 정막에 싸였던 적은 없었다.

9월이 되었지만 더위가 꺾일 줄 몰랐다. 병상 위 벽에 걸린 먼지를 뒤집어 쓴 선풍기가 온종일 덜덜거리며 돌아가느라 후텁지근한 바람을 내뿜었다. 더워도 덥다고 말할 수 없는 노인이 안쓰러워서 영순은 물수건으로 얼굴과 손을 닦아주는 일을 게을리 할 수 없었다. 자식들이 찾아와도 그들은 노인을 위해 아무것도 하려고 들지 않았다. 가래를 뽑아주고 종이 기저귀를 갈아 주는 일을 맡기고 돈을 지불하는 것만으로도 여력이 없는 것 같았다. 늘어가는 병원비와 간병비를 버거워한다는 것을 눈치채기란 어렵지 않았다. 노인을 위해 보험을 들어놓지 않은 그들의 부주의를 탓해야 했다.

노인이 다시 그르렁거렸다. 영순은 자동인형처럼 벌떡 자리에서 일어나 흡입기를 집어 들었다. 검버섯이 핀 주름진 얼굴이 잔뜩 성이 난 것처럼 붉었다. 가래를 뽑고 나서 영순은 병상 주위로 커튼을 드리우고 기저귀를 갈았다. 종이 기저귀가 몇 장 남아 있지 않았다.

"벌써 밥때가 되었나 보네."

복도가 소란해지자 보조 침대에 앉아 졸고 있던 김 씨가 눈을 뜨고 기지개를 켰다.

흰 가운과 모자를 쓴 병원 식당 직원이 304호실로 식판을 날랐다.

선예 씨와 어깨에 보호대를 찬 여자에게는 밥이, 장염 환자와 거식증 환자에게는 죽이 나왔다. 대여섯 살 된 아이를 데리고 온 거식증 환자의 딸이 여자에게 죽을 먹으라고 달래다가 사정을 하다가 애원을 하다가 기어코 화를 냈다. 딸은 함께 온 아이를 단속하느라 하루에 두어 시간 여자 곁에 있는 것도 힘들어했다. 옆에 있을 때도 딱히 할 일이 없었다. 거식증 여자는 혼자 화장실 출입을 하는 데 문제가 없었고 밤에 깨지 않고 조용히 잘 자는 것 같았다. 영양제를 맞는 것은 거부하지 않았지만 여자는 좀처럼 먹으려고 하지 않았다. 잣죽이며 전복죽이며 흑임자죽이며 아들과 딸이 번갈아서 사 가지고 오는 죽으로 끼니를 때웠던 장염 환자가 해쓱한 얼굴로 흰죽을 먹었다.

병상의 노인은 관 급식을 먹고 나서 곧장 눕지 않고 침대에 기대 앉아 있었다. 영순은 아침에 찬합에 덜어놓았던 식은 밥을 꺼냈다. 김 씨가 선예 씨 몫으로 나온 밥을 들고 영순의 자리로 왔다.

"오늘도 바쁘겠네. 명절 대목이라 멀쩡한 사람도 힘들 텐데……."

비어 있는 선예 씨의 병상을 눈으로 가리키며 김 씨가 말했다.

"단골이 많은가 보더라고. 솜씨 좋고 서글서글하니 성격이 좋으니까 장사가 잘 되는 거겠지."

장사를 오랫동안 해서인지 선예 씨는 사람을 다루는 데 여간 솜씨가 좋은 게 아니었다. 병원에 갇혀 환자에게 눈을 떼지 못하는 간병인의 고달픔을 헤아릴 줄 알았다. 간병인에게 음료수 한 병 내밀지 않는 인색한 노인의 자식들과 달리 그녀는 먹을 것을 나눌 줄 알았다. 외출을 했다가 돌아올 때 선예 씨는 집에 있는 아이들에게 줄 간식을 챙기듯 먹을 것을 사 들고 왔다. 과자며 빵이며 따끈따끈한 치킨과 피자를 나누어주는 사람은 선예 씨뿐이었다.

병실에 있을 때 텔레비전 채널을 독점하다시피 하거나 수다스러운 것을 흠이라고 할 수 없었다. 언어로 의사소통을 할 수 없는 병자를 간병하는 처지에 병실에 성격이 활달한 환자가 있는 것이 나뺄 게 없었다.

"젊은 여자가 생활력이 강해서 잘 살겠어."

"생활력도 강하지만 아주 똑똑해."

선예 씨는 호락호락한 사람이 아니었다. 잡은 고기를 절대로 놓치지 않는 영리한 여자였다. 무엇보다 그녀는 운이 좋았다.

영순의 휴대전화에는 선예 씨의 반찬 가게와 휴대전화 번호가 저장되어 있었다. 교통사고로 입원한 지 이틀 만에 외출을 하면서 그녀는 영순에게 몇 가지 부탁을 했다. 자신을 찾아오는 사람이 있으면 외출했다는 말을 하지 말고 조용히 밖으로 나가서 전화를 걸어달라고 했다. 반찬 가게는 병원에서 걸어서 10분이 채 걸리지 않는 곳에 있다고 했다. 물리치료를 받고 있다고 둘러대면 재빨리 병원으로 오겠다고 말했다.

영순은 그녀의 영리하고 주도면밀한 처신에 놀랐고 예기치 않은 사고에 대비해서 보험을 세 개씩이나 들어놓은 것을 알고 감탄했다.

간병 일을 시작한 뒤로 영순은 느닷없이 닥친 불행을 행운으로 바꾼 사람을 여럿 보았다. 행운은 계획하고 대비한 자들의 몫이었다. 아무 대책도 없이 살아가는 영순의 늙은 남편이나 아들이 넘볼 수 있는 일이 아니었다. 유방암 수술을 받은 40대 여자는 통원 치료를 마다하고 병실에서 석 달을 채우고 퇴원을 했다. 여자는 운이 좋았다. 수술을 받기 전에 암 진단비를 받았고 수술비는 보험회사에서 지불했다. 가슴 절개술을 받았다는 여자의 가슴은 영순이 상상했던 것처럼 푹 꺼지거나 밋밋하지 않았다. 샤워를 하던 중 우연히 오른쪽 가슴에 무언가 만져지는 것이 있어서 병원에 갔었던 여자는 유방암 초기 진단을 받았다. 대학 병원에서 수술을 받고 퇴원을 했지만 여자는 집으로 가지 않았고 영순이 간병 일을 했던 병원에 입원했다. 여자는 간병인을 두지 않았다. 누군가의 간병을 받을 만큼 불편해 보이지 않았다. 낮에는 외출하는 날이 잦았고 병원에서 주는 밥이 맛이 없다며 바깥에서 음식을 사 가지고 와서 먹었다. 아침에 눈을 뜨면 병상에 앉아 요가를 하고 의사가 회진을 돌기 전에 공들여 화장을 했다. 의사와 간호사에게 농담을 거는 환자는 여자뿐이었다. 암 수술을 받은 여자가 환한 얼굴로 웃을 수 있었던 것은 위험에 대비해서 보험을 여러 개 들어놓았기 때문이었다.

영순은 밀린 집세와 공과금 때문에 번번이 독촉을 당했지만 보험료를 내야 할 날짜를 잊은 적이 없었다. 여력이 있다면 이혼을 당하고 신용 불량자가 된 아들을 위해 보험을 들어주고 싶었다. 대책 없이 살아온 아들이 보험을 들어놓았을 리 없었다. 남편이 폐지를 주워 고물상에 팔아서 손에 쥐는 푼돈으로 아들은 담배와 로또 복권을 샀다. 아들이 바라는 행운은 고작 그 정도였다.

영순에게 보험은 종교와 같았다. 의심하고 외면하는 이들에게 구원이란 요원한 일이었다. 비좁고 불편한 보조 침대에서 잠을 자고 온종일 병자에게 매여 있는 처지라지만 영순이 김 씨와 같을 수 없었다. 선예 씨가 보험을 여러 개 들어놓았기 때문에 입원 일수가 길어질수록 보험료를 많이 받아낼 수 있다고 영순이 말했을 때 김 씨는 경제적으로 여유가 없는 사람은 엄두를 내지 못하는 일이라고 대꾸했다. 수족을 쓸 수 있는 한 김 씨는 병자 곁에서 쪽잠을 자며 간병 일을 하는 신세를 벗어날 수 없을 거였다.

김 씨가 식판을 치우고 커피 두 잔을 타왔다. 영순이 하루에 대여섯 잔씩 마시는 봉지 커피가 아니었다.

"웬 거래?"

"응, 지난주에 간병비 받던 날, 두고 먹으라고 놓고 가데. 아들이."

환자 아들이 사 왔다는 인스턴트 원두커피는 씁쓸했지만 마실 만했다.

어깨에 보호대를 찬 여자가 병상 벽에 붙어 있는 호출 단추를 눌렀다. 간호사가 병실로 와서 링거액을 갈아 주고 있을 때 약속이라도 한 듯 면회객들이 한꺼번에 들이닥쳤다. 여자의 남편이 머리카락이 성성한 남자와 아이 둘을 데리고 왔고 장염 환자의 딸이 사위와 함께 왔다. 뒤이어 거식증 여자의 아들과 며느리가 들어왔다. 6인실은 시장통처럼 시끌시끌해졌다. 그 와중에 오락 프로그램이 나오는 텔레비전에서 요란스러운 웃음소리가 터졌다. 각각 병실 입구와 창가 쪽 병상에 누운 노인들은 소란에도 아랑곳하지 않고 눈을 감고 있었다.

빵을 먹고 있던 어깨 보호대 여자의 아이들이 고약한 냄새가 난다고 손으로 코를 싸쥐었다. 김 씨가 재빨리 병상 주위로 커튼을 쳤다. 여자와 여자의 남편과 머리칼이 성성한 남자가 얼굴을 찌푸리면서 고개를 돌렸다. 아이들이 토하는 시늉을 하면서 병실 밖으로 뛰쳐나갔다. 김 씨는 변이 묻은 종이 기저귀를 둘둘 말아 들고 화장실로 갔다. 병상의 노인이 그르렁거리자 영순은 보조 침대에서 일어났다. 흡입기를 집어 석션을 하는 영순을 여자가 물끄러미 쳐다

보고 있었다. 영순은 잘못을 저지르기라도 한 것처럼 손을 떨었다.

"하여간 똥을 싸도…… 사람들 많이 있을 때 골라서 쌀 건 뭐야."

김 씨가 불퉁스럽게 말했다.

면회객들은 한꺼번에 몰려왔다가 썰물처럼 빠져나갔다.

냄새 때문인지 어깨 보호대 여자와 장염 환자가 가족을 따라 병실을 나갔다.

거식증 환자만 죽은 듯 누워 있었다. 아무것도 먹으려고 하지 않는 환자의 병상 주위로 가족들이 가지고 온 죽이며 음료수며 통조림 따위가 수북했다.

"씻고 와야겠어. 따뜻한 물 나올 시간이니까 얼른 샤워하고 올게. 자기가 좀 봐줘."

수건과 갈아입을 옷을 챙겨 나가면서 김 씨가 말했다.

6인실에는 노인 환자 둘과 거식증 환자가 남았다. 영순은 텔레비전 리모컨을 집어 전원 버튼을 눌렀다. 갑자기 병실이 조용해졌다. 샤워장에 더운 물이 나오는 시간은 오전에 한 시간 점심때 한 시간 저녁에 두 시간으로 정해져 있었다. 상주 근무를 하는 간병인들은 입원 환자들이 사용하는 샤워장에서 씻고 세탁을 했다. 따뜻한 물은 정해진 시간이 지나면 야박하게 중단되었다. 김 씨가 더운 물로 샤워할 수 있는 시간이 충분하지 않았다.

영순이 추석 당일 아침에 집으로 가겠다고 하자 남편은 쓰다 달다 말이 없었다. 아버지와 아들 둘이 끼니를 해결한다지만 차례 음식은 엄두도 내지 못할 일이었다. 영순은 선예 씨에게 전과 나물 몇 가지를 포장해서 가져다 달라고 부탁해놓았다. 추석날 아침에 과일 몇 개와 포를 사고 집에 가서 밥과 국을 끓여 차례상을 차릴 생각이었다. 식구가 많은 것도 아니고 찾아올 친척도 없었다. 재료를 사고 만드는 번거로움에 비한다면 돈이 더 든다고 할 수 없었다.

영순은 손가방을 집어 휴대전화를 꺼냈다. 폴더를 열고 액정을 들여다보았다. 전화 한 통, 문자메시지 하나 들어온 것이 없었다. 영순이 전화를 하지 않으면 남편과 아들은 일주일이 지나도록 감감무소식이었다. 무슨 일 생기면 가장 먼저 나한테 전화를 해. 집 전화를 없애고 휴대전화를 사주면서 영순은 남편에게 당부했다. 나한테 일이 생길 게 뭐 있겠어? 불퉁스럽게 대답했지만 남편은 영순이 말하는 '무슨 일'이라는 것이 어떤 것인지 잘 알고 있었다. 숫자 1을 누르면 나한테 전화가 걸려. 짧게 누르지 말고 길게 눌러야 해.

남편이 전화를 하지 않는 까닭은 영순이 말하는 무슨 일이 생기지 않았기 때문인지도 몰랐다. 영순이 바라는, 행운으로 바꿔치기할 수 있는 불행이 생기려면 집 안에 붙박여 있는 시간을 줄여야 했다. 영순의 일터인 병원 역시 조건이 좋다고 할 수 없었다. 지난 석 달 동안 영순은 땅을 밟아보지 못했다. 병원 6인실에 붙들려 지내면서 기껏 움직인다는 것이 화장실과 탕비실을 오가는 것뿐이었다.

남편과 함께 들어온 어깨 보호대 여자가 병상 주위로 커튼을 쳤다. 환자복을 벗고 셔츠와 바지를 입은 여자가 검은색 트렁크를 챙겼다.

"퇴원하세요?"

링거 거치대를 끌고 병실로 들어오면서 장염 환자가 여자의 남편에게 물었다.

"네에. 병원을 옮기려고요."

남자가 장염 환자에게 목례를 하고 여자와 함께 도망치듯 병실을 나갔다.

장염 환자가 무심한 얼굴로 텔레비전을 켰다. 간호사가 들어와서 침대 시트와 담요와 환자복을 둘둘 말아들고 나갔다. 병상은 만 하루가 지나지 않아서 다시 비었다.

영순은 시트가 깔리지 않은 텅 빈 침대를 바라보았다. 간병인이 아니라 환자가 되어 그곳에 누워 있는 자신의 모습을 상상했다. 의식이 없는 중증 환자나 회복할 가망이 없는 환자나 신체 일부가 훼손돼 불구로 살아야 할 환자가 아닌 세끼 밥을 맛있게 먹고 낮에는 외출을 할 수 있을 만큼 건강한 환자라야 했다. 폭이 좁은 보조 침대가 아니라 시트가 깔린 병상이라면 두 발을 쭉 펴고 그르렁거리는 소리에 잠을 깨는 일 없이 아침까지 곤히 잘 수 있을 것이다. 병실 생활이 갑갑하고 무료하다고 해도 영순은 석 달을 채우고 퇴원할 생각이었다. 병원 6인실이 비좁고 불편하다고 불평하는 환자들이 많았지만 늙은 남편과 아들이 있는 단칸방보다 못할 것이 없었다.

느닷없이 울려대는 휴대전화 벨소리에 놀라서 영순은 손에 들고 있던 전화기를 바닥에 떨어뜨릴 뻔 했다. 휴대전화 액정 화면에 남편의 전화번호가 떴다. 두 노인과 거식증 여자는 기척이 없고 장염 환자 혼자 텔레비전을 보고 있었다. 영순은 느릿느릿 폴더를 열었다. 내일모레가 추석이니 무슨 일이 아주 없는 것은 아니었다. 영순이 뭐라 말할 틈도 주지 않고 아들의 다급한 목소리가 튀어나왔다. 아버지가 트럭에 치었어요. 텔레비전 소리가 너무 커서 영순은 아들의 말을 정확하게 알아듣지 못했다. 아버지가 교통사고를 당했다고요. 아들은 반편이처럼 더듬거리다가 악을 썼다. 소음은 6인실에 켜놓은 텔레비전 소리만이 아니었다. 자동차가 경적을 빵빵 울려대고 사람들이 웅성거리고 구급차가 도착했는지 사이렌 소리가 시끄럽게 들렸다. 아들은 도로 한복판에 서 있는 모양이었다. 지금 119 타고 병원으로 갈 거예요. 얼른 병원으로 오세요. 전화가 끊어졌다. 영순은 잠든 노인의 얼굴을 흘긋 돌아보고 황망히 병실을 뛰쳐나갔다. 트럭에 치여 사고를 당한 남편이 어느 곳을 얼마만큼 다쳤는지 아들은 말하지 않았다. 늙은 남편과 아들이 무슨 일로 함께 외출을 했는지 알 길이 없었다. 내일까지는 환자 곁을 지키고 있어야 했다. 두어 시간 뒤면 노인의 며느리가 올 것이다. 김 씨에게 부탁하고 택시를 타면 시간이 많이 걸리지 않을 것 같았다. 세상물정 모르는 아들에게 맡겨놓을 일이 아니었다. 영순이 애면글면 다달이 내고 있는 보험료는 아들이 에멜무지로 사는 로또가 아니었다.

점퍼를 입은 남자가 영순과 엇갈려 304호실로 들어갔다. 낯이 익은 얼굴이었다. 그가 누구인지 얼른 생각나지 않았지만 환자의 가족이 아닌 것은 분명했다. 샤워장 문을 열고 들어가자 옷을 입고 있던 김 씨가 놀란 얼굴로 영순을 쳐다보았다.

"왜?"

"내가 급한 일이 생겼어. 한 시간만 봐줘."

"무슨 일인데?"

"자세한 건 다녀와서 얘기할게."

"알았으니까 얼른 가봐. 거참 별일이네."

샤워장을 급히 나와서 손가방을 가져가려고 다시 병실로 갔을 때 영순은 선예 씨 병상 앞에 서 있는 남자를 보았다. 남자는 팔짱을 끼고 서서 장염 환자와 이야기를 하고 있었다. 영순이 뭐라 말할 틈도 주지 않고 남자가 웃는 얼굴로 병실을 나가버렸다.

슬리퍼를 벗고 보조 침대 밑에 둔 단화를 발에 꿰신고 손가방을 챙겨 밖으로 나가면서 영순은 휴대전화에 저장되어 있는 선예 씨의 전화번호를 찾아 통화 버튼을 눌렀다. 신호음이 여러 번 울렸지만 전화를 받지 않았다. 한 번 더 전화를 걸었지만 마찬가지였다. 하필 병실을 비웠을 때 남자가 들이닥친 것은 영순의 잘못이 아니었다. 문가에서 마주쳤을 때 남자가 보험회사 보상과 직원이라는 것을 알아채지 못한 것은 선예 씨의 불운일 뿐이었다. 장염 환자에게 주의를 주지 않은 것 역시 그녀의 불찰일 뿐 영순의 잘못은 없었다. 황망히 병원을 빠져나가는 와중에도 영순은 두 번이나 더 선예 씨에게 전화를 걸었다. 그만하면 병원 밥과 간식을 얻어먹은 것에 대한 인사치레는 한 것이었다.

영순은 엘리베이터를 타고 1층 로비로 내려왔다. 토요일 오후라서 외래환자 접수대가 비어 있었다. 휠체어를 타거나 목발을 짚은 환자들이 대형 텔레비전이 놓인 휴게실에 모여 있고 환자복을 입은 중년 남자 몇이 현관 입구에 서서 담배를 피우고 있었다. 영순은 응급실과 주차장 사이로 난 비탈진 길을 뛰어 내려갔다. 택시를 잡으려고 차도 쪽으로 달려가다가 갑자기 걸음을 늦추고 영순은 아들에게 전화를 걸었다. 아들은 전화를 받지 않았다. 남편이 전화를 받을 리 없었다. 119를 타고 병원으로 가고 있다고 했을 뿐 어느 병원인지 아들은 말하지 않았다. 트럭에 치어 사고를 당했다고 했지만 경황이 없어서 승용차나 버스를 트럭이라고 말했을지도 몰랐다. 남편이 교통사고를 당했다는 사실만 분명할 뿐 확실한 것은 아무것도 없었다.

영순은 아들이 어서 빨리 전화받기를 기다리면서 차도를 따라 걸어갔다. 없는 살림에 쓸데없이 보험을 들어서 남 좋은 일을 한다고 게두덜거리던 남편은 그녀의 주도면밀한 처신에 고마워할 것이다. 팔이나 다리가 골절되었다고 해도 크게 걱정할 일은 아니었다. 병원에서 주는 밥을 먹으면서 두어 달 편안하게 지내다 보면 저절로 붙는 게 뼈라는 것을 영순은 누구보다 잘 알고 있었다. 기본적인 검사만 받게 하고 영순은 남편을 자신이 간병 일을 하고 있는 병원에 입원시킬 생각이었다. 병원 생활이 갑갑하다고 아이처럼 보채더라도 석 달은 채우고 퇴원을 해야 했다. 타고난 복이 없을 뿐만 아니라 60 평생 지긋지긋하게 운이 따라 주지 않는 삶을 살았던 남편은 그녀 덕분에 위기를 기회로 바꿀 수 있게 된 것이다. 하염없이 흘러나오던 트로트 가락이 뚝 끊기고 아들의 목소리가 튀어나왔다. 응급실에 도착했어요. 지금 시티 찍고 있어요. 아들의 목소리가 분명하게 들리지 않았다. 어느 병원이냐? 왜 빨리 전화를 안 받는…… 짧은 순간, 강렬한 빛이 영순의 눈과 귀를 틀어막았다. 손에 들려 있던 휴대전화가 길바닥으로 떨어졌다. 영순은 거센 파도에 떠밀리듯 공중으로 높이 날아올랐다. 사람들과 자동차가 움직임을 멈추었고 누군가 음 소거 버튼을 누르기라도 한 듯 사방이 갑갑할 정도로 조용했다. 영순은 제 몸이 바람에 쓸려 날아오르는 나뭇잎처럼 가볍다는 사실에 놀랐다. 오토바이가 도로 한복판에 엎어져서 나뒹굴었다. 가볍게 떠올랐던 영순의 몸이 지상을 향해 추락했다. 그림처럼 고요하던 거리가 순식간에 소음으로 뒤덮였다. 자동차가 경적을 울리며 달려가고 사람들이 넘어진 오토바이 주위에 모여 웅성거렸다. 누군가 휴대전화로 119를 불렀다. 손가방과 휴대전화가 어느 곳에 떨어졌는지 보이지 않았다. 영순은 허공을 보고 누워 있었다. 바람 한 점 불지 않았다. 따뜻한 것이 머리에서부터 목을 적시고 아래로 흘러내렸다. 간병인은 필요하지 않았다. 일없이 허송세월하고 있는 아들이 바빠질지도 모를 일이었다. 구급차가 오고 경찰차가 도착했다. 영순은 이왕이면 남편과 같은 병원이면 좋겠다고 생각했다. 구급 대원이 다가와서 영순의 몸을 들것에 옮겼다. 누군가의 손이 영순의 눈을 억지로 감겨주려고 했다. 영순은 순하게 눈을 감을 수 없었다. 잠이 쏟아졌다. 석 달 넘게 병원 보조 침대에서 토막잠을 자며 버텼던 영순은 두 눈을 동그랗게 뜬 채로 잠의 수렁으로 곤두박질쳤다.

오송(五松)

1

나는 얼굴을 모르는 남자를 만나러 가고 있다. 내가 알고 있는 것은 남자의 나이와 이름뿐이다. 남자는 자신의 나이와 이름을 잊어버렸을지도 모른다.

오늘 아침 신문에서 나는 김순천 씨가 해직된 지 23년 만에 복직되었다는 기사를 읽었다. 명예 회복이 된 지 3년 만에 이루어진 복직이었고 그의 나이가 고령이어서 재직 기간은 2년 동안이라는 조건이 붙었다. 신문에 실린 김순천 씨 사진 위로 '벤치 맨'으로 불린다는 얼굴을 모르는 남자의 모습이 떠올랐다 사라졌다. 취재 수첩 한 귀퉁이에 김순천 씨의 전화번호가 적혀 있었지만 나는 그에게 전화를 걸어 축하 인사 하는 것을 미루고 집을 나왔다.

지하철을 타고 고속버스 터미널로 가면서 나는 휴대전화를 꺼내 황의 전화번호가 저장된 단축 버튼을 눌렀다. 전화기가 꺼져 있다는 메시지가 흘러나왔다. 등단 3년차 소설가인 나와 사진작가 황은 민주화운동기념사업회에서 발간하는 회보 객원 기자로 일하고 있었다. 갑작스럽게 몽골에 가야 할 일이 생겨서 황은 오송회 사건 취재에 함께 가지 못했다.

강남 고속버스 터미널에서 출발한 고속버스가 네 시간 뒤 J시 고속버스 터미널에 도착했다. 택시를 타고 나는 운전기사에게 J시 외곽에 있는 조각공원으로 가달라고 말했다. 택시가 공설 운동장과 국립 대학교와 은행을 지나 대기 신호를 받고 정차했다. 길 건너편 쪽으로 KBS 지역 방송국 건물이 보였다. 아침 신문에서 보았던 김순천 씨의 얼굴은 벌써 흐릿해졌지만 석 달 전 취재를 마치고 사진을 찍겠다고 했을 때 내내 어색해했던 그의 모습은 기억에 또렷이 남아 있었다.

택시가 도심을 벗어나 외곽도로를 달렸다. 남자를 만나도 알아보지 못할 거였다. 그는 날마다 조각공원에 나와 특별히 하는 일 없이 해 질 녘까지 벤치에 앉아 있다가 돌아간다고 했다. 그가 노모와 함께 산다는 집이 공원 가까운 곳에 있었다. 오송회 취재를 위해 내가 만나야 했던 사람들 중에 그의 이름은 빠져 있었다. 사건 관련자 9명 중에서 민주화운동기념사업회 쪽과 연락이 닿고 취재를 허락한 사람은 김순천 씨와 윤규석 씨 두 명뿐이었다. K고에서 두 사람을 만나 사진 촬영을 마치고 횟집으로 자리를 옮겨 이야기를 나눌 때 내가 다른 교사들의 근황을 물었다. 1988년과 1989년 두 차례 복직할 기회가 생겨 몇 명은 다시 교단에 섰고 몇은 사업을 하고 있다고 했다. 몇 차례 술잔이 돌자 김순천 씨가 남자 이야기를 꺼냈다. 남자는 K고가 있는 G시와 인접한 J시 조각공원에서 일없이 온종일 벤치에 앉아 시간을 보낸다고 했다. 출소 직후 4년 동안 행방불명되었던 남자는 집으로 돌아왔지만 정상적인 생활은 할 수 없었다.

몽골에서 돌아온 황이 내게 Y와 H에 대해 이야기해 주었다. Y는 알고 있었지만 H는 금시초문이었다. 김순천 씨와 윤규석 씨가 일부러 말을 하지 않았는지 그것은 알 수 없었다. Y와 H는 황의 고등학교 동창이었다. 뜻밖의 우연이었지만 황은 썩 달가워하는 눈치가 아니었다. 나는 잠자코 황의 이야기를 들었다. 기사를 이미 넘긴 뒤였다. 설령 오송회 관련 교사들이 전부 복직과 명예 회복이 된다고 해도 H는 홀가분하게 짐을 벗어버릴 수 없을 것 같았다. H에게 책임을 물을 수 없었다. 그 역시 오송회 사건 피해자 중 한 사람일 뿐이었다.

오늘 아침 김순천 씨가 복직되었다는 기사를 읽었을 때 나는 악의 원인을 알았다고 해서 그것이 없어지는 것이 아닌 것처럼, 진실이 밝혀진다고 해도 시간을 되돌릴 수는 없고 파괴되어 버린 인간의 내면은 영영 치유받지 못할 거라고 생각했다.

2

정수리 위로 차가운 물줄기가 쏟아졌다. 남자가 눈을 떴다. 흐릿한 형광등 불빛 아래 가죽점퍼 차림에 구두를 신은 사내가 보였다. 손에 쥐고 있던 호스를 등 뒤로 던지고 사내가 주먹 쥔 손으로 남자의 턱을 후려쳤다. 두 손이 뒤로 꺾여 묶여 있던 남자는 의자와 함께 시멘트 바닥으로 나동그라졌다. 신음을 삼킬 뿐 남자는 저항하지 않았다. 끌려온 지 며칠이 지났는지 이유가 무엇인지 낮인지 밤인지 남자는 알지 못했다. 남자의 흠뻑 젖은 몸은 감각이 없었다. 사내가 구둣발로 남자의 정강이를 걷어차면서 소리쳤다.

"빨갱이 새끼!"

남자는 바지에 오줌을 쌌다. 따뜻한 오줌 줄기가 허벅지를 타고 종아리를 적셨다. 몸을 떨면서 남자는 아내를 생각했다. 예고 없이 들이닥친 사내들에게 붙들려 가는 와중에 미처 누군가에게 말할 틈이 없었다. 남자가 사내들에게 끌려갈 때 학생들은 놀라고 겁먹은 얼굴로 꼿꼿이 몸을 세우고 의자에 앉아 있었다. 용기를 내서 미술실 밖으로 따라 나왔던 학생 하나가 험악한 사내들의 기세에 질려 뒷걸음질 쳤다.

5교시 수업은 학생과 교사 모두 집중이 잘 되지 않는 시간이었다. 학생들은 미술실 탁자 위에 놓여 있던 파인애플과 사과와 바나나를 스케치했다. 책상 위에 스케치북을 펼쳐놓고 팔을 괴고 앉아 꾸벅꾸벅 졸고 있는 학생도 있었다. 남자는 미술실 창문을 활짝 열었다. 나른한 오후 시간, 아이들의 숨소리와 이따금 바닥에 의자 끌리는 소리가 들리던 조용한 미술실 안으로 느닷없이 사내 둘이 들이닥쳤다. 검은 양복을 입은 사내 하나가 창가에 서 있는 남자에게로 뚜벅뚜벅 걸어왔다.

“한병호 선생 맞소?”

남자가 굳은 얼굴로 그렇다고 대답했다.

“잠깐 같이 갑시다.”

영문도 모른 채 남자는 사내들에게 끌려 나갔고 현관 밖에 대기하고 있던 검은색 승용차에 태워졌다. 두 명의 사내와 운전석에 앉은 사내는 약속이나 한 듯 입을 다물었다. K고를 빠져나온 승용차가 남자의 아내가 근무하고 있는 중학교 앞을 지나쳤다. 남자는 6개월 전 중학교 음악 교사와 결혼했다. 아내는 순하고 다소곳한 여자였다. 선을 보고 결혼하기까지 3개월이 채 걸리지 않았다. 결혼을 한 뒤 남자는 집 근처에 열 평 남짓한 작업실을 구해 그림을 그렸다. 아내가 저녁마다 간식거리를 가지고 그의 작업실로 왔다. 그림 도구들로 어수선한 그곳에서 남자는 아내를 안았다. 아내의 몸에서 들꽃 냄새가 났다. 남자는 아내의 얼굴을 그렸다. 아내는 아름다웠고 그는 행복했다. 그림을 그리다가 문득 그는 붓질을 멈추곤 했다. 혹 이것이 꿈이 아닐까, 그는 불안했다.

가죽점퍼를 입은 사내가 묶여 있는 남자의 팔을 풀었다.

“길게 끌 것 없잖아. 여기에 지장만 찍으면 오늘이라도 집으로 돌아갈 수 있으니까 괜히 피차 힘 빼지 말자고.”

사내가 내민 종이를 받아 들고 남자는 눈이 어두운 노인처럼 굼뜨게 글자를 읽어 내려갔다. 사회주의자, 오송회, 4·19 위령제, 용공 단체, 이적 행위 따위 단어들이 암호처럼 박혀 있는 문장을 읽어가면서 남자는 끌려온 뒤로 먹지도 자지도 못해 글자조차 제대로 읽지 못하는 것인지도 모른다고 생각했다. 눈앞에 서 있는 사내도, 철제 탁자와 욕조와 세면대가 보일 뿐 사방이 막힌 공간도, 의자에 앉아서 오줌을 싼 것도 모두 헛것이거나 지독히 나쁜 꿈인 것 같았다.

"거기 적혀 있는 내용을 인정한다고 순순히 자백만 한다면 선생은 부인이 기다리고 있는 집으로 갈 수 있을 거요. 오송회 회원들 모두 자신들의 이적 행위를 자백했소. 사실 죄의 경중을 따지자면 선생이 제일 가볍소. 선생은 미술 교사고 대학 시절 집시법을 위반했던 사실이 없소. 반국가단체를 구성하고 학생들을 선동, 자유민주주의 국가를 전복할 기회를 노린 인물들은 선생과 같은 선량한 교사와 다르오. 그들은 남파된 고정간첩으로 밝혀졌소."

사내가 말한 오송회 회원 9명 중 8명은 K고에 근무하는 교사들이었고 나머지 1명은 KBS 지역 방송국 방송과장 김순천 씨였다. 남자는 명단에 적힌 교사들과 이따금 점심시간이며 퇴근 후에 어울렸다. 종종 화제가 정치 이야기로 번지며 유독 목청을 높이거나 교사라는 신분에 깊은 회의를 느낀다고 말하는 사람들이 있었지만 그것은 시대와 불화하는 교육자의 울분 같은 것이었다.

"나는…… 오송회 회원이 아닙니다. 더구나, K고에 그런 단체가 있다는 말은…… 들어본 적도, 없습니다. 나는 내가 왜 이곳에 왔는지 알 수 없……."

사내의 구둣발이 남자의 정강이로 날아왔다.

"이 새끼, 아직도 정신을 못 차렸군!"

사내가 남자의 목덜미를 잡아챘다. 남자의 얼굴은 물이 가득 담긴 욕조 속에 처박혔다. 사내가 남자의 머리카락을 움켜잡고 얼굴과 머리를 물속에 집어넣었다가 빼내기를 반복했다.

"한 가지 충고를 하자면, 선생이 시인을 하든 그렇지 않든 사실은 변하지 않는다는 것이오. 사용할 도구들이 아직 많이 남아 있다는 것을 알아 두기 바라겠소."

사내가 가죽점퍼 안에서 담뱃갑과 라이터를 꺼냈다.

"한 대 피우고 잘 생각해 보시오."

불을 붙인 담배 두 개비 중 하나를 사내가 남자의 젖은 입술 사이에 물려주었다.

머리를 타고 흘러내리는 물 때문에 담배가 이내 축축히 젖었다. 남자는 물이 흥건히 고인 시멘트 바닥에 주저앉았다. 사내가 바닥에 떨어진 젖은 담배를 구둣발로 밟아 짓뭉갰다.

3

K고 뒷산에 오송(五松)은 없었다.

나는 김순천 씨와 윤규석 씨와 함께 기숙사를 지나 풀이 우거진 완만한 산자락을 따라 걸어 올라갔다. 초여름 날씨였지만 바람이 불지 않아 잠깐 사이 온몸이 땀으로 펑 젖었다.

두 사람은 산 중턱쯤에서 멈춰 섰다. 발 빠른 사람이 아니라도 10여 분이면 올라갈 수 있을 만큼 산 정상은 높지 않았다.

"여기가 바로 1982년에 교사들이 4·19 위령제를 지냈었던 장솝니다."

취색 양복을 입은 윤규석 씨가 소나무와 잡풀이 우거진 쪽을 눈으로 가리키며 말했다.

"시간이 많이 흘렀는데 이곳은 달라지질 않았습니다. 당시 우리 교사들은 점심시간에 산책 겸 해서 여길 올라왔습니다. 4·19 위령제라고는 하지만 뭐 거창하게 식을 치렀던 것은 아니었고요."

교사 식당에서 밥을 먹고 있을 때 누군가 오늘이 4·19라고 말을 꺼냈고 그럼 간단하게 위령제를 지내는 게 어떻겠느냐는 의견이 나왔다. 먼저 밥을 먹은 교사 두 명이 학교 근처에 있는 가게로 가서 술과 포를 사 왔다. 평소 속내를 털어놓고 어울리던 교사들 몇이 식당을 나와 뒷산으로 올라갔다. 그들은 산 중턱쯤 아름드리 소나무가 한 그루 서 있는 곳에 신문지를 깔고 술과 포를 내려놓았다. 종이컵에 술을 따라 나무 주변에 뿌리고 노래를 불렀다.

윤규석 씨와 한 걸음 떨어진 곳에 서 있던 김순천 씨가 점퍼 주머니에서 담배를 꺼내 불을 붙이더니 한숨처럼 길게 연기를 내뿜었다.

김순천 씨가 K고에 재직한 기간은 1년이 채 되지 않았다.

서울에서 대학을 다니고 있던, K고 국어 교사 채석준의 제자 Y가 버스에 시집을 두고 내리지 않았다면 그는 오늘 이곳에 있지 않았을 것이다. Y는 고등학교 동창 H와 술을 마시고 밤늦은 시간에 버스를 탔다. Y가 버스에 두고 내린 시집은 판금된 오장환의 시집 『병든 서울』 복사본이었다. 버스 안내양이 시집을 주워 집으로 가지고 갔다. 졸음이 쏟아져 하품을 하면서 시집을 펼쳐 몇 편의 시를 읽던 안내양은 '인공'이라는 단어가 눈에 띄자 깜짝 놀랐다. 안내양은 밤새 한숨도 자지 못했고 이튿날 아침 일찍 시집을 들고 경찰서로 가서 신고했다. 경찰은 크게 문제 삼을 필요성을 느끼지 못했지만 학교와 이름까지 버젓이 적힌 물건이라 혹시나 하는 마음으로 J대 철학과 교수에게 자문을 구했고 '이 정도 문건을 소지한 자라면 고정간첩일 가능성이 높다'라는 놀라운 답변을 들었다.

경찰은 대학생 Y를 연행해서 취조를 했고 시집의 출처가 K고 채석준 교사라는 사실을 알아냈다. 채석준은 도경 대공분실로 끌려가서 수백 장의 진술서를 썼다. 우연히 손에 들어온 판금된 복사본 시집 한 권이 불온 세력을 일망타진할 수 있는 결정적인 증거물이자 기회라고 생각했던 경찰은 채석준과 평소 친하게 지냈던 교사들을 차례로 연행해서 취조했다. 연행된 사람들 중에는 5년 전 교단을 떠나 지역 방송국에 근무하고 있던 김순천 씨가 포함되어 있었다.

경찰은 김순천 씨를 도경 대공분실로 끌고 가서 며칠 동안 잠을 재우지 않고 수백 장의 자술서를 쓰고 외우게 했다. 수사관들은 그의 집에서 압수해 온 계간지『창작과 비평』을 증거물로 제시하면서 5년 전 채석준과 어떤 대화를 주고받았는지 말하라고 다그쳤다.

운동 시간에 교도소 운동장에서 채석준을 만났을 때 그가 물었다.

"오송회가 정말 있었는가?"

"금시초문입니다."

오송회 사건으로 투옥된 9명 중 오송회를 알고 있는 사람은 아무도 없었다.

내가 윤규석 씨에게 왜 하필 오송회라는 이름이 붙여진 것인지 그 까닭을 물었다.

"보다시피 소나무 다섯 그루는 없습니다. 학교 뒷산에 모여 위령제를 지냈다고 하는데 조사해 보니 날마다 보충수업에 시달리는 평범한 교사들 아니겠습니까? 그럴듯한 이름을 지으려다 보니 소나무 한 그루가 다섯 그루로 둔갑한 것이죠."

내가 소나무를 배경으로 사진을 찍겠다고 말하자 두 사람은 약속이나 한 듯 딱딱하게 굳은 표정으로 나무 앞에 섰다.

4

이듬해 겨울, 남자는 형기를 채우고 출감했다.

교도소 밖으로 나왔을 때 눈이 쏟아지기 시작했다. 색이 바래고 구깃구깃한 양복 위로 거침없이 눈이 떨어져 내렸다. 한동안 멍한 눈빛으로 서 있던 남자가 길을 따라 천천히 걷기 시작했다.

날이 어두워질 무렵 남자는 어머니의 식료품 가게 앞에 서 있었다. 투명한 유리문 안으로 간이 의자에 앉아 있는 어머니가 보였다. 남자는 선뜻 유리문을 열고 안으로 들어가지 못하고 문 밖에서 있었다.

어머니 가게에서 10여 분쯤 걸어가면 남자의 집이 나왔다. 남자는 아침마다 아내를 승용차에 태우고 G시에 있는 학교로 출근했었다. J시에서 G시까지는 승용차로 40여 분쯤 걸렸지만 남자는 아내가 있어서 출퇴근 시간이 지루하지 않았다.

"추운데 왜 거기서 그러고 서 있는 게냐?"

어머니가 문을 열고 밖으로 나와서 남자의 손을 잡았다.
"언능 들어가자."
남자는 어머니를 따라 가게 안으로 들어갔다.
어머니가 접시에 두부 한 모를 담아 젓가락과 함께 남자에게 내밀었다.
"암말 말고 먹어라."
남자는 묵묵히 두부 한 쪽을 떼어 입 속에 밀어 넣었다. 물컹한 두부 한 점에 목이 메었다.
유리문 밖으로 사르륵사르륵 눈이 내려 쌓였고 사람들이 천천히, 바삐 어디론가 가고 있었다.
"집으로 가서 밥을 먹자."
어머니는 가게 안을 정리하고 외투를 입었다.
"새아기는……."
어렵게 말을 꺼내 놓고 어머니는 한동안 말이 없었다.
"새아기는 그래, 몸이 많이 안 좋다고 하더구나. 그래서 학교를 쉬고 친정에서 조리를 하고 있다고 들었다."
남자는 말없이 눈길을 걸었다.
낡고 허름한 아파트는 1년 전과 달라진 것이 없었다.
"잠깐 작업실에 들렀다 들어갈게요."
"오늘은 쉬고 나중에 천천히 가지 그러냐?"
어머니가 말렸지만 남자는 이미 뒤돌아 뛰어가고 있었다.
남자는 작업실로 통하는 어두운 지하 계단을 뛰어내려 가면서 바지 주머니에서 열쇠 꾸러미를 꺼냈다.

5

남자가 감옥에 있었던 1년 동안 아내는 찾아오지 않았다. 면회를 올 때마다 어머니는 그의 안색을 살피고 건강을 걱정할 뿐 아내 이야기를 하지 않았다.

남자는 오지 않는 아내를 기다렸다. 그럴 수만 있다면 당장 아내를 만나러 가서 영문도 모른 채 끌려가 고문을 받고 셀 수 없이 많은 자술서를 쓰고 재판을 받고 억울한 옥살이를 하고 있는, 납득할 수 없는 상황을 이야기하고 싶었다. 남자는 이제 다시 학생들을 가르칠 수 없게 되었다는 사실보다, 죽을 때까지 '빨갱이 교사'라는 꼬리표가 따라다닐 현실보다 아내를 잃을지도 모른다는 불안 때문에 고통스러웠다.

아내를 만나러 가고 싶었지만 남자는 자꾸만 미루고 있었다.

어머니가 아침 일찍 밥을 차려놓고 가게로 나가면 남자는 아무것도 하지 않고 한낮까지 그대로 누워 있었다. 초저녁 무렵 운동복 위에 점퍼를 걸치고 작업실로 가면 남자는 새벽이 되어서야 집으로 돌아왔다. 환기를 시키지 않아 큼큼한 냄새가 나는 그곳에서 남자는 줄담배를 피우고, 아내의 얼굴이 그려진 그림을 보거나 먼지가 쌓인 바닥에 웅크리고 앉아 있었다.

정물처럼 앉아 있던 남자가 벌떡 일어나더니 쫓기는 사람처럼 허둥지둥 작업실을 뛰쳐나갔다. 담배 가게 앞에 있는 공중전화기를 보자 가슴이 두근거리고 식은땀이 흘렀다. 남자는 떨리는 손으로 주황색 수화기를 집어 들고는 투입구에 동전을 넣고 전화번호를 돌렸다.

"여보세요."

수화기 저편에서 장모의 목소리가 들렸다. 머뭇거리던 남자가 짓눌린 목소리로 아내를 바꿔달라고 말했다.

"잠깐 기다리게."

장모가 전화 수화기를 넘겨준 사람은 아내가 아니라 시청 공무원인 형님이었다.

"출소했다는 소식은 들었네. 그동안 힘들었겠지만 우리도 괴로웠다는 걸 알아 줬으면 좋겠어. 지연이는 여기 없네. 그 앤 충격이 컸어. 우리는 행여 지연이가 잘못될까 봐 전전긍긍했네. 자네한테도 사정이 있었겠지. 변명도 하고 싶겠지. 하지만 이미 되돌릴 수 없는 일이라는 걸 자네가 받아들였으면 좋겠네. 조만간 서류를 보낼 테니 그리 알고 있게."

형님은 민원인을 대하듯 감정이 묻어나지 않는 목소리로 용건을 말하고 전화를 끊었다.

남자는 떨리는 손으로 동전 투입구에 다시 동전을 떨어뜨리고 전화번호를 돌렸다. 장모나 형님에게 구차하게 변명을 하거나 궁지에 몰렸던 상황에 대해서 늘어놓을 생각은 없었다. 그는 아내의 목소리가 듣고 싶었다. 낯선 사내들에게 끌려갔던 날 점심시간에 남자는 아내와 통화했었다. 아내의 목소리가 한껏 들떠 있었다. 무슨 일이 있느냐고 묻는 남자에게 아내는 퇴근하고 만나서 이야기해 주겠다고 뜸을 들였다. 전화를 끊을 때 아내가 분위기 좋은 곳에서 저녁을 먹자고 말했다.

남자는 이웃들이 자신을 가리켜 간첩과 내통한 교사라고 수군거린다는 것을, 초저녁 무렵 집을 나가 새벽에 들어오는 그를 경계하는 눈초리로 쳐다본다는 것을 알고 있었다. 어머니가 식료품 가게와 아파트를 부동산에 내놓고 이사를 가자고 하는 것도 주위의 시선 때문이었다. 남자는 적어도 아내에게만은 자신의 결백을 말해야 한다고 생각했다. 사실을 알게 되면 아내가 돌아올 거라고 남자는 믿었다.

남자는 정성 들여 면도를 하고 깨끗이 세탁해 놓은 양복을 입고 날마다 아내를 만나러 갔다. 아침 일찍 집을 나가는 남자를 보고 이웃들이 뒤에서 쑥덕거렸다. 나무랄 데 없이 깔끔한 입성과 달리 남자의 안색은 쫓기는 사람처럼 창백했다. 결혼을 하고 남자는 주말마다 아내와 함께 처가에 갔었다. 교육 공무원으로 퇴직한 장인과 장모는 5남매 중 외딸인 아내를 끔찍이 사랑하는 만큼 사위에 대한 기대가 컸다. 장인과 함께 바둑을 두고 술을 마실 때마다 남자는 너무 일찍 돌아가셔서 얼굴조차 기억할 수 없는 아버지를 생각했다.

남자는 열리지 않는 대문 앞에서 해가 저물 때까지 서 있었다. 아내가 중학교 2학년 때부터 살았다는 그 집은 그림 속 풍경처럼 고요했다. 남자는 아내가 정말 그곳에 없을지도 모른다고 생각했다. 어느 날 갑자기 남자가 존재하지도 않는 조직의 조직원이 되어 상상할 수 없는 고문을 받고 감옥에 갇혔던 것처럼 아내 역시 감쪽같이 사라져 버렸을지도 몰랐다.

골목 안으로 젊은 여자와 노파와 교복을 입은 남학생이 지나갔다. 미동도 하지 않고 한참을 서 있던 남자가 그림 속 풍경이 아니라는 것을 확인해 보겠다는 듯 주먹 쥔 손으로 차갑고 단단한 대문을 다급하게 두드리기 시작했다.

6

복직을 했던 그해 여름 채석준은 김순천을 만나러 J시로 갔다. 출소를 하고 몇 년이 지났지만 그는 오송회 사건으로 실형을 살고 나온 동료 교사들과 만나지 않았다. 형을 사는 동안 아내가 포장마차를 하면서 아이들을 키웠다. 출소 후 생계를 위해 입시 학원에서 학생들을 가르쳤지만 국가보안법 위반으로 실형을 살고 해직된 사실이 알려지면서 그는 다시 일자리를 잃었다.

교육부 특별 채용으로 복직의 길이 열렸을 때 그는 오송회 관련 교사 중 자신을 포함해서 5명만 복직을 신청했다는 것을 알게 되었다. 두 사람은 이미 다른 일을 하고 있기 때문에 다시 교단으로 돌아갈 생각이 전혀 없다고 했다. 나머지 두 사람은 그의 고등학교 선배이고 지역 방송국 과장이었던 김순천과 미술 교사 한병호였다. 한병호는 연락이 닿지 않았다. 복직을 신청하지 않는 까닭이 다른 일을 하고 있기 때문인지 알 수 없었다.

김순천은 담담한 얼굴로 채석준을 맞았다. 뒤늦게나마 복직이 된 것은 오송회 사건이 조작된 것임을 시인하는 것 아니겠느냐고 말하는 김순천에게 채석준은 고개만 조아릴 뿐 아무 말도 할 수 없었다. 감옥에 있을 때 그는 하루에 수차례 시멘트 벽에 머리를 짓찧었다. 복사한 시집 한 권 때문에 아무 관련도 없는 동료 교사들이 불시에 연행되어 고문을 당하고 감옥에 갇혔다. 평소 그와 자주 어울렸다는 이유로 잡혀 왔거나 학교 뒷산에서 4·19 위령제를 지낸 것이 빌미가 되어 끌려온 사람도 있었다. 그는 김순천의 이름을 말하지 않았어야 했다고 뒤늦은 후회를 했다. 누구의 영향을 받았느냐고 누굴 존경하느냐고 묻는 형사에게 전기 고문을 당하고 넋이 나갔던 그는 문규현 신부와 김순천 선배라고 말했다. 이미 K고를 떠난 김순천이 오송회 사건의 배후 인물로 엮일 거라고 상상도 하지 못했다.

신문 보급소 문을 닫고 김순천은 채석준과 함께 근처에 있는 포장마차로 갔다.

"나한테 미안해할 것 없네. 이게 내 운명이라면 달게 받을 수밖에. 자네가 어떤 고문을 당했을지 말 안 해도 알고 있어. 고문 앞에 장사 없다는 말, 당해 보지 않은 사람은 모를 거야. 그놈들이 며칠 동안이나 잠을 안 재우고 누구의 사주를 받았느냐고 닦달을 하는데 정말 미치고 까무러치겠더군. 차라리 내가 정말 오송회 배후였다면 속 시원히 털어놓기라도 하지. 그놈들이 지어낸 시나리오를 외우다 보니까 나중에는 정말 내가 그렇게 한 것 같다는 생각이 들더라니까."

김순천은 빚을 얻어 신문 보급소를 열었고 양복 대신 허름한 점퍼를 입고 신문을 돌리고 수금을 하러 다녔다. 그는 교사가 아니었기 때문에 다시 교단에 설 기회조차 없었다. 방송국에서 함께 일했던 동료와 선후배들은 행여 불똥이 튈까 두려워 그가 찾아가도 만나 주지 않았다.

"난 이 일이 좋아. 고되고 수입이 적지만 마음은 편해."

술을 여러 병 비웠지만 채석준은 취기를 느끼지 못했다.

"한병호 선생 말인데…… 거 미술 가르치던. 아마 자네와 나이가 비슷할 거야. 그 사람을 공원에서 봤어. 내가 K고에서 선생 노릇 했던 기간이 워낙 짧았고 한병호 선생하고 가깝게 지내지 않아서 그랬는지 모르지만 나를 못 알아보더라고. 처음에는 우연히 봤지만 나중에 내가 일부러 찾아갔었거든. 어쨌든 같이 고생하고 나왔는데 마음이 가잖아. 복직을 안 했는지 대낮인데 공원 벤치에 혼자 앉아 있더라고. 시간 내서 자네가 한번 찾아가 봐."

채석준이 기억하는 한병호는 섬세하고 내성적인 사람이었다. 그는 동료 교사들과 잘 어울리지 않았고 수업이 비는 시간에는 교무실에서 책을 읽거나 미술실에 혼자 앉아 있었다. 중학교 음악 교사와 결혼한 후 그의 얼굴은 눈에 띄게 밝아졌다. 동료 교사 대여섯 명과 함께 집들이 초대를 받아 갔을 때 그가 집 근처에 작업실을 구해 그림을 그리고 있다는 걸 알았다. 채석준은 검찰에 송치된 뒤에야 한병호가 오송회 관련자 9명 속에 포함된 사실을 알게 되었다. 4·19날 한병호가 학교 뒷산에 함께 올라갔었는지 채석준은 기억이 나지 않았다.

이튿날 오후에 채석준은 김순천이 한병호를 보았다는 공원으로 갔다.

7

남자는 열리지 않는 대문 앞에서 날마다 아내를 기다렸다.

골목길을 오가는 사람들이 경계하는 눈빛으로 바라보았지만 시간이 지나자 남자의 모습은 고정된 사물처럼 익숙해졌다. 해가 진 뒤에 남자는 조용히 자리를 떠났지만 이따금 발작을 일으키듯 주먹 쥔 손으로 대문을 두드리거나 고함을 치거나 기어이 울음을 터뜨렸다. 마침내 대문이 열리고 장바구니를 든 중년 여자가 밖으로 나왔다. 남자가 열린 대문 틈으로 발을 내딛기 전에 여자는 재빨리 문을 닫아버렸다. 한 시간쯤 지나서 여자가 식료품이 담긴 장바구니를 들고 안으로 들어갔다. 종종 2층 창문이 열렸고 장모가 대문 밖에 서 있는 남자를 내려다보았다. 집 앞에 형님이 탄 자동차가 멈춰 섰다. 지연이는 여기 없네. 형님은 건조한 목소리로 짧게 말하고 대문 안으로 사라졌다. 오후가 되면 중년 여자가 장바구니를 들고 밖으로 나왔고 종종 2층 창문이 열렸다 닫혔고 형님은 늘 같은 시간에 귀가했다. 말끔했던 남자의 옷이 추레하게 변했고 머리칼이 흐트러지고 두 눈이 붉게 충혈되었다. 남자가 구두를 신은 발로 대문을 차면서 악을 썼다.

어두워진 골목 안으로 경찰차 한 대가 들어왔다. 경찰관 두 명이 경찰차에서 내리더니 필사적으로 대문을 발로 두드리고 있는 남자의 등덜미를 낚아채서 차 안으로 밀어 넣었다.

"내 처갓집입니다. 난 아내를 만나러 간 거예요."

경찰관은 남자의 말을 귀담아 들으려고 하지 않았다.

"정신병자가 아닌 다음에야 누가 자기 처갓집 대문을 부서져라 발로 차겠어? 주민번호를 말해. 빨리!"

50대로 보이는 파출소 소장이 남자의 정강이를 구둣발로 차면서 소리쳤다.

"이 새끼, 냄새가 수상해. 지금 당장 경찰서로 넘겨!"

남자는 사내들의 손아귀에 붙들려 다시 경찰차에 태워졌다.

"정말 내 아내가 살고 있는 집이라니까요. 왜 사람 말을 믿지 않는 겁니까? 내 말을 믿지 못하겠으면 그 집에 가서 직접 물어보면 될 거 아닙니까? 아내가 없어도 형님과 장인 장모님은 집에 계실 테니까요."

짐짝처럼 경찰차에 실리면서 남자가 필사적으로 소리쳤다.

"야, 이 새끼야. 널 잡아가라고 신고한 사람이 바로 그 집에 살고 있는 사람들이야. 우리가 지금 너하고 장난하고 있는 것처럼 보이냐?"

사내들이 어이없다는 듯이 웃었다.

8

남자는 창문을 열었다. 쇠창살 너머로 야트막한 산이 보였다. 철조망으로 둘러싸인 담장 주위로 온통 날카로운 가시가 돋친 장미꽃이 피어 있었다. 꽃은 눈이 시리도록 붉었다. 늘 하늘색 줄무늬 환자복만 입었기 때문에 남자는 시간이 가는 것을, 계절이 바뀌는 것을 창밖 풍경으로 알 수 있었다. 남자는 꽃이 불편했다. 붉거나 노랗거나 보랏빛이거나 흰 것 모두 남자가 붙들려 있다는 사실을, 자신의 의지와 상관없이 감시와 통제를 받으며 살고 있는 현실을 조롱하는 것 같았다.

흰 가운을 입은 사내들에게 잡혀 그곳에 갇혔을 때 남자는 공포와 두려움 때문에 미친 듯이 악을 썼다. 또다시 고문을 당하고 자술서를 쓰고 재판을 받고 감옥에 갇혀서 찾아오지 않는 아내를 기다려야 할지도 모른다고 생각하자 걷잡을 수 없는 분노가 치밀었다. 거칠게 저항하는 남자를 철제 침대에 눕히고 사내들은 빈틈없는 손놀림으로 두 팔과 다리를 묶고 팔뚝에 주삿바늘을 꽂았다. 사지가 묶인 채 한동안 필사적으로 몸부림을 치던 남자의 몸이 차차 조용해졌다. 의식이 돌아오자 남자는 다시 악을 쓰고 몸부림을 쳤고 그때마다 사내들이 나타나서 팔뚝에 주삿바늘을 꽂고 돌아갔다. 사내들은 남자를 발로 차거나 몽둥이로 때리지 않았고 머리와 얼굴을 욕조에 넣었다가 빼내지도 않았다. 알지 못하는 사실을 말하라고 윽박지르지 않았고 진술서를 쓰게 하지 않았다. 남자가 얌전해지자 사내들은 묶었던 벨트를 풀고 더 이상 팔뚝에 주삿바늘을 찌르지 않았다.

아무도 남자에게 말을 걸지 않았다. 남자가 난동을 부리지만 않으면 사내들은 친절할 정도로 무관심했다. 누구도 남자가 왜 그곳에 갇혔는지 그 까닭을 말해주지 않았다. 재판은 열리지 않았고 아무도 남자를 찾아오지 않았다. 남자는 시간이 얼마나 많이 흘렀는지 알지 못했다. 쇠창살 너머로 희고 노랗고 붉은 꽃이 피고 지는 걸 여러 차례 보았다. 만개한 붉은 꽃을 볼 때마다 남자는 언젠가 자신의 몸도 꽃처럼 시들어 사라질 거라고 생각했다. 꽃은 이듬해 다시 피겠지만 살아서 담장 밖으로 걸어 나갈 수 없을 거라고 생각했다. 남자는 아내를 기다리지 않았다. 꽃을 보고 있어도 더 이상 아내 생각이 나지 않았다.

벌컥 문이 열리더니 흰 가운을 입은 사내가 안으로 들어왔다. 철제 침대 위에 옷과 구두가 담긴 비닐봉투를 던지면서 사내가 남자에게 갈아입으라고 명령하듯 말했다. 창가에 서 있던 남자는 움직이지 않았다. 사내가 채근을 하자 마지못해 남자는 양복과 구두를 꺼냈다. 장미꽃이 화사한 계절에 입기에는 적당한 옷은 아니라고 남자는 생각했다. 구깃구깃하고 누렇게 색이 바랜 와이셔츠의 단추를 채우고 양복바지를 입었다. 남의 바지를 입은 듯 바지가 흘러내려서 남자는 허리띠를 단단히 조여야 했다. 체크무늬 넥타이를 목에 둘렀다가 풀고 양복 윗도리를 걸쳤다. 마지막으로 볼품없이 찌그러진 구두를 신고 남자는 거울 대신 벽을 바라보고 섰다. 방을 나가기 전 남자는 넥타이를 매고 양복 단추를 채웠다.

"치료가 끝났소."

사내의 말을 듣고 남자는 어리둥절했다.

"따라오시오."

사내가 앞장섰고 남자가 천천히 뒤따라 나갔다.

마당을 가로질러 철문이 있는 쪽으로 걸어가면서 남자는 자꾸만 뒤돌아보았다.

굳게 잠겨 있던 철문이 열렸다. 사내가 떠밀 듯 남자를 밖으로 내보냈다. 햇살 때문에 눈이 부셔서 남자는 휘청거렸다.

"병호야!"

거칠고 투박한 손이 남자의 야윈 손을 잡고 흔들었다.

"널 찾는 데 4년이 걸렸구나."

자신의 손을 움켜잡고 서럽게 흐느끼는 어머니의 얼굴을 남자는 눈을 찌르는 햇빛 때문에 금방 알아보지 못했다.

9

공원은 오래 전부터 방치된 듯 입구부터 잡풀이 무성했다. 택시 기사가 두말하지 않고 찾아갈 만큼 사람들에게 잘 알려진 곳인지 모르겠지만 공원 어디에도 나무나 돌, 금속 따위로 만든 조형 미술품은 눈에 띄지 않았다. 나는 아무렇게나 돋아난 풀을 밟고 공원 안쪽으로 걸어 들어갔다. 나무가 우거진 자리마다 낡고 초라한 벤치가 놓여 있었다. 추레한 차림의 늙거나 젊은 사내들이 술병을 끼고 벤치에 앉아 있거나 신문지로 얼굴을 덮고 누워 있었다.

나는 물이 말라 있는 연못 앞에 섰다. 제법 깊이 파여 있는 연못 안에 말라붙은 수초와 돌멩이와 음료수 깡통 따위 쓰레기가 버려져 있었다. 연못 주변에 쭈그리고 앉아 담배를 피우고 있던 사내가 연못 안으로 담배꽁초를 던졌다. 공원에서 담배를 피우거나 술을 마시거나 잠이 든 사내들 모두 50대 초반으로 보이기도 했고 그보다 어리거나 많아 보이기도 했다. 사내들에게 한병호라는 사람을 알고 있느냐고 물으면 그들 모두 자신이 한병호라고 대답할 것 같았다.

황과 함께 왔다고 해도 행색이 비슷하고 표정마저 똑같은 남자들 속에서 한병호 씨를 찾아내기란 쉽지 않았을 것이다. 사진작가라고 불리는 것을 극도로 싫어하는 황은 인쇄된 명함 대신 메모지에 손글씨로 '찍사'라고 써 가지고 다녔다. 선생님들은 Y의 실수를 탓하지 않았다. Y를 비롯해서 몇몇 친구들이 시국 사건으로 징역을 살 때 H는 제 안의 감옥에 갇혀 지옥 같은 20대를 살았다. H는 Y가 복사본 시집을 버스에 두고 내렸던 날 저녁 함께 술을 마셨다는 이유로 경찰서에 끌려갔다. H는 발길질을 당하고 진술서를 쓰고 자신이 쓴 진술서를 외우고 재판 때 검찰 쪽 증인으로 끌려 나갔다. 그리고 선생님들을 고발했다. 그는 전락했다. 자신을 고문했던 수사관들을 증오했고 스스로를 벌레라고 생각했다. 세월이 흘러 선생님들은 복직과 명예 회복이 되었지만 H는 자기혐오를 떨쳐내지 못했다.

등 뒤에서 누군가의 울음소리가 들렸다. 나는 고개를 돌렸다. 잎이 말라 죽은 나무 앞에 낡고 구겨진 양복을 입은 남자가 울음을 터트릴 것 같은 표정을 짓고 서 있었다. 어디선가 카메라 셔터가 터지고 필름 돌아가는 소리가 들렸다. 휴대전화 폴더를 열어 황의 전화번호가 내장된 단축 버튼을 누르려다 말고 나는 가방에서 카메라를 꺼내 수많은 남자들의 일그러진 얼굴과 바짝 말라 있는 연못과 공원 구석구석을 렌즈에 담기 시작했다.

톳밥

*

유람선은 결항한다고 했다. 질금질금 비가 내리고 바람이 사납게 불었다. 유람선 선착장은 폐장한 해수욕장 백사장처럼 썰렁했다. 택시 기사가 휴대전화를 꺼내더니 어디론가 전화를 걸어 배가 뜨는지 물었다.

"지금 가면 막배를 탈 수 있을 겁니다."

서둘러 차를 돌리면서 택시 기사가 말했다.

근방에 섬 주민들이 이용하는 마을 배 선착장이 있다고 했다. 날씨가 나쁘지만 섬으로 들어가려고 기다리는 주민들이 있어서 배가 뜰 거라고 했다.

그는 고개를 돌리고 창밖을 바라보았다. 빗줄기가 가늘었지만 쉬이 그칠 것 같지 않았다.

택시 기사가 마을 배 선착장 입구에 차를 세우고 밖으로 나가더니 트렁크에서 우산을 꺼내왔다. 섬에서 나올 때 호출을 하면 선착장 부근에서 기다리고 있겠다면서 우산과 함께 명함을 내밀었다. 그는 우산과 명함을 받지 않았다.

궂은 날씨 때문에 선착장은 한갓졌다. 그는 표를 사고 매표소 처마 아래 서서 담배를 피웠다. 배를 기다리고 있는 사람들은 노인 몇과 검은색 털모자를 쓰고 낡은 배낭을 짊어진 중키에 얼굴이 검게 그을린 남자 하나가 전부였다.

구레나룻을 기른 사내가 표를 받자 웅기중기 모여 있던 노인들이 서둘러 배에 올랐다. 비좁은 선실이 짐으로 꽉 차 있어서 보따리를 안은 노인들은 갑판 한쪽에 우산을 쓰고 쭈그려 앉았다. 배가 출항하자 그의 몸이 한쪽으로 기울었다. 빗줄기는 가늘었지만 파도가 높았다. 갑판은 비를 피할 마땅한 자리가 없었다. 배 가장자리를 따라 붙어 있는 의자는 빗물에 젖어 앉을 수 없었다. 쭈그려 앉은 노인들이 그를 핼끔거리면서 한참을 두런거렸다. 노인들은 우산 없이 고스란히 비를 맞고 서 있는 그가 육지 사람이라는 것을 자세히 살피지 않아도 단박에 알겠다는 듯, 파도 높아 유람선이 뜨지 않는 날 굳이 섬으로 가는 것이 괴이쩍다는 듯 수군댔다. 털모자를 쓴 남자는 배에 오를 때 노인들의 짐 보따리를 들어주고 인사를 하는 것으로 보아 관광객이 아닌 모양이었다. 그는 배가 출렁거릴 때마다 구토가 나오려는 것을 억지로 참고 서 있었다.

배가 섬에 닿자 보따리를 이고 진 노인들이 빠르게 그의 시야에서 멀어졌다. 털모자를 쓴 남자가 두 갈래로 나뉜 길에서 흘긋 한 번 돌아보더니 말없이 제 갈 길로 가버렸다. 남자가 휘적휘적 걸어가는 포장된 길을 바라보다가 그는 섬 가장자리를 따라 걷기 시작했다. 비가 그쳤고 바람이 사나웠다. 그는 외투 깃을 여미고 등에 멘 배낭끈을 한번 추어올렸다. 인적 없는 길에서 난데없이 검은 개 한 마리가 튀어나오더니 그를 따라왔다. 그는 개를 쫓으려고 멈춰 섰다. 개도 따라 섰다. 으르렁거리면서 공격하지 않았지만, 아니 오히려 그가 누구인지 궁금하다는 눈빛으로 살피듯 바라보고 있었지만 그는 개의 출현이 불길한 예고처럼 느껴져서 마음이 찜찜했다. 구명조끼 없이 허술하기 짝이 없는 작은 배를 타고 파도를 따라 널뛰듯 오르내리는 바닷길에서조차 느끼지 못했던 의심과 경계의 날을 세우고 그가 손을 휘저었지만 요지부동이었다. 개를 쫓는 걸 단념하고 그는 다시 걸었다. 그가 걷기 시작하자 개도 따라 움직였다.

거센 바람 때문인지 큼직한 돌멩이가 정수리를 짓누르는 것 같은 묵직한 두통과, 날카로운 송곳이나 철사 따위로 후벼 파는 것 같은 귓속의 통증과, 수백 수천 마리의 매미 떼가 달려들어 윙윙거리는 것 같은 이명이 일시 정지 버튼을 누른 듯 사라졌다. 그는 상체를 숙이고 불편한 마음을 애써 눌러 삼키면서 걸었다.

파도가 출렁일 때마다 세찬 물보라가 거대한 현무암석을 때리고 섬 가장자리를 따라 걷고 있는 그의 몸을 적셨다. 바람은 띄엄띄엄 서 있는 낮은 건물들을 부수고 집어삼킬 기세로 달려들었다. 그는 바람에 떠밀리듯 수풀 쪽으로 꺾어 들어갔다. 가지만 앙상한 나무들 너머로 작은 교회가 보였다. 나무 사이로 길이 나 있었지만 사람 하나 바듯이 들고 날 수 있을 만큼 좁았다. 그는 빗물에 젖은 축축한 흙길로 걸어 들어갔다. 진흙 속으로 등산화 신은 발이 푹푹

빠졌다. 개는 따라오지 않았다. 흙길이 끝나는 지점에 교회가 있었다. 뾰족한 건물 지붕에 십자가가 걸려 있고 교회 이름이 새겨진 나무 팻말이 입구에 붙어 있었다. 그는 출입문 쪽으로 다가갔다. 컹컹 개 짖는 소리가 들렸다. 그는 목을 빼고 사방을 둘러보았다. 개는 어서 나오라는 듯, 기다리고 있겠다는 듯 자꾸만 짖어댔다. 그는 손을 뻗어 문을 밀었다. 문은 열리지 않았다. 서너 번 문을 밀고 당겨본 뒤에야 그는 출입문 아래쪽에 채워져 있는 자물통을 보았다. 낡은 문짝이 허술했지만 어린아이 주먹만 한 자물통이 단단하고 견고해 보였다.

사위가 어두워지더니 비가 쏟아졌다. 굵은 빗줄기 속에 완두콩만 한 우박이 섞여 투두둑 떨어졌다. 그는 어깨에 짊어진 배낭을 풀어 머리 위로 받쳐 들고 흙길을 되짚어 뛰어나왔다. 어두운데다 사정없이 내리꽂히는 빗줄기 때문에 그는 길을 찾지 못하고 허둥거렸다. 바람이 그의 몸을 바다 쪽으로 잡아 끌어당겼다. 바다는 무엇이든지 잡아 삼킬 기세로 사납게 날뛰었다. 컹. 어둠 속에서 내내 그를 기다리고 있었던 듯 검은 개가 짧게 짖었다. 개가 빗줄기를 뚫고 달리기 시작했다. 그는 개를 쫓아 뛰었다.

죽은 듯 엎드려 있는 낮은 건물들을 지나 한참을 달리자 불을 밝혀 놓은 횟집이 보였다. 그는 어디라도 들어가서 비를 피하고 싶었다. 앞서 달리던 개가 횟집 처마 아래로 들어가더니 납죽 엎드렸다. 이름 모르는 바닷고기들이 느리게 떠다니는 어두침침한 수족관을 지나서 그는 횟집 문을 밀고 안으로 들어갔다. 탁자가 예닐곱 개 놓여 있는 널찍한 실내는 삼겹살 굽는 냄새로 꽉 차 있었다. 둘러앉아 고기를 굽고 소주를 마시고 있던 사내들의 시선이 문가에 서 있는 그에게 날아와 꽂혔다.

"식사, 됩니까?"

그는 배가 고프지 않았지만 그렇게 물었다. 귀신이라도 본 듯 놀란 얼굴로 그를 쳐다보기만 할 뿐 사내들은 대답하지 않았다.

"영업 안 합니다. 날씨가 안 좋아서 낚시를 못 했더니 매운탕 끓일 생선이 없네요. 다른 데 가 봐도 마찬가지일 겁니다. 보시다시피 섬에서 장사하는 주인들이 죄 여기 모여 있잖습니까."

사내들 중 하나가 살피듯 그를 쳐다보며 말했다. 그는 수족관을 유영하는 물고기는 무엇이냐고 따져 묻지 않았다. 식당에 앉아 여유 있게 음식을 먹기에 행색이 썩 좋지 않다는 것을 그는 알고 있었다.

"오늘 유람선 안 들어왔잖아?"

유람선이 결항한 것을 사내들이 모를 리 없었다. 바람 불고 비가 쏟아지는 날이면 사내들은 낮부터 고기를 굽고 소주잔을 돌렸다. 풍랑주의보가 해제되지 않으면 사내들은 며칠이고 횟집에 모여 앉아 술을 마실 뿐 달리 할 일이 없었다.

그가 무슨 까닭으로 어떻게 섬으로 들어왔는지, 흠뻑 젖은 채로 횟집을 나가서 어디로 갈지 궁금했지만 사내들은 잠자코 있었다. 외지인에게 섬은 회 한 접시를 사 먹고 기념사진을 찍기 위해 잠시 잠깐 머물렀다가 돌아가는 곳일 뿐이었다. 사내들은 경계의 눈빛으로 그를 살폈다. 사내들이 확신할 수 있는 것은 그가 어디에서 왔건 섬을 나갈 방법이 없다는 것이다.

"민박하는 집이 어디쯤 있습니까?"

사내들이 예상했던 대로 그가 묵을 곳을 찾았다.

관광객을 상대로 민박을 치는 집은 없었다. 민가가 있었지만 노인들만 살았고 물질이 생업인 그들은 외지인을 상대로 민박을 치지 않았다.

"아래쪽 길로 쭉 가다 보면 절이 하나 나올 거요. 시주금만 두둑이 내면 하룻밤 재워주긴 할 거니까 거기로 가 보시유."

턱수염을 길게 기른 사내가 소주잔을 든 채로 성의 없이 손을 뻗어 왼쪽 방향을 가리켰다.

"박 처사야 술값 생겼다고 좋아하겠지. 그 주정뱅이야 돈만 내면 누구든 재워주는 작자니까 말이야."

"재워주기만 하나? 여자가 오면 살림도 차리잖아."

"목수도 아닌 작자가 대웅전 문짝 보수공사 한다고 들어앉아서 뭉개고 있질 않나."

"주지 없는 절이라고 주정뱅이가 살판이 났지."

그에게 들으라는 듯 사내들이 큰 소리로 웃고 떠들었다.

*

일주문은 바다 쪽을 향해 서 있었다. 그는 군데군데 현무암석으로 만들어 놓은 석상과 기왓장이 쌓여 있는 절 마당으로 뛰어 들어갔다. 어디가 종무소고 법당이고 요사채인지 짐작이 가지 않았다. 어둠 속에서 난데없이 개 한 마리가 튀어나와 짖어댔다. 개가 짖어도 내다보는 사람이 없었다.

그는 불빛이 새어 나오는 쪽으로 다가가서 출입문을 밀었다. 신발 몇 켤레가 가지런한 문가에 서서 그는 낮은 탁자가 놓여 있는 실내를 두리번거렸다. 오른편 벽 천장 아래로 붙어 있는 유리창과 아래쪽 선반 사이에 길쭉하게 뚫려 있는 구멍 안쪽으로 공양간이 보였다. 조리대 앞에 서 있던 여자가 뒤돌아보았다.

빗물이 뚝뚝 떨어지는 그의 몰골을 보고 여자는 적잖이 놀라는 눈치였다. 여자가 건네준 수건을 받아 그는 얼굴과 머리를 닦고 외투를 벗었다.

화장기 없는 푸석한 여자의 얼굴은 나이를 가늠하기 어려웠다.

"저는…… 불교 신자가 아닙니다."

절에서 쫓겨나면 갈 곳이 없었지만 그는 고해성사를 하는 심정으로 말해버렸다.

"상관없습니다. 이곳은 누구든 찾아올 수 있는 곳이니까요. 처사님께 말씀을 드려야 하니까 잠깐 여기서 기다리고 계세요."

그를 문가에 세워 두고 방으로 들어간 여자가 얼굴이 불콰하게 달아오른 중년의 사내를 앞세우고 나왔다. 승려처럼 머리를 깎고 통이 넓은 회색 바지와 솜을 넣어 누빈 저고리를 입은 사내는 얼굴이 크고 둥근데다가 볼살이 늘어졌고 두툼한 입술이 유난히 붉었다.

"배에 낯선 이가 하나 있었다고 하더만 선생이었소? 험한 날씨에 섬에는 뭔 일로 꾸역꾸역 들어온 것이요? 내가 오줌보 비울 일이 급하니까 안에 들어가 기시유."

사내가 밖으로 나가자 여자가 그에게 따라오라고 손짓을 했다.

복도처럼 길쭉한 통로를 사이에 두고 방들이 붙어 있었다. 여자가 첫 번째 방문을 열었다. 옷장과 색이 바랜 문갑 위에 텔레비전이 놓인 방은 여염집 안방 같았다. 방 한가운데 김치찌개 냄비와 거무스름한 빛깔의 나물이 담긴 접시와 술병 술잔이 놓인 상이 보였다. 검게 그을린 얼굴이 차돌멩이처럼 단단해 보이는 남자가 벽 쪽으로 등을 기대고 앉아 있었다. 배에 오르고 내릴 때 노인들의 짐을 들어주었던 그 남자였다.

그는 남자에게 목례를 하고 방석이 깔린 자리에 앉았다. 배를 타고 올 때부터 그가 절로 오게 될 것을 알고 있었다는 듯 남자가 알 듯 모를 듯한 미소를 지었다.

머리를 깎은 사내가 방으로 들어와 자리에 앉자 돼지고기 볶음이 담긴 접시와 상추며 풋고추가 수북한 소쿠리를 쟁반에 받쳐 들고 여자가 뒤따라 들어왔다.

전기 코드가 꽂혀 있는 밥통을 열고 거뭇거뭇한 것이 섞여 있는 밥을 밥공기에 퍼 담아주면서 여자가 말했다.

"톳밥이에요. 이곳에서만 먹을 수 있는 특별한 거예요."

톳밥이라는 말을 그는 톱밥으로 알아들었다. 밥에 섞여 있는 것이 톱밥처럼 보이지 않았고 무엇 때문에 톱밥을 먹어야 하는지 알 수 없었지만 그는 잠자코 고개를 끄덕였다.

"우선 잔부터 받으쇼. 이곳에 묵게 된 이상 신고식은 해야 할 테니까 말이요."

벌겋게 얼굴이 달아오른 사내가 소주병을 집어 잔에 술을 따랐다. 건배를 하자며 사내가 잔을 높이 쳐들었다.

"절집에서 웬 육고긴지 궁금하시우?"

탁자 아래로 빈 술병이 여러 개 뒹굴고 있었다. 취기 때문인지 사내가 심하게 손가락을 떨었다.

"황 처사가 육지에 나갔다 돌아오는 길에 사가지고 온 거요. 날씨가 좋으면 싱싱한 생선회를 맛볼 수 있을 테니까 기대해 보시우. 절에 살면서 낚시를 한다고 섬사람들이 뒤에서 수군거리는 거 알고 있소만, 그러거나 말거나. 절에 살면 만날 나물이랑 채소만 먹어야 한답디까?"

사내가 혼자 떠들었다. 남자는 묵묵히 밥을 먹었고 여자는 아무것도 먹지 않고 탁자 모서리 쪽에 조용히 앉아 있었다.

"내가 이 절을 3년째 지키고 있단 말이요. 주지도 큰스님도 없이 나 혼자 말이요. 그러니 내가 술을 안 마실 수 있겠소? 고기며 생선을 먹지 않으면 무슨 힘으로 버틸 수 있겠느냔 말이요."

식사를 마친 남자가 컵에 담긴 물을 말끔히 비우고 나서 밥그릇과 수저를 챙겨들고 일어나더니 목례를 하고 방을 나갔다. 점심 공양 때 반주로 시작해서 소주를 네 병 넘게 마셨다는 사내는 혼자 떠들다가 어느 틈엔가 고꾸라져서 코를 골았다.

"요사채에 보일러 켜놓았으니까 그쪽으로 가세요."

젖은 외투와 배낭을 집어 들고 그는 여자를 따라 방을 나갔다.

여자가 손전등 불빛을 앞세우고 절 마당을 가로질러 걸어갔다.

비가 그쳤고 바람이 사나웠다. 절 마당 뒤로 탑처럼 높이 서 있는 항로표지관리소 등대 불빛이 천천히 마당을 지나갔다가 되돌아오기를 반복했다.

여자가 잇따라 붙어 있는 방 중 하나를 열고 전등불을 켰다. 이부자리가 깔려 있는 방은 작고 정갈했다. 창가 쪽으로 다탁이 있고 벽에 걸린 옷걸이 외에 세간이 없었다. 방바닥이 따뜻해지면 보일러 밸브를 줄이라고 말한 뒤 방을 나가려다 말고 여자가 뒤돌아서서 창문 너머를 손가락으로 가리키며 그쪽에 해우소가 있다고 일러주었다.

"저……."

"정 보살이에요. 이곳에서 다들 그렇게 불러요."

"시주금은……."

"돌아가실 때 주시면 돼요. 정해진 액수가 없으니까 성의껏 하시면 되고요. 아침 공양 시간은 여덟 시예요. 박 처사님이 마당에서 목탁을 치실 거니까 들리거든 공양간으로 오세요."

여자가 목례를 하고 방을 나갔다.

그는 요 밑으로 손을 넣어 방바닥을 짚어보았다. 방 안 공기가 서늘하고 요가 깔린 방바닥은 미지근했다. 다탁 위쪽으로 창문이 규칙적으로 덜컹거렸다. 그는 젖은 옷가지를 벽에 걸고 창문을 열었다. 바다에서 불어온 바람이 공격을 하듯 거침없이 방 안으로 몰아쳐 들어왔다. 절 마당이 깜깜했다. 등댓불을 따라 일주문과 그 너머로 검은 바다가 나타났다가 금세 지워졌다.

창문을 닫고 그는 벽에 기대앉았다. 먼 곳으로부터 북소리가 들려왔다. 수백 수천 마리의 매미 떼가 일제히 그의 오른쪽 귓가로 몰려들었다. 그는 매미 떼를 쫓으려는 듯 고개를 가로저었다. 익숙하지만 도무지 적응이 되지 않는 이명은 아무리 먼 곳으로 도망을 치더라도 끈질기게 따라붙겠다는 듯 맹렬하게 그를 공격했다. 이명이 사라진다고 해도 기억까지 떨쳐낼 수 없다는 것을 그는 알고 있었다. 지척에 바다가 있었고 언제든 그곳으로 뛰어 들어갈 수 있었다. 가까이 다가오기를 기다리며 검은 혓바닥을 날름거리고 있을 바다를 머리 쪽에 두고 그는 이불 위로 쓰러졌다. 쫓기고 떠밀려 섬으로 왔지만 그는 평화를 구할 수 없었다. 이명은 헛것에 불과하다는 말이 옳았다. 모든 것이 한순간에 일어났다. 바다는 잔잔했고 날씨가 맑았다. 사람들은 방심한 얼굴로 한낮의 시간을 보내고 있었다. 재앙의 징조는 어디에도 없었다. 높은 파도와 해일 따위는 그날도 그 뒤로도 없었다. 사고는 헛것을 본 듯 순식간에 일어났고 아주 짧은 시간에 끝났다.

*

풍랑주의보가 경보로 바뀌었고 배는 뜨지 않을 거라고 했다. 바다가 언제쯤 잔잔해질지 아무도 알 수 없었다. 파도가 높았고 바람이 미친 듯 세차게 불었다. 바닷길이 막혔다.

그는 절벽 끝에 서 있었다. 절벽 아래로 검푸른 바다가 소용돌이치고 있었다. 등 뒤로 목탁 소리가 서너 차례 들리다가 끊어졌다. 그는 몸을 돌려 절 마당 쪽을 바라보았다. 못마땅하다는 듯 잔뜩 찌푸린 얼굴로 박 처사가 그를 향해 얼른 오라고 손짓했다.

그는 순순히 절로 돌아갔다. 상에 밥과 북엇국과 김치가 차려져 있었다. 네 사람은 어제와 똑같은 자리에 앉아 밥을 먹었다. 미간

하고 거무튀튀한 것이 섞여 있는 밥에서 비릿한 냄새가 났다. 박 처사가 북엇국에 밥을 말고 소주잔에 술을 따랐다. 아침부터 술을 마신다고 정 보살이 잔소리를 했지만 박 처사는 대꾸하지 않았다.

하루 세 차례 유람선이 관광객을 싣고 들어오면 신묘장구대다라니경 녹음테이프를 틀어놓고 종무소 앞에서 기와 불사 접수를 받고 기왓장에 불자의 가족들 이름이며 주소며 발원문을 써주는 것이 박 처사의 일거리였다. 바닷길이 막히면 그는 온종일 술만 마셨다.

"풍랑경보가 떴으니 꼼짝 못할 거요. 뭔 땜에 섬에 들어왔는지 모르지만 곱게 돌아가려거든 밖으로 나다니지 마시우. 이런 날씨에 낚시를 하겠다는 정신 나간 사람이야 없겠지만 간혹 물고기 몇 마리 낚겠다고 설쳐대다가 골로 가는 경우도 봤으니까 하는 말이요."

염려인지 빈정대는 것인지 얼른 판단이 서지 않는 말을 던져 놓고 박 처사가 그의 안색을 짯짯이 살폈다.

황은 점심 공양 전까지 작업을 할 거라고 말했다. 시간을 다툴 만큼 급한 일이 아니니까 쉬엄쉬엄하라는 정 보살의 말에 황은 밥값은 해야 하지 않겠느냐면서 웃었다.

황이 공양간으로 가서 밥그릇과 국그릇과 수저를 씻어 소쿠리에 엎어놓았다. 그도 꼼꼼하게 그릇을 닦고 여러 번 물에 헹궜다.

"잠자리가 편하던가요?"

정 보살이 물었다.

"방은 따뜻했는데 바람 소리 때문에 깊이 자지 못했습니다."

"꿈자리가 사납지는 않았고요?"

정 보살은 무언가 살피는 눈치였다.

"사실은, 잠이 안 와서 새벽까지 책을 읽었습니다. 깜빡 잠들었다가 목탁 소리를 듣고 깼고요."

"그랬군요."

정 보살은 더 이상 묻지 않고 어질러진 조리대를 치웠다.

새벽까지 책을 읽었다는 말은 사실이 아니었다. 그는 밤새 미쳐 날뛰는 파도를 따라 어둠이 끝도 없이 펼쳐져 있는 바다 위를 떠다녔다. 탐조등 불빛이 지날 때마다 넘실대는 파도 사이로 언뜻언뜻 딸아이의 얼굴이 나타났다가 지워졌다. 딸아이 얼굴은 눈과 귀와 코와 입술이 뜯겨져나가고 없었다. 이마 위로 머리가 반쯤 허물어져서 보이지 않았다. 누군가의 손이 가까이 오라고 신호를 보내고 있었지만 그는 꼼짝할 수 없었다. 멀리 깜깜한 모래사장 쪽에서 아내가 손과 발을 구르며 울부짖고 있었다. 어린 여자아이가 놀라 울음을 터뜨렸고 그 옆에 서 있는 젊은 여자가 찢어지는 목소리로 고함을 쳤다. 늙은 여자와 젊은 여자와 아이와 어른이 일제히 바다를 향해 저주 섞인 원망과 한숨과 욕설을 토해냈다.

불을 끄면 누군가의 손이 다가와서 그의 목덜미를 눌렀다. 죽은 자와 산 자들이 한꺼번에 그를 향해 달려들었다. 시계 초침 소리처럼 규칙적으로 들리는 이명으로부터 그는 달아날 엄두를 내지 못했다.

"수맥 때문이래요. 요사채 밑으로 수맥이 흘러서 꿈자리가 사납다고 박 처사님이 그러셨어요. 그래서 그런지 며칠 묵으려고 절에 오셨던 분들이 하룻밤 자고 나면 초죽음이 돼서 도망치듯 떠나버리더라고요."

행주로 조리대를 닦고 물이 고여 있는 바닥을 빗자루로 쓸면서 정 보살이 혼잣말처럼 중얼거렸다.

그는 물로 헹군 그릇을 소쿠리에 엎어두고 벽에 걸린 수건으로 손을 닦았다. 수맥이 흘러 멀쩡한 사람의 정신을 혼미하게 만드는 곳이라면 그는 사지를 찾아서 들어온 것이 틀림없었다.

두툼한 방한복 차림에 털모자를 쓰고 마스크로 코와 입을 가린 황이 장갑 낀 손으로 톱질을 하고 있었다. 전기톱이 돌아갈 때마다 요란한 소리와 함께 나무 가루가 먼지처럼 사방으로 날렸다. 잘린 나무를 작업대 위에 놓고 황은 신중하게 대패질을 했다. 가만히 서 있어도 저절로 몸이 기우뚱거릴 만큼 심하게 바람이 불었다.

대웅전 측면 출입문이 떨어져 나가고 없었다. 그 아래로 통나무를 잇대어 만든 계단이 반쯤 허물어져 있었다. 떨어져 나간 출입문 너머로 불상과 촛대와 향로가 놓인 불단이 보였다. 천장에는 색색의 연등이 촘촘히 매달려 있고 낡은 마룻바닥에 두툼한 방석 몇 개가 깔려 있었다. 대웅전 문과 바닥과 벽과 지붕 모두 나무였다. 여느 절과 달리 작고 소박해 보이는 대웅전은 문짝이 떨어져 나가고 수리 중이라서 그런지 을씨년스러웠다.

그가 가까이 다가가도 황은 잠자코 작업에 열중했다. 도울 일이 있을까 두리번거렸지만 황은 급할 것 없다는 듯 누구의 도움도 필요 없다는 듯 느릿느릿 나무를 깎고 다듬었다.

공양간 뒤쪽으로 돌아가자 개집이 보였다. 새끼를 밴 개가 무거운 몸을 바닥에 대고 엎드려 있었다. 뒷문을 열고 나온 정 보살이 양푼에 담긴 것을 개 밥그릇에 쏟았다. 그가 다가가도 개는 짖지 않았다.

*

이튿날도 풍랑경보는 해제되지 않았다. 정 보살은 하루 세끼 시간에 맞춰 밥을 차려내고 개에게 밥을 가져다주었다. 황은 오전에 대웅전 보수공사 작업을 하고 오후가 되면 방에 틀어박혔다. 아침부터 밤중까지 박 처사는 술병을 끼고 앉아서 폭풍 때문에 낚시를 못해 회를 먹을 수 없다며 구시렁거렸다.

저녁 공양 시간이 되기 전에 밖이 어두워졌다. 해가 지면 바다가 더욱 사납게 날뛰기 시작했다. 울부짖고 몸부림치는 바람 때문에 그는 한숨도 잘 수 없었다. 왜 하필 그날 바다로 갔었는지 모를 일이었다.

한 번도 아이를 잉태해본 적이 없는 그의 아내는 열 살 넘게 나이 차이가 나는 손아래 동서들 앞에서 주눅이 들었다. 어머니는 맏며느리를 타박하거나 드러내놓고 괄시하지 않았다. 명절이나 어머니 생신 때 본가에 가면 아내는 초대받지 못한 손님처럼 가족들과 섞이지 못했다. 초파일과 자식들 생일이 돌아오면 어머니는 시주금을 챙겨들고 사찰로 갔고 그의 아내는 동트기 전에 일어나 몸단장을 하고 교회로 가서 새벽 기도를 올렸다. 아이를 갖고자 하는 아내의 바람이 깊어질수록 그는 단념하고 잘라내지 못한 것을 후회했다. 아내가 따로 떨어져서 살아보자고 말했지만 그는 귀담아듣지 않았다. 평생 아이 없이 살아야 한다고 해도 그는 아내와 헤어질 마음이 없었다. 커 가는 조카들을 보면 기특하고 뿌듯했지만 인력으로 되지 않는 것은 어쩔 수 없다고 생각했다. 고희연을 앞두고 어머니가 굳이 바닷가로 나들이 가자고 고집하지 않았다면 사고를 막을 수 있었을까? 시동생과 시누이 내외, 조카들과 함께 보낼 여름휴가를 아내는 달가워하지 않았다. 딸아이가 없었다면 아내는 바닷가로 나가지 않고 콘도에 남아 있었을 것이다. 꼬리를 물고 이어지는 생각에 붙들린 채 그는 이불 속에서 몸을 뒤척였다.

그는 일어나 앉아 머리맡에 둔 단지를 집어 컵에 차를 따랐다. 차는 식었지만 쑥 향기가 짙었다. 잠자리에 들기 전에 마시면 좋다고 정 보살이 말린 쑥을 넣고 끓여낸 차를 단지 가득 담아주었다. 정 보살은 밤이 되면 수맥 때문에 꿈자리가 사나울 거라고 걱정했고 아침에는 혹시나 하는 얼굴로 그의 안색을 살폈다. 그는 절 밖으로 한 걸음도 나가지 않았다. 박 처사의 경고와 의심스러운 눈초리로 안색을 살피는 정 보살 때문이 아니었다. 절 마당과 방에서도 그는 아무 거리낄 것이 없다는 듯 거침없이 제 본색을 드러내는 바다를 볼 수 있었다. 가까이 다가오기만 하면 언제라도 기꺼이 집어삼켜 주겠다는 기세로 으르렁거리는 폭풍 속으로 그는 걸어 들어가지 않았다. 그는 죽을 자리를 찾아 섬으로 온 것이 아니었다. 떨쳐버리려고 할수록 그악스럽게 달라붙는 악몽 같은 그날의 기억이 수백 수천 마리의 매미 떼가 되어 그의 몸을 갉아대고 있었다. 바람과 추위 때문에 잠시 잠깐 움츠러 들었던 이명은 새로운 환경에 재빨리 적응했다. 방바닥에 등을 대고 누우면 한 무리의 군인들이 저벅저벅 군홧발 소리를 내며 그의 머리맡을 지나갔다. 군홧발 소리는 좀처럼 사라지지 않았고 어느 순간 쇠사슬 뭉치로 가격을 당한 듯 극심한 두통이 몰아쳤다. 악몽을 떨쳐내면 이명이 사라질 것이다. 머리통을 부수고 말겠다는 기세로 몰아치는 두통과 이명이 멈추지 않는 한 그날의 기억에서 영영 놓여날 수 없을 것이다.

방문 두드리는 소리가 들렸다. 그는 바람 소리일 거라고 생각했다. 잠깐 사이를 두고 들어가도 되겠느냐고 묻는 여자의 목소리가 들렸다.

"쑥차가 식었을 것 같아서 새로 가지고 왔어요."

방문을 열어주자 정 보살이 다기를 쟁반에 받쳐 들고 안으로 들어왔다.

"밤이 길어서…… 아무래도 차가 부족하겠다 싶어서……."

그는 불을 켜지 않았다.

정 보살이 손에 든 쟁반을 다탁 위에 올려놓았다. 절 마당을 쓸고 돌아가는 등댓불이 정 보살의 얼굴을 잠깐 동안 환하게 비추었다.

"일기예보를 들었는데, 내일 아침에 풍랑경보가 해제될 거래요. 첫 배로 나갈 수 있을지 모르겠어요."

그는 돌아나가려는 정 보살을 붙잡았다.

"저는, 그냥, 처사님이 걱정이 돼서 온 거예요."

그의 손에 붙들린 정 보살이 몸을 떨었다.

"잠깐만 여기 있어줘요."

공양간에서 밥을 지을 때와 달리 여자는 새끼 고양이처럼 작고 연약했다.

그는 여자를 요 위에 눕히고 젖가슴을 더듬었다. 여자는 아무 저항 없이 순순히 그에게 몸을 맡긴 채 염불을 외듯 중얼중얼 이야기를 시작했다.

"절에서 지낸 지 1년이 지났어요. 세상에 없는 제 아이의 극락왕생을 빌어주고 떠나려고 했는데 기약할 수가 없게 되었어요……."

섬에 들어왔다가 풍랑경보로 바닷길이 막혀 돌아가지 못하고 여자는 1년 넘게 절에서 공양주 보살로 눌러살고 있었다. 여자가 죽은 아이의 천도재를 올려주려고 절에 왔을 때 큰스님과 주지 스님은 출타 중이었다. 혼자 절을 지키고 있던 박 처사가 술에 취한 채 염불을 외다가 잠이 들었다. 여자는 밤중에 무작정 바다로 나갔다. 죽을 자리를 찾아나갔던 것이 아니었다. 등댓불이 비추고 지나갈 때 여자는 자신이 서 있는 곳이 벼랑 끝이라는 것을 알았다. 여자를 뒤따라 나온 사람은 황이었다.

바닷길이 막히자 박 처사는 온종일 술에 취해 있었고 황은 오전에는 대웅전 보수공사를 하고 해가 지면 방에 틀어박혔다. 누가 시키지 않았지만 여자는 밥때가 되면 공양간에서 밥을 지었다.

"황 처사님은 아직 대웅전 보수공사를 끝내지 못했어요."

어쩌면 영영 끝내지 못할지도 모르겠다고 여자가 말했다.

"황 처사가 전에 어떤 일을 했었는지 알고 있소?"

"황 처사님이 누구인지 뭍에서 어떤 일을 했었는지 저도 박 처사님도 몰라요. 새벽마다 섬을 몇 바퀴씩 달리는 걸 보고 사람들이 수군거리지만 그건 아마 섬 생활을 견뎌내기 위해서일 거예요. 만약, 그 말이 사실이라면……."

그는 여자의 몸에서 떨어져 나와 요 위에 엎드렸다.

"언젠가 황 처사님이 저한테 사람을 죽을 만큼 때렸다고 말한 적이 있어요. 운이 좋았으면 살았을 거고 아니면 죽었을 거라고 그랬어요. 술 한 잔 마시지 않고 그런 말을 했으니까 농담이 아닐 거예요. 제가 알고 있는 건 그게 전부예요."

하루 세끼 함께 밥을 먹었지만 황은 그에게 말을 건네지 않았다. 술을 입에 대지 않았고 박 처사와 정 보살에게 말을 아꼈다.

"주지 스님이 돌아오면 천도재를 올리고 여길 떠날 거예요."

여자의 목소리가 차분했다.

"박 처사는? 주지 스님이 오면 박 처사도 떠나는 거요?"

그가 물었다.

"박 처사님은 이곳 말고 달리 가 있을 곳이 없어요. 섬사람들 말로는 집 없이 떠돌아다니는 박 처사님을 주지 스님이 데리고 왔대요."

"주지 스님이 언제 올지 모르잖소?"

그가 손을 뻗어 여자의 배를 어루만졌다.

"내일 아침 배가 뜨면 섬을 떠나세요. 또다시 폭풍에 붙들리면 저처럼 떠날 날을 기약할 수 없게 될지 몰라요."

희붐히 날이 밝으면서 울부짖고 몸부림치던 폭풍이 잠잠해졌다. 간밤에 그는 깊이 잠들었다. 여자가 언제 방을 나갔는지 알지 못했다. 그는 맨발에 슬리퍼를 꿰신고 밖으로 나왔다. 문짝 하나가 떨어져나간 대웅전 지붕 너머로 첨탑처럼 우뚝 솟아 있는 등댓불이 꺼졌고 크고 작은 현무암석과 기왓장이 담처럼 쌓여 있는 절 마당이 조용했다. 차가운 바람이 옷 속으로 파고들었다. 어깨를 떨며 마당을 가로질러 해우소 쪽으로 걸어가고 있을 때 일주문 밖으로 뜀박질을 하는 사람의 모습이 언뜻 보였다가 사라졌다. 일주문 앞으로 나 있는 좁은 길을 따라 반바지 차림에 웃옷을 벗은 사람이 달려가고 있었다. 차가운 바람 따위는 아랑곳없다는 듯 쉬지 않고 달리는 사람은 황이었다. 그는 해우소에 들렀다 나와서 요사채로 들어가지 않고 절 마당을 서성였다. 천천히 걸어도 30분 남짓이면 섬을 한 바퀴 돌 수 있다고 했다. 10여 분 뒤면 황이 다시 일주문 앞을 지날 것이다. 그는 추위에 곱아든 손을 겨드랑이에 끼우고 요사채 방으로 돌아와서 창문을 손바닥 한 뼘가량 열어놓았다. 황의 모습이 일주문 앞에 나타났다. 가쁘게 숨을 몰아쉬며 절 마당 안으로 뛰어 들어온 황은 해우소 옆에 있는 샤워장으로 들어갔다. 조금 뒤 샤워장 문이 열리고 황이 나왔다. 그는 슬그머니 창을 닫았다.

지난밤에도 만취해 곯아떨어졌었던 박 처사는 풍랑경보가 해제되었다는 소식을 듣고 해장술을 마시지 않았다. 아침 공양을 마치고 황은 작업장으로 박 처사는 종무소 앞 기와 불사 접수대로 나갔다. 박 처사는 신묘장구대다라니경 테이프를 틀어놓고 접수대 앞에 놓인 의자에 앉아서 정 보살이 끓여온 차를 마셨다.

첫 배로 섬에 들어온 관광객 몇이 일주문 안으로 들어왔다. 박 처사가 웃음 띤 얼굴로 가슴 앞에 두 손을 모아 합장을 했다. 등산복을 입은 남자와 중년 여자가 기와 불사 접수를 했고 젊은 여자와 남자들이 절 마당을 기웃거렸다. 관광객은 둘 혹은 대여섯씩 짝을 지어 절로 들어왔다가 총총히 돌아나갔다. 관광객들이 썰물처럼 빠져나가자 박 처사가 시주함을 열고 지폐를 센 뒤 그것을 바지 주머니에 찔러 넣었다.

오전 작업을 마친 황이 낚싯대와 어망을 챙겨 바닷가로 가자 그는 대웅전 뒤로 난 야트막한 언덕길을 걸어 올라갔다. 뱃길이 열리고 관광객들이 오갔지만 그는 섬을 떠나지 않았다. 지척에 있을 거라고 짐작했던 등대는 한참을 걸어도 나타나지 않았다. 관광객을 상대로 회와 잔술을 파는 노점을 지나자 항로표지관리소가 보였다. 그곳에서부터는 내리막길이었다. 해안가를 따라 우뚝 솟아 있는 크고 작은 현무암석 위에 낚싯대를 드리우고 서 있는 사람들이 보였다. 그는 벼랑 끝에 걸쳐져 있는 철제 난간을 딛고 아래로 내려갔다. 커다란 바위가 있는 곳까지 디딤돌이 놓여 있었다. 황이 떡밥을 끼운 낚싯대를 바다에 던졌다. 어망 안에 잡고기 몇 마리가 보였다.

잠수복을 입은 사람들이 물속에 있었다. 그가 몸을 낮추고 바위 아래쪽으로 내려가려고 하자 황이 위험하다고 소리쳤다. 그는 엉거주춤 물러섰다. 물살이 쓸려나가자 잠수복을 입은 사람들이 바위에 붙어 있는 무언가를 칼로 끊어내기 시작했다. 투명한 초록빛깔의 길고 가느다란 것이 다발로 붙어 있는 것은 톳이라고 했다. 그것은 산발한 여자의 긴 머리채 같았다.

*

붉은 돔 한 마리가 공양간 바닥 위로 튀어 올랐다. 손아귀에서 미끄러지는 돔의 몸통을 단단히 붙들어 잡고 황이 칼자루 쥔 손을 힘껏 내려쳤다. 칼날이 치고 지나간 곳이 자신의 머리인 듯 움찔 몸을 떨면서 그는 조리대 가장자리를 손으로 짚었다. 칼날이 무딘 탓인지 생선의 머리가 단번에 잘리지 않았다. 섬뜩했던 마음은 막혀 있던 무언가가 뻥 뚫리는 듯 통쾌한 기분으로 바뀌었다. 머리가 잘려나간 돔은 여전히 꿈틀거렸다. 황이 돔의 배를 갈라 내장을 꺼내자 그가 바가지로 물을 퍼서 도마에 뿌렸다. 황은 바닥에 쭈그리고 앉아서 마른행주로 물기를 꼼꼼히 닦아내고 지느러미 주위로 칼집을 냈다. 뼈를 따라 칼날을 깊숙이 집어넣고 살을 도려내는 일이 생각처럼 쉽지 않았다. 꼬리 쪽 살을 떼어낸 부분에 칼날을 대고 껍질을 잡아당겼다. 날이 무딘 부엌칼 탓인지 손에 익지 않은 때문인지 껍질이 쉽게 벗겨지지 않았지만 황은 전기톱으로 나무를 자르고 대패질을 할 때처럼 신중하게 손을 놀렸다. 하수구 쪽으로 내장과 미처 쓸려나가지 않은 생선의 피가 얼룩처럼 튀어 있었다. 박 처사가 소주를 마시면서 다음에 육지에 나갈 때 잊지 말고 회칼을 사가지고 오라고 당부했다. 황은 대꾸 없이 마른행주를 꾹꾹 눌러 껍질이 떨어져나간 생선 살의 물기를 닦아냈다.

정 보살은 손질한 잡고기를 냄비에 넣고 말린 미역처럼 거뭇한 것을 가위로 잘라 쌀과 함께 밥솥에 안쳤다. 말린 톳이었다. 투명한 초록빛을 띤 생톳이 접시에 가득 담겨 있었다. 무릎까지 올라오는 장화를 신고 황은 잠깐 물이 빠진 사이 바위 아래쪽으로 내려가서 톳을 따왔다. 톳은 섬의 특산물이었다. 바다에 지천으로 널린 게 톳이지만 외지인은 함부로 딸 수 없고 섬사람들도 파도가 잔잔한 날에만 물옷을 입고 들어가서 딴다고 했다.

살이 붉은 참돔 회 한 접시와 국숫발처럼 가늘고 기다란 톳이 상에 올랐다. 공양간 하수구 주위로 치우지 않은 생선 머리와 지느러미와 껍질이 널려 있었다. 박 처사가 잔마다 소주를 채웠다. 붉은 생선 살 한 점과 톳을 초장에 찍어 입에 넣고 우물거리면서 정 보살이 점심 무렵에 개가 새끼를 낳았다고 말했다. 새끼가 다섯 마리라고 했다. 두세 마리는 키우겠다고 나서는 사람이 있다면 분양할 거라면서 여자가 그를 쳐다보았다. 그는 강아지를 좋아하지 않았다. 키울 여력이 없었다. 돌보고 책임져야 할 것이라면 그것이 무엇이든 피하고 싶었다. 눈앞에서 꼼지락거리는, 잠시도 한눈팔지 않고 곁에서 지키고 돌보아주어야 할 생명을 간절히 원했던 때가 있었다.

결혼한 지 10년이 지났을 때쯤 그는 더 이상 아이를 기다리지 않았다. 자신이 단념하면 아내의 마음이 홀가분해질 거라 믿었다. 새벽이슬을 맞으면서 기도를 하러 교회로 가는 아내가 미련해 보였고 때론 징그럽게 느껴졌다. 아내가 아이를 입양하자고 했을 때 그는 선뜻 동의했다. 이왕이면 딸이 좋을 것 같았다. 사내아이보다 딸이 키우기 쉽다는 말을 어디선가 들었던 것 같았다. 적적함을 달래준 시간에 대한 보상으로 반듯하게 키워서 시집을 보내주면 될 거라고 생각했다. 초등학교에 입학하는 딸을 위해서 아내는 책가방이며 공책이며 자잘한 소지품을 미리 사두었다.

아이는 잠깐 사이에 사라졌다. 그는 아이가 바다에 빠져 허우적거리는 것을 보았다. 구조 요원을 불러올 새도 없이 아이가 사라졌고 아내가 바다에 뛰어들었다. 아내는 수영을 할 줄 몰랐다. 물이라면 질색을 하는 여자였다. 뒤늦게 나타난 구조 요원들이 바닷속으로 들어가서 아내와 딸을 건져 올렸다. 그가 보았던 것은 아내와 딸의 긴 머리채였다.

열어놓은 창문 틈으로 일주문 안으로 뛰어 들어오는 황이 보였다. 그는 창을 닫고 외투를 입었다.

날씨가 사나운 날에도 황은 오전 내내 작업을 했다. 대웅전 문짝은 여전히 떨어져나간 채로 있었다. 그는 공양간 뒤쪽에 있는 개집을 흘긋 바라보다가 절 마당을 지나 일주문을 나갔다. 파도가 잠잠하고 바다는 조용했다. 길을 따라 걷지 횟집과 식당이 나왔다. 어디선가 불쑥 튀어나온 검은 개가 그를 따라왔다. 그는 개를 쫓지 않았다. 수풀 사이로 난 길이 나타나자 그는 멈춰 섰다. 가지가 앙상한 나무 틈으로 교회가 보였다. 그는 여자가 영영 떠나지 못할 거라고 생각했다. 여자는 날마다 말린 톳을 넣고 밥을 지어서 재를 올리고 있었다.

검게 넘실거리는 바다가 끝도 없이 펼쳐져 있었다. 이명은 잠시도 틈을 주지 않고 규칙적으로 울렸다. 육지는 손을 뻗으면 닿을 듯 가까이 있었다. 그는 온몸으로 바람을 맞고 서 있었다. 이명을 쫓으려고 손바닥으로 귀를 막지 않았다. 그는 소리에 집중했고 온몸으로 느껴보려고 안간힘을 썼다. 선창 부근에 노인 몇이 서 있었다. 낡은 배가 바람을 따라 흔들거렸다. 검은 개는 그가 섬을 떠날 때까지 그러고 있겠다는 듯 한자리에 버티고 서 있었다.

당신의 몸

— 감각

나쁜 꿈이었다. 그녀는 얼얼한 느낌이 가시지 않은 음부에 가만히 손을 얹고 있었다. 축축하고 뜨거웠다. 더블베드에 그녀 혼자였다. 아직 동이 트지 않아 방 안이 어두웠다. 그녀는 나쁜 짓을 하다가 들킨 아이처럼 얼굴이 붉어졌다. 꿈을 탓하는 것은 어리석고 바보 같은 짓이었지만 나쁜 꿈을 꾸었다는 사실까지 부인할 수 없었다. 일어나서 창문을 열어야겠다고 생각하면서 그녀는 가만히 손가락을 움직여보았다. 눈을 감으면 끊어졌던 꿈속으로 빨려 들어갈 것 같았다. 몸속 깊숙이 송곳처럼 날카롭게 파고들었던 쾌감이 물결처럼 조용히 퍼져나갔다. 손을 거두어 낯설고 이물스러운 느낌을 거둬내야 했다. 그녀를 보고 있는 것이 어둠뿐이라고 해도 용인하기 어려운 일이었다. 아주 오랫동안 느껴보지 못했던 아니 단 한 번도 도달해본 적이 없었던 감각에 붙들린 채 그녀는 쩔쩔매고 있었다.

그녀가 손을 거두고 침대에서 일어날 수 있었던 것은 재희 덕분이었다. 산소호흡기를 끼고 병상에 누워 있는 재희를 떠올리자 그녀는 수치심으로 얼굴이 홧홧해졌다. 어두워서 시계를 볼 수 없었다. 그녀는 불을 켜지 않고 창문을 열었다. 베란다 창틀에 눈이 쌓여 있었다. 밤사이 눈이 내린 모양이었다. 문병을 가기에 좋은 날씨가 아니었다. 스스로 숨 쉬고 먹고 움직일 수 없는 재희를 생각하자 낯설고 묘한 감각에 붙들려 있던 그녀의 몸이 거짓말처럼 평온을 되찾았다.

12월의 아침은 더디게 밝아왔다. 사물들의 윤곽이 드러나자 그녀는 방을 나와 주방으로 갔다. 이른 아침부터 병문안을 가려는 것이 아니었다. 그녀는 방 안에 가만히 앉아 있을 수 없었다. 재희는 어제 오전에 중환자실에서 일반 병실로 옮겨졌다. 급성 뇌경색으로 쓰러져 중환자실에 있었던 한 달 동안 그녀가 재희의 얼굴을 본 것은 단 한 번뿐이었다. 가족 외에는 면회가 허락되지 않는다고 간호사가 완강하게 말했다. 그녀는 재희의 딸에게 부탁해서 잠깐 얼굴을 볼 수 있었다. 샤워를 하려고 욕실에 들어갔던 재희가 바닥에 쓰러져 있는 것을 가족들은 몇 시간이 지난 뒤에야 발견했다. 재희는 눈을 뜨지 못한 채로 119에 실려 병원 응급실로 옮겨졌다. 혈전용해제로 막힌 혈관을 뚫지 못해서 두개골을 여는 수술을 받아야 했다. 재희의 딸이 엄마가 의식을 회복했고 일반 병실로 옮겨갔다는 소식을 전해주면서 그녀에게 언제라도 면회를 와 달라고 말했다. 엄마가 내년 봄에 아줌마와 함께 유럽 여행을 갈 수 있을까요? 재희의 딸이 울먹이며 물었다. 그녀는 재희가 전처럼 건강해져서 여행을 떠날 수 있을 거라고 대답했다.

나도 이제는 너처럼 혼자 여행을 다니면서 살 거야. 나이 60이 넘으니까 겁나는 게 없어. 평생 남편하고 애들 챙기느라 나 하고 싶은 건 하나도 못 하고 살았잖아. 이제는 그렇게 안 살 거야. 마흔 살 넘어 낳았던 늦둥이 아들이 대학에 들어간 것은 재희가 환갑을 넘긴 뒤였다. 재희는 큰아들과 딸들의 입시 뒷바라지를 할 때처럼 애면글면하지 않았다. 막내가 대학 2학년을 마치고 입대하자 재희는 뒤늦게 갱년기를 겪느라 힘겨워했다. 함께 여행을 가자고 제안한 사람은 재희였다. 그녀는 재희가 가족을 떠나 멀리 여행을 갈 수 있을 거라고 생각해 본 적이 없었다. 재희는 언제나 복닥거리는 가족과 함께 있었다. 평생 엄마와 아내의 역할에 충실하게 살았고 그것에 만족한다고 생각했다.

냉동실에서 인절미 몇 조각을 꺼내 전자레인지에 데우고 원두커피를 내리는 것으로 식사 준비가 끝났다. 그녀는 신문을 식탁에 펼쳐놓고 커피와 인절미로 아침 식사를 했다. 남편을 위해 따로 먹을 것을 차릴 필요가 없었다. 출근 준비로 바쁜 아침에 밥을 짓는 것이 번거롭고 힘들어서 그녀는 시리얼이나 선식 같은 간편한 음식을 차렸었고 가족들은 불평하지 않았다. 퇴직을 하고 수년이 지났지만 그녀는 아침 식탁에 밥을 올리지 않았다. 주말 아침에도 남편은 그녀에게 밥을 달라고 요구하지 않았다. 그녀는 오랫동안 그것을 일하는 아내에 대한 배려라고 오해했다.

그녀는 인절미 두 조각이 남아 있는 접시를 랩으로 씌웠다. 남편이 여행을 떠나서 집에 없었지만 그녀는 습관적으로 남편 몫까지 떡을 꺼냈다. 날이 완전히 밝아 환해진 주방에 서서 그녀는 오늘 아침 남편이 집에 없다는 사실에 안도했다. 접시를 냉장고에 넣고 그녀는 무춤 서서 눈으로 몸을 더듬었다. 어둠 속에서 몸으로 전해졌던 찌릿찌릿한 감각이 사라졌고 허리와 무릎에 묵직한 통증이 느껴졌다. 그녀는 생수 한 컵을 따라 병원에서 처방받아 온 약을 먹었다.

평소보다 느릿느릿 커피를 마시고 신문을 꼼꼼히 읽었지만 집을 나서기에 아직 시간이 일렀다. 커피 잔을 씻어놓고 식탁을 정리했다. 잠옷 위에 걸쳤던 감색 카디건을 벗었다. 딸아이가 생일 선물로 사준 카디건 소맷자락에 보풀이 일어 있었다. 그녀는 카디건을 둘둘 말아 쇼핑백에 넣어 현관 앞에 가져다 놓았다. 세탁소에 맡겨 드라이클리닝을 하면 새 것처럼 될 수 없어도 보풀을 없앨 수 있을 것이다.

욕실 앞에서 그녀는 잠옷을 벗었다. 속옷 차림으로 욕실로 들어갔다. 깨끗하게 닦인 욕실 거울 앞에 서서 그녀는 속옷을 벗었고 알몸이 되었다. 땀이 날 정도로 운동을 해본 적 없는 몸은 쭈글쭈글했고 탄력이 없었다. 주기적으로 염색을 했지만 잡초처럼 솟아나는 흰머리를 숨길 수 없었다. 그녀는 온수를 틀어놓고 거울이 수증기로 덮이길 기다렸다.

따뜻한 물이 가슴으로 쏟아졌다. 그녀는 눈을 감았다. 샴푸를 덜어 머리를 감고 오랫동안 몸을 씻었다. 허브 향이 진하게 풍기는 샴푸와 보디 클렌저와 오일을 사기 위해 그녀는 자주 허브 숍으로 갔다. 외출을 할 때 선크림만 바르고 색조 화장품을 쓰지 않았지만 목욕 용품은 까다롭게 골라 썼다. 언제부터인가 그녀는 냄새에 민

감해졌다. 몸속 깊은 곳에서 풀 냄새가 났다. 샤워를 해도 냄새가 사라지지 않았다. 보디 클렌저나 오일 따위로 감출 수 없었다. 그것이 노년의 몸에서 풍기는 냄새라는 것을 일깨워준 사람은 재희였다. 월경이 끊어진 후 재희는 제 몸에서 늙은이 냄새가 난다고 투덜거렸다. 재희의 말대로라면 그녀는 이미 마흔한 살에 늙은이가 된 셈이었다.

그녀는 보디 로션을 바르지 않고 속옷을 입었다. 병상에 누워 있는 재희에게 라벤더나 페퍼민트 향을 풍기고 싶지 않았다. 속옷 차림으로 그녀는 안방으로 들어갔다. 남편이 집에 있었다면 다시 잠옷을 주워 입었을 것이다. 남편의 잠옷이 퀸 사이즈 침대 위에 널려 있었다. 욕실이 딸려 있는 안방은 남편의 공간이었다. 그녀의 화장대가 있던 자리에 남편의 책상이 놓여 있었다. 장롱에 걸려 있는 옷가지가 안방에 남아 있는 그녀의 유일한 물건이었다.

장롱을 열고 그녀는 입고 갈 옷을 골랐다. 색깔과 디자인이 비슷비슷한 옷들 가운데 그녀는 회색 모직 투피스와 검은색 외투를 꺼냈다. 35년 동안 교직 생활을 했지만 그녀는 옷이 많지 않았다. 이따금 옷을 사 입고 출근을 해도 동료 교사들과 학생들은 그것이 새 옷이라는 것을 눈치채지 못했다. 일을 미룬다거나 참석해야 할 자리에 빠진 적이 없었고 누군가의 부탁을 거절하지 못해서 곤혹을 치루기도 했지만 그녀는 존재감이 미미한 사람이었다. 교직이라는 안정된 직장을 가지고 있다는 것 말고 그녀는 내세울 만한 것이 없었다. 근무 연수가 오래된 평교사들이 한 번쯤 고민하고 도전해보려고 하는 교장 진급을 그녀는 넘보지 않았다. 정년퇴직을 하기 몇 해 전부터 그녀는 담임을 맡지 않았다. 나이가 많은 평교사는 학생들에게 인기가 없을 뿐만 아니라 스스로 위축되는 게 사실이었다.

옷장에 걸린 무채색 일색의 외출복이 그런 것처럼 그녀는 도드라지거나 다이내믹한 생을 살지 않았다. 교사라는 직업은 안정된 수입과 시간의 여유를 주었고 그것으로 충분했다. 경제적인 이유로 타인에게 매여 살지 않아도 되었고 먹고 잠자는 시간까지 아끼면서 일에 매달려야 할 까닭이 없었다. 방학을 하면 그녀는 집을 떠났다. 방학에도 보충수업을 해야 하는 고등학교가 아니라 중학교 교사라는 사실에 그녀는 감사했다. 여행 가방을 꾸릴 때 그녀는 입고 빨기 편한 싸구려 옷들을 챙겼다. 의사소통의 어려움을 감수해야 하는 낯선 이국의 땅에서 그녀는 자유로웠다. 재희는 남편과 딸을 두고 혼자 야멸치게 여행을 떠난다고 그녀를 탓했다. 빵이나 시리얼 따위로 때우게 했던 아침 식사를 방학에는 정성을 들여 지은 밥과 반찬으로 보충해야 하지 않겠느냐는 것이었다. 남편과 아이들 때문에 속을 썩을 때마다 전화를 걸어 푸념과 하소연을 늘어놓을 때와 달리 재희는 시어머니라도 되는 듯 타박을 놓았다.

달랑 딸 하나 낳고, 정현이가 얼마나 외롭겠니. 니 남편도 무던한 사람이야. 늦둥이까지 낳은 재희가 보기에 그녀는 이기적이고 냉정한 엄마이자 아내였다. 사회적으로 출세를 했다고 할 수 없는 교사라는 직업에 기대서 주부의 역할에 소홀했고 엄마와 아내로도 형편없었다. 정현이도 정현이지만 남편을 생각해야지. 남자는 나이가 들수록 여자의 손길이 필요한 존재라니까. 아무리 나이를 많이 먹어도 남자는 죽을 때까지 어린애란 말이야. 혼자 나돌아 다니지 말고 남편 좀 챙겨.

재희의 염려와 달리 그녀의 남편은 스스로를 챙길 줄 아는 남자였다. 출세를 위해서 자신의 모든 것을 건다거나 건강을 해칠 만큼 일에 몰두하는 타입이 아니었다. 그는 생이 유한하다는 사실을 잘 알고 있었다. 자동차를 생산하는 대기업에 근무하면서 별 어려움 없이 간부로 승진할 수 있었던 것은 어떤 사람들과도 잘 어울리는 호방한 성격과 사람을 다룰 줄 아는 능력이 있었기 때문이었다. 그는 그녀가 사소한 집안일에 매여 살기를 원하지 않았다. 그녀를 대신해서 파출부가 집안일을 하는 것을 불평하거나 불편해하지 않았다. 설령 그녀가 수 년 동안 집을 떠나 있다고 해도 힘들어하지 않을 사람이었다.

투피스를 입고 그녀는 침대에 앉았다. 남편의 체취가 남아 있는 방이 낯설었다. 7년 전 딸이 결혼해서 집을 떠난 후부터 그녀는 서재에서 생활했다. 딸의 방이 비었지만 그곳은 여전히 딸의 공간으로 남겨놓고 싶었다. 책상과 책장을 안방으로 옮기고 서재에 침대를 들여놓겠다고 했을 때 그는 왜 방을 따로 쓰려고 하는지 그 까닭을 묻지 않았다. 그는 혼자만의 공간에 금세 익숙해졌다. 그녀를 부를 때 서재 문을 벌컥 열지 않고 노크를 할 만큼 예의 바르고 신중했다. 그녀를 존중하고 배려했던 만큼 그는 자신의 영역을 지키고 싶어 했다. 그녀가 허브 숍에서 샴푸와 보디 클렌저와 오일을 사는 것처럼 그 역시 자신에게 필요한 것들을 쇼핑할 자유가 있었다.

눈길은 질척거리고 미끄러웠다. 날씨가 많이 춥지 않은 것이 다행이었다. 아파트 상가에 있는 세탁소에 들러 카디건을 맡기고 그녀는 택시를 탔다. 12월의 거리는 과중한 업무에서 헤어나오지 못하는 직장인의 얼굴을 닮아 있었다. 한 해의 끝자락에서 여유로울 수 있는 사람은 많지 않을 거였다. 정년퇴직을 해서 갑자기 많아진 시간을 그녀가 어떻게 보내고 있을지 재희는 궁금해 했다. 모임이며 여행이며 운동으로 노년을 바쁘게 보내는 남편 때문에 그녀가 외롭고 허전할 거라고 넘겨짚었다. 명절이 아니더라도 결혼한 자식들을 불러 밥을 먹이고 손자 손녀들의 생일이며 크리스마스며 크고 작은 집안 행사를 챙겼던 재희에게 그녀는 자유롭지만 쓸쓸해 보였을 것이다. 그런 재희가 달라진 것은 이태 전부터였다. 달게 자고 있어야 할 새벽에 재희는 전화를 걸어 밑도 끝도 없이 이야기를 늘어놓았다. 시도 때도 없이 얼굴이 홧홧하고 가슴이 두근거려서 밤에 잘 수 없다는 말을 들었을 때 그녀는 군에 간 늦둥이 아들 때문일 거라고 생각했다. 품고 돌보던 자식을 빼앗긴 어미의 허전함을 채우기 위해서 노년에 또 자식을 낳을 수 없는 노릇이었다. 혼자만의 시간을 잘 견디고 보내려면 훈련과 노력이 필요했다. 그녀는 재희에게 적당한 처방을 알려주지 못했다. 40여 년을 함께 살아온 남편도 재희에게 별 도움이 되지 않는 것 같았다. 수년 전 사업을 접고 집에 들어앉은 남편을 위해 세끼 밥을 차려내는 것이 귀찮고, 온종일 얼굴을 보아야 하는 생활이 견디기 힘들 만큼 짜증스럽다고 말하는 재희가 낯설고 이상해서 그녀는 아무 말도 하지 못했다. 휴대전화를 쥔 손목이 아팠지만 참고 이야기를 들어주는 것이 그녀가 유일하게 해줄 수 있는 일이었다.

간병인 여자가 재희의 병상을 지키고 있었다. 6인실 병상 중 세 곳에 노인 환자가 누워 있었다. 재희는 깊이 잠들어 있었다. 산소마스크 없이 스스로 숨을 쉬고 있었지만 목에 구멍이 뚫려 있고 콧줄이 끼워져 있었다. 누구라도 노인이라고 생각할 만큼 재희는 야위고 늙어보였다.

"깨울까요?"

50대 중반의 간병인 여자가 말했다.

"아니오. 그냥 두세요."

그녀가 황급히 손을 내저었다.

"어제도 종일 주무셨는데…… 가족들 얼굴을 못 알아보세요."

간병인 여자가 무심한 얼굴로 말했다.

병상을 지키고 있어야 할 재희의 남편은 보이지 않았다. 6인실 보조 침상에서 밤을 보내는 것이 칠순을 바라보는 노인에게 무리겠지만 병상에 누운 사람이 그였다면 재희는 남편을 간병인에게 맡겨놓고 집에서 편하게 잠들지 못했을 거였다.

그르렁그르렁 가래 끓어오르는 소리가 들리자 간병인 여자가 병상 머리맡에 놓인 흡입기를 집어 들었다. 목에 뚫어놓은 구멍으로 흡입기를 넣고 가래를 뽑아내자 재희가 다시 편안하게 숨을 쉬었다. 두 차례의 수술을 받고 의식을 회복했지만 재희는 오른쪽 팔과 다리를 움직일 수 없었고 언어를 잃어버렸다. 스스로 씹거나 삼킬 수 없어서 위관과 콧줄을 통해 음식물을 먹어야 했다.

재희의 딸이 곧 올 거라고 간병인 여자가 말했지만 그녀는 기다리지 않고 병실을 나왔다. 늙어서 기댈 수 있는 사람이 남편이니까 잘 해줘야지 하면서도 벌컥벌컥 부화가 솟으니 환장할 지경이라니까. 잘 눌러 참고 살아왔다고 생각했는데 그게 아니었나 봐. 저 사람 잡으려고 마흔 살 넘어 자식을 또 낳고 이날 이때까지 상전 모시듯 살았던 내가 한심하고 바보 같아서 견딜 수가 없어. 분하고 억울해서 미칠 것 같다.

그녀는 거칠고 공격적인 말로 남편을 헐뜯고 서럽고 억울한 감정을 막무가내로 쏟아내는 재희가 낯설고 불편했다. 가족에게 맹목적으로 집착하는 재희가 그악스럽고 통속적으로 보였지만 그것은 재희가 사는 방식이었다. 누구도 피해 갈 수 없는 생의 뒤안길에서 제 삶을 통째로 뒤흔들어 대는 재희가 그녀는 위험하고 불안해 보였다.

택시를 타고 그녀는 서둘러 병원을 빠져나갔다. 바쁘게 가야 할 곳이나 만날 사람이 없었다. 그녀는 젊고 건강한 사람들이 있는 곳으로 가고 싶었다. 기사가 K대학교 부근의 전철역 앞에서 택시를 세웠다. 그녀는 작년 봄부터 K대학교 평생 교육원에서 심리학 공부를 하고 있었다. 일주일에 두 번 학교에 갔고 이틀은 집 근처 주민센터에서 일본어를 배웠다. 손목이 골절되어서 오른손을 쓸 수 없었을 때도 그녀는 꼬박꼬박 강의를 들었다. 조금만 방심을 하면 어깨며 무릎에 멍이 들었다. 정형외과 의사의 권유로 그녀는 골다공증 검사를 받았다. 그녀의 몸은 스스로 치유하고 회복할 수 있는 능력을 상실했다. 헐거워질 대로 헐거워진 뼈가 어느 순간 부서져 버릴지 알 수 없었다.

학교 앞 커피 전문점은 한산했다. 그녀는 아메리카노 한 잔과 고구마 케이크 한 조각을 사서 2인용 테이블로 갔다. 학기 중에 그녀는 종종 찻집으로 가서 혼자 차를 마셨다. 함께 강의를 듣는 나이 많은 학생들이 밥집으로 술집으로 몰려다녔지만 그녀는 거기에 끼지 않았다. 대학원과 주민센터에서 그녀는 존재감이 없는 사람이었다. 누군가 애써 불러내지 않으면 그녀가 그곳에 있다는 것을 알 수 없었다. 그녀는 북적거리는 가족들과 번잡한 일상을 행복이라고 생각했던 재희와 달랐다. 학창 시절 재희가 어떤 아이였는지 그녀는 기억하지 못했다. 60명이 넘는 반 아이들 중에 한 명이었을 뿐인 재희와 함께 밥을 먹었거나 이야기를 해본 기억이 없었다. 고등학교를 졸업한 후 한 번도 만나지 않았고 떠올려 본 적이 없었던 재희를 다시 만난 것은 20여 년이 흐른 뒤였다. 그녀가 담임을 맡았던 범준이가 재희의 아들이라는 것을 알게 된 것은 학기가 끝나갈 무렵이었다.

재희는 첫눈에 그녀를 알아보았다. 범준이의 진학 상담차 학교에 왔다가 아들의 담임교사가 그녀라는 것을 알고 놀랐던 재희와 달리 그녀는 얼른 기억이 떠오르지 않아서 난감했다. 재희를 기억해낼 단서를 찾지 못했던 것은 반 아이들에게 공평하게 무관심했던 그녀 탓이었다. 재희는 언제나 조용히 교실 뒷자리에 앉아 있었던 그녀를 정확히 기억하고 있었다. 쉬는 시간에 반 아이들과 어울리지 않고 늘 자리에 앉아 책을 읽던 아이, 혼자 도시락을 먹고 혼자 등하교를 하는 아이, 누구도 가까이 다가오지 못하게 금을 그어 놓고 혼자만의 세계에 빠져 있었던 아이였기에 그녀의 짐작과 반대로 오히려 기억하기 쉬웠을지도 몰랐다.

범준이가 졸업한 후에도 재희에게 이따금 전화가 걸려왔다. 고등학교를 졸업하고 몇 년 후 결혼을 했던 재희는 남편과 자식들을 위해서라면 어떤 일이라도 마다하지 않을 사람처럼 보였다. 재희와의 관계는 일방적으로 끊겼다가 이어졌다. 1년에 한두 번 불쑥 전화를 걸어서 재희는 남편과 아이들 이야기를 했다. 언제나 들어주는 역할을 맡았던 그녀는 재희와의 통화가 지루하고 귀찮을 때가 많았다. 그녀는 재희의 남편을 늦둥이 아들 돌잔치에서 보았다. 식품 회사를 퇴직하고 사업을 한다는 그는 체구가 건장하고 인상이 서글서글한 호남이었다. 재희는 늦둥이를 낳고 키우면서 남편과의 관계가 많이 회복되었다고 말했다. 마흔이 넘어 새삼스럽게 아기를 키우는 것이 힘에 부쳤지만 재희는 그것만이 최선의 방법이었다고 믿었다.

수없이 전화 통화를 했고 텔레비전 드라마의 줄거리를 꿰듯 재희의 생을 환하게 알고 있었지만 그녀는 속내를 털어놓은 적이 없었다. 무방비 상태로 병상에 누워 있는 재희는 이제 더 이상 그녀에게 보여줄 것이 남아 있지 않았다. 지난 가을에 당장 함께 여행을 가자고 조르는 재희에게 그녀는 손목이 골절되어서 꼼짝할 수 없다고 둘러댔다. 물리치료를 받고 글씨를 쓸 수 있을 만큼 손목이 회복되었지만 그녀는 재희와 함께 떠나지 않을 핑계를 찾았다. 여행을 내년 봄으로 미루어놓았지만 그녀는 재희와 함께 여행을 떠날 마음이 전혀 없었다.

찻집의 빈 테이블이 젊은 사람들로 채워졌다. 커피를 마시면서 노트북 컴퓨터와 아이패드, 스마트폰으로 무언가에 열중해 있는 사람들 속에서 혼자 앉아 있는 그녀의 모습이 도드라지거나 이상해보이지 않았다. 도서관에 혼자 가는 것이 불편하지 않은 것처럼 혼자라는 이유로 타인의 시선을 의식하지 않아도 되는 찻집이 그녀는 편하고 좋았다.

무심코 찻잔을 들었다가 빈 것을 알고 그녀는 가만히 내려놓았다. 고구마 케이크는 깨끗하게 먹어치우고 없었다. 빈 찻잔과 빈 접시를 보자 갑자기 맹렬하게 허기가 느껴졌다. 그녀는 잘근잘근 씹어서 삼킬 수 있는 기름진 음식이 먹고 싶었다. 떡이나 빵 따위로 아침을 먹고 점심과 저녁을 겸해서 의무적으로 식사를 했을 뿐 특별히 먹고 싶었던 음식이 없었다. 오래 전부터 군더더기 없는 최소한의 식사에 길들여져 있었던 그녀의 위가 저항이라도 하는 듯 거칠게 꿈틀거렸다.

집으로 돌아가는 길에 그녀는 마트에 들렀다. 정육 코너로 가서 등심 반 근을 사고 파프리카와 브로콜리와 양송이버섯을 장바구니에 담았다. 디저트로 먹을 사과와 감을 두 개씩 골랐다. 그녀는 고기를 구워서 밥을 먹고 싶었다. 혼자 먹는 식사에 익숙했지만 고기를 구워 먹었던 적이 없었다. 집 안에 고기 냄새가 배는 것이 싫었고 무엇보다 주방을 어지르고 싶지 않았다. 간소하게 차린 음식이 초라해 보일 때가 있었다. 그녀는 종종 끼니를 놓쳤고 조리 방법이 간단한 음식을 만들면서 허둥거렸다. 그녀는 음식 솜씨가 형편없었다. 나이가 들었다고 해서 누구나 맛깔스럽게 요리를 할 수 있는 것은 아니었다. 두 식구가 사는 아파트 주방은 필요 이상으로 넓었고 싱크대 수납장에는 한 번도 사용하지 않은 그릇과 조리 기구로 빽빽했다. 오랫동안 방치해 두었던 낡은 그릇과 조리 기구들은 도서관 서가에 꽂혀 있는 책과 달랐다. 구멍이 숭숭 뚫린 그녀의 뼈가 그렇듯이 그것들은 쓸모없이 자리만 차지하고 있다가 수명을 다할 운명이었다.

외출복을 벗어 옷장에 걸어놓고 그녀는 감색 카디건을 찾기 위해 방과 거실을 분주하게 오갔다. 속옷이며 티셔츠 따위를 넣어둔 서랍장을 뒤지다가 문득 카디건을 세탁소에 맡겼다는 사실이 떠올랐다. 그녀는 오른 손목과 무릎과 발목을 눈으로 더듬었다. 부러졌던 뼈가 제자리를 찾았고 멍이 들거나 긁힌 곳이 없었다. 아침에 카디건을 세탁소에 맡겼다는 것을 깜빡 잊었다고 해서 크게 걱정할 일은 아니었다. 추위를 많이 타는 그녀가 집 안에서 늘 입고 있었던 카디건을 찾았던 것은 남편의 부재를 알고 있으면서 습관적으로 그가 먹을 인절미를 내놓은 것과 다를 게 없었다. 낯선 감각에 붙들린 채 쩔쩔매고 마트에 들러 혼자 먹을 고기를 샀다고 해서 그녀의 일상에 균열이 생긴 것은 아니었다.

파프리카와 브로콜리와 양송이버섯을 씻어 채에 받쳐놓고 프라이팬을 가스레인지에 올렸다. 선홍빛을 띤 두툼한 등심은 혼자 먹기에 양이 많았지만 그녀는 불에 달구어진 팬에 전부 올려서 익혔다. 양송이버섯을 썰어 팬에 얹고 끓는 물에 브로콜리를 데쳤다. 기름장을 만들고 고기가 타지 않게 뒤집고 파프리카를 썰어 접시에 담느라 그녀는 바쁘게 손을 움직였다. 주방과 거실은 금세 고기 굽는 냄새로 꽉 차 버렸다. 그녀는 창문을 열지 않고, 채소를 담은 접시를 식탁으로 옮기지 않고 조리대 앞에 선 채 구워진 고기를 가

위로 잘라 먹었다. 혼자 먹기에 많을 것 같았던 고기는 몇 점 남지 않았고 데친 브로콜리와 양송이버섯과 파프리카는 손도 대지 않은 채 그대로였다. 그녀는 식탐을 내는 임신부처럼 프라이팬에 남은 고기를 입에 넣고 씹어 삼켰다. 재희가 잃어버린 것은 언어와 기억만이 아니었다. 콧줄을 통해 주입되는 음식물은 씹거나 삼킬 필요 없이 곧장 재희의 위로 흡수될 것이다. 재희가 원하든 그렇지 않든 그것은 생존을 위해 필요한 최소한의 영양분이 될 터였다. 쾌락을 동반하지 않는 교접을 거부했던 것은 그녀의 선택이었다. 남편은 그녀의 선택을 순순히 받아들였다. 한 침대에 누워도 그녀는 남편과 살을 맞대지 않았다. 열 달 동안 생명을 품었던 자궁이 사라졌지만 고통은 좀처럼 잦아들지 않았다. 종양은 자궁이 아니라 그녀의 가슴과 목과 머리 곳곳으로 번진 듯 수시로 통증을 일으켰다.

남편은 건강했고 체온을 나눌 여자가 필요했다. 그녀는 안타깝거나 노엽지 않았다. 그가 자신의 육체적 욕망을 단념해야 할 까닭이 없었다. 그것은 그가 살아가는 방식이었다. 욕망이 거세된 육체가 그녀를 편안하게 해주었다. 그녀는 통제하기 어려운 감정에 휘둘리지 않고 살아갈 수 있을 거라고 생각했다. 그것은 그녀가 살아가는 방식이었다.

그녀는 평생 그럴 수 있을 거라고 생각했다. 고기 기름이 튄 접시들로 어지러운 조리대 앞에 서서 그녀는 함께 여행을 가자는 재희의 부탁을 거절했던 것을 후회했다. 끊어질 듯 다시 이어지는 재희와의 관계가 불편했던 것이 사실이었다. 대책 없는 솔직함과 남편과 자식들에게 연연하는 재희가 짜증스러울 때가 많았다. 퇴직을 해서 한가해진 자신이 언제든지 함께 여행을 떠나 줄 거라고 생각하는 재희를 그녀는 매몰차게 밀어내고 싶었다.

그녀는 베란다 창문을 활짝 열었다. 차가운 바람이 얇은 옷 속으로 파고들었다. 12월의 짧은 해가 기울고 사방이 어두워지고 있었다. 집을 떠난 지 열흘이 지났지만 남편은 전화를 하지 않았다. 그녀는 전화를 걸지 않았다. 남편은 지금 따뜻한 물속에 있을지 몰랐다. 그는 봄이 되면 돌아오겠다고 했다. 그녀는 남편이 필리핀으로 갔다는 것만 알 뿐 어느 도시에 머물고 있는지 알지 못했다. 그는 한국의 겨울이 끔찍하게 춥다고 투덜거리면서 떠났다. 내복을 입지 않고 겨울을 날 만큼 건강했던 그가 언제부터 추위를 무서워했는지 알 수 없었다. 아빠가 필리핀에 별장을 살 거래요. 거기에서는 한 달에 몇 만 원만 주면 가정부를 두고 살 수 있다고 하네요.

필리핀에 별장을 살 거라는 이야기를 그녀는 3년 전 딸에게 들었다. 어쩌면 남편은 이미 별장을 샀는지도 몰랐다. 짧은 바지와 반소매 티셔츠를 입고 이국의 거리를 쏘다니고 있을 남편의 모습을 상상하기란 어렵지 않았다. 운동으로 다져진 근육질의 몸을 함부로 드러낸다고 해도 거리낄 것이 없을 터였다. 먹는 즐거움을 억제하고 절제된 식사를 한 덕분에 그는 나이가 들었지만 탄탄하고 건강한 몸을 유지할 수 있었다. 닭 가슴살과 고구마, 바나나와 토마토 따위로 저녁 식사를 준비하기란 어렵지도 번거롭지도 않았다. 그는 은퇴 후 남아도는 시간을 주체하지 못해서 곤혹스러워하는 재희의 남편과 달랐다. 집에서 세끼 식사를 해결하는 여느 남자들과 달랐다. 그는 온전히 자신만의 시간을 살 수 있게 될 때를 기다려 왔던 사람처럼 분주했다. 하루 중 절반을 그는 동네 피트니스 클럽에서 보냈다. 운동을 끝내면 신선한 과일과 채소를 사기 위해 자동차를 타고 대형 쇼핑센터로 갔다. 스스로 차린 식탁에 앉아 만족스러운 얼굴로 식사를 했다. 그는 나이보다 젊어 보인다는 말에 만족하지 않았다. 무감각한 그녀가 보아주기를 바라지 않았다. 그는 타인의 시선을 즐겼고 육체적 접촉 없이 쾌감을 느낄 수 있었다.

쾌감은 그녀의 것이 아니었다. 육체가 느낄 수 있는 감각 한 가지를 잃었다고 해서 상심할 일은 아니었다. 영혼의 구원을 얻기 위해 욕망을 억제하는 사람처럼 그녀는 쾌감이 사라진 몸에 고요함이 깃들기를 바랐다.

몸은 수면이 잔잔한 바다와 같지 않았다. 의식하지 못한 순간에도 그녀는 천천히 그리고 빠르게 늙어갔다. 온기 없이 방치된 몸은 마른 장작처럼 쉽게 부러졌다. 쓰다듬거나 어루만져 주지 않았던 몸이 스스로 뜨거워진 것을 느꼈을 때 그녀는 발기된 성기를 움켜잡고 새벽 내내 끙끙거렸던 남편의 모습이 떠올랐다. 그녀는 모로 누운 채 숨소리를 내지 않으려고 애쓰면서 남편이 잠잠해지기를 기다렸다. 무의미한 교접으로 자괴심에 빠져들고 싶지 않았다. 고통을 호소하거나 나무토막처럼 뻣뻣했던 그녀의 몸을 탓했던 것은 남편이었다. 일방적인 관계가 피곤하고 맥이 빠진다고 투덜거렸다. 그녀가 잃어버린 것은 딸 하나를 낳고 사멸한 자궁이 아니었다.

어질러져 있는 조리대를 그대로 두고 그녀는 식탁에 앉아 사과를 깎았다. 등심 반 근을 혼자 다 먹었지만 포만감이 느껴지지 않았다. 허기진 사람처럼 그녀는 사과 한 알을 금세 먹어치웠다. 강

박적으로 집을 치우고 주위를 정돈해야 안심을 할 수 있었던 그녀는 딴사람이 된 것 같았다. 그녀는 식탁 아래로 떨어진 사과 껍질을 줍지 않고 냉장고에서 감을 꺼냈다. 과감하게 재희를 잘라내지 못한 것은 소심한 그녀의 성격 탓이었다. 손목이 얼얼할 만큼 긴 통화가 끝나면 그녀는 전화번호를 바꿔버리고 싶은 마음이 간절했다. 남편도 자식도 다 소용없더라. 너는 평생 너 자신을 놓지 않고 살았으니까 지금 내 마음이 어떤지 모를 거야. 명자야, 듣고 있니?

행여 휴대전화를 내려놓고 사라져버렸을까 걱정이 되는지 재희가 그녀의 이름을 불렀다. 명자 넌 학교 다닐 때도 그랬어. 늘 혼자였지만 외로워 보이지 않았거든. 넌 그걸 즐기는 것 같았어. 결혼해서도 달라지지 않았잖아. 가끔 네가 부러웠다. 나는 혼자 남겨지는 것이 무서웠어. 그런데 지금 왜 이렇게 외롭고 허전한 건지 모르겠어. 나는 혼자가 아닌데 말이야.

그녀가 주방에서 자주 손을 놓고 허둥거린다는 것을 재희는 알지 못했다. 깨끗하고 정갈한 주방에서 보기 좋고 맛있는 음식을 차려낼 수 없다는 것을 알 수 없었을 것이다. 남편에게서 전해지는 온기를 견디지 못하고 서재에 침대를 들여놓았다는 것을 알 턱이 없었다. 그녀는 단 한순간도 재희에게 솔직하지 못했다. 욕망을 잠재우고 외면했던 육체가 의지와 상관없이 온기를 머금고 낯선 감각으로 꿈틀거렸던 새벽에 그녀가 얼마나 당황스러웠는지 말할 수 없었다.

따뜻하게 조언을 해주거나 명쾌한 해결 방법을 가르쳐 주지 않았지만 재희는 그녀가 이야기를 들어주는 것만으로 위로받았을 것이다. 끈기 있게 들어주는 것이 그녀가 할 수 있는 최선이었다.

더운 물이 얼굴과 목과 배와 두 다리를 적시고 욕조 바닥으로 떨어졌다. 그녀의 몸은 무색무취의 사물(死物)이 아니었다. 추위와 더위를 느끼듯 통증과 희열에 무감각하지 않았다. 감각은 의지만으로 사장되는 것이 아니었다. 냉정하고 야멸치게 뿌리치고 돌아누운 그녀가 따뜻한 체온을 갈망했다는 것을 그가 알 리 없었다. 그녀는 냉기 가득 찬 몸을 재스민 향기로 채우면서 스스로를 속이려 했다.

욕망은 사라진 것이 아니라 숨어 있었을 뿐이었다. 콧줄을 통해 병자의 위로 음식물이 채워지듯 살아 있는 한 누구도 욕망을 완전히 잘라낼 수 없는 것이다. 그녀의 몸은 타인의 손길이 닿지 않더라도 스스로 충만할 수 있었다. 되살아난 감각이 감추고 외면했던 기억과 감정을 하나씩 일깨워주었다. 체념으로 끊어내려 했던 상실감을 두려움 없이 느낄 수 있을 것 같았다. 질긴 고기를 오래 씹어서 삼켜야 하는 것처럼 그녀는 도망치거나 재빨리 덮으려 하지 않았다.

뿌옇게 수증기로 덮인 거울을 그녀는 손바닥으로 닦아냈다. 야윈 어깨와 말라붙은 유방과 주름진 배 아래로 음부를 덮은 거웃이 보였다. 그녀는 거울에 비친 몸을 응시한 채 손을 뻗어 어깨와 유방과 아랫배를 차례로 어루만졌다. 힘없이 늘어진 살가죽에 덮여 있는 골반과 허벅지와 무릎을 지나 종아리를 만지고 쓰다듬었다. 그녀는 욕실 바닥에 쭈그리고 앉아 가슴골 사이로 얼굴을 묻었다. 재스민과 라벤더와 페퍼민트 향이 사라진 몸에서 풀 냄새가 났다.

인공적인 향기로 완전히 감출 수 없었던 몸속 깊숙한 곳에서 흘러나오는 그녀의 냄새였다. 속이고 위장할 수 있었지만 달아나거나 멀어질 수 없는 냄새였다.

그녀는 마른 타월을 꺼내 축축하게 젖은 몸을 닦고 거울 앞에 섰다. 야위고 주름진 몸이 부끄럽거나 싫지 않았다. 타인에게 보여주고 자랑하기 위한 몸이 아니었다. 아기가 세상에 태어나서 걸음마를 배우는 것처럼 그녀의 몸은 시나브로 야위어 다시 걸음마를 시작해야 할지 몰랐다.

그녀는 어두워진 방으로 갔다. 언제나 그랬던 것처럼 더블베드에는 그녀 혼자였다. 방 안 사물들의 윤곽이 차차 흐려지고 농밀한 어둠이 몸을 둘러싸자 비로소 포만감이 밀려들었다. 그녀는 어둠에 저항하지 않고 눈을 감았다.

손으로 더듬어서 만질 수 없는 동굴처럼 어둡고 텅 비어 있을 그녀의 몸 깊은 곳이 따뜻하게 차올랐다. 이파리가 무성한 한 그루의 나무가 단단하게 뿌리를 내리느라 그녀의 몸이 잠깐 출렁거렸다.

부겐빌레아 날리는 오후

*

반쯤 열려 있는 차창 너머로 아이가 강물을 바라보고 있다. 강가에서 불어오는 바람이 아이의 짧은 머리카락을 흐트러뜨린다. 고집스럽게 입을 다물고 있지만 아이는 여느 때와 달라 보인다. 기대와 설렘으로 달떠 있는 아이가 정애는 어쩐지 낯설고 서먹하다.

"불편한 일 생기면 엄마한테 전화해."

아이는 대답하지 않는다.

말수 적은 아이에게 문제가 있다는 것을 그녀는 이제 인정하지 않을 수 없다. 3년 전 한국으로 와서 초등학교에 입학한 아이는 학기 말이 될 때마다 성적표를 받아왔고 거기에는 담임교사의 집요한 시선이 묻어나는 몇 줄의 글이 적혀 있었다. 성별과 나이가 달랐지만 교사들은 한결같이 아이가 학교에서 친구들과 잘 지내지 못한다는 말과 함께 편식과 학업 성적을 걱정했다. 그들은 무엇보다도 웬만해서는 입을 열려고 하지 않는 아이의 소극적인 성격을 염려했다. 아이가 한국어에 서툴다는 사실을 그들은 이해하거나 받아들이려고 하지 않았다. 외모만 본다면 아이는 여느 학생들과 다르지 않은 것이 분명했다.

식탁이나 텔레비전 앞에 앉아 있을 때 아이의 입에서 익숙하고 편안하게 튀어나오는 말은 독일어였다. 한국에 온 지 3년이 지났지만 아이는 옹알이를 하듯 여전히 독일어로 중얼거렸다. 정애는 아이가 독일어로 말하는 것을 나무라지 않았지만 사소한 말 한마디라도 한국어로 또박또박 묻고 대답해주었다. 아이에게 한국어는 낯선 이국의 언어일 뿐이었다. 부지불식간에 튀어나오는 독일어 역시 모국어일 수 없었다. 아이는 두 개의 언어 사이에서 혼란스러워하고 있었다.

대학에서 독일어를 전공했고 10년이라는 긴 유학 생활을 끝내고 돌아와서 학생들에게 독문학을 가르치고 있는 정애에게 한국어는 흐트러진 차림으로 거실 소파나 침대에 앉거나 누워 있을 때처럼 편안하고 아무런 거리낌이 없는 언어였다. 발가락을 조이는 하이힐을 신고 몸의 라인이 드러나는 정장을 입었을 때처럼 독일어는 정애를 긴장하고 주의하고 집중하게 만들었다. 독일어는 완전히 제 소유가 될 수 없는, 언제라도 떠날 수 있는 애인과 같은 존재였다. 맨 얼굴을 드러낼 수 없는 대상에게 허물을 보이는 것은 금물이었다. 적절한 긴장은 에너지가 되어 정애를 생동감 있게 만들어주었다.

새로운 언어가 아이에게 긴장과 에너지가 아니라 혼란을 줄 거라고 정애는 생각하지 않았다. 아이는 순하고 얌전했다. 아이가 드세고 거칠다거나 끊임없이 말썽을 피웠다면 정애는 학위를 받을 수도, 길고 고단한 유학 생활을 견디지도 못했을 것이다. 환경을 바꿔보면 어떻겠니? 여고 동창 유리가 여러 차례 이야기했지만 정애는 귀담아듣지 않았다. 뮌헨도 서울도 사윤이를 위해 선택한 곳이 아니었잖아. 진지하게 생각해봐. 나는 언제라도 환영할 테니까. 정애가 귀국하기 2년 전 유리는 도시 생활을 정리하고 남편과 함께 강원도 산골로 귀농했다. 고등학교 국어 교사였던 유리는 산골 마을에 공부방을 열고 텃밭을 일구며 살았다. 유리가 이따금 보내주는 택배 상자에는 그녀가 아기를 키우듯 정성을 쏟아 거둔 감자와 옥수수, 쪽파, 오이, 가지, 호박 따위가 들어 있었다. 아이와 단둘이었지만 시간에 쫓기며 살았던 탓에 지난 3년 동안 정애가 산골 마을로 유리를 만나러 간 것은 단 두 차례뿐이었다.

솔뫼마을에 산골유학센터를 준비 중이라고 유리가 말했을 때 정애는 과연 산골로 아이를 유학 보낼 부모가 있을까 고개를 갸웃거렸다. 사윤이가 그곳의 첫 번째 유학생이 될 줄 짐작도 하지 못했다. 3학년 1학기가 끝나갈 무렵 아이는 더 이상 학교에 가지 않겠다고 말했다. 정애는 까닭을 알 수 없었고 짐작하지 못했다. 아이는 입을 꾹 다문 채 완강하게 거부할 뿐이었다.

정애가 에멜무지로 솔뫼마을에서 학교를 다니겠느냐고 물었을 때 사윤이는 뜻밖에 반색을 했다. 산골 유학이 무엇인지 구체적으로 설명하지 않았지만 유리 아줌마의 집에서 몇 달 동안 살게 될 거라는 말을 듣고 냉큼 좋다고 했다. 외할머니와 외할아버지에게 곁을 주지 않았던 아이가 유리를 친근하게 생각하고 좋아하는 까닭을 그녀는 알 수 없었다.

"서울처럼 아이들이 많지 않으니까 아무래도 나을 거야."

정애가 조수석에 앉은 사윤을 힐긋 쳐다보며 말한다.

"응."

사윤이는 무심한 얼굴로 짧게 대꾸한다.

"아침 식사는 밥을 먹어야 할 거야. 산골에 베이커리가 없으니까. 괜찮겠어?"

사윤이는 대답하지 않고 고개를 끄덕거린다.

비포장도로로 접어들자 정애는 자동차 속도를 낮춘다. 멀리 유리가 살고 있는 토담집이 보인다. 사윤이가 시트를 세우고 안전띠를 푼다. 오랫동안 떠나 있었던 집으로 돌아온 사람처럼 서두르는 아이를 보자 정애는 뮐러 씨에게 맡길 때마다 단 한 번도 쉽게 떨어지지 않아서 애를 먹었던 기억이 떠올랐다.

유리가 보리와 함께 집 앞에 나와 있다. 차를 세우자 사윤이가 재빨리 문을 열고 보리에게 달려간다. 보리는 짖지 않고 꼬리를 살랑거리면서 사윤이의 손바닥을 핥는다.

"보리가 사윤이를 기억하네. 기특한 우리 보리!"

유리가 보리의 털을 쓰다듬으며 웃는다.

"자고 갈 거지?"

유리가 사윤이에게 보리의 목줄을 넘겨주면서 묻는다.

"아니, 내일 일이 있어서 가야 해."

보리의 목을 끌어안고 환하게 웃는 사윤이를 바라보면서 정애는 무심코 그렇게 말해버린다.

사윤이는 보리에게 정신이 팔려 있다. 보리를 만나기 위해서 산골 유학을 승낙한 것처럼 보였다. 사윤이가 개를 좋아할 거라고 미처 생각하지 못했다. 시추나 마르치스, 요크셔테리어 같은 애완견도 아니고 덩치가 산만한 시베리아허스키에게 넋을 빼놓을 줄 상상도 하지 못했다.

"차 마실 시간은 있지? 국화차 향이 좋아. 한 병 싸 줄 테니까 가지고 가."

해마다 가을이 되면 유리는 산국을 따다가 덖어서 차를 만들었다.

"그래. 차 한 잔만 마시고 갈게."

*

유리는 건넌방 불을 끄고 마루 끝에 걸터앉는다. 국화차를 마시고 돌아가면서 정애는 사흘 뒤에 다시 오겠다고 했다. 마당에 엎드려 있던 보리가 다가와서 유리의 발끝을 핥는다. 사윤이는 저녁밥을 먹고 마당에서 보리와 놀다가 조금 전에 잠들었다. 정애를 배웅할 때 유리는 사윤이가 마음이 바뀌어 집으로 가겠다고 할지 모른다고 생각했지만 모자는 덤덤하게 작별 인사를 나누었다.

여름방학이 나흘 남아 있었다. 솔뫼마을 유학센터는 아직 문을 열지 않았다. 사윤이는 센터가 아니라 유리가 사적으로 받은 유학생인 셈이다. 행정적인 절차며 형식이 갖추어지지 않은 지금 사윤이와 함께 지내게 된 것이 오히려 나을 수 있었다.

며칠 전 유리는 시내에 나가서 앉은뱅이책상을 사 왔다. 건넌방에 책상을 가져다 놓고 청소를 하고 있을 때 장 씨 할아버지의 손녀 분홍이가 열려 있는 대문 안으로 들어왔다. 여느 날처럼 마당에서 보리와 놀던 분홍이가 마루로 올라오더니 앉은뱅이책상이 놓인 건넌방을 물끄러미 바라보았다.

"분홍이, 이리 와서 책상 앞에 앉아 볼래?"

걸레질을 하면서 유리가 말했지만 분홍이는 냉큼 방으로 들어오지 않았다.

유리가 솔뫼마을에 유학생이 올 거라고 말했을 때 공부방 아이들은 남학생인지 여학생인지 궁금해 했고 학년과 이름을 알려 달라고 졸랐다. 분홍이는 입을 꾹 다문 채 아무것도 묻지 않았다. 분홍이는 어떤 것도 물은 적이 없었다.

분홍이는 수줍은 듯 고개를 돌리고 마당으로 내려갔다.

"분홍아, 보리랑 산책 갈래?"

유리의 말이 끝나기도 전에 분홍이가 보리의 목줄을 쥐고 대문 밖으로 뛰어나갔다.

날마다 토담집으로 와서 보리와 놀았지만 분홍이는 유리의 허락 없이 개를 집 밖으로 데리고 나가지 않았다. 아무것도 부탁하지 않는 아이에게 유리는 하루에 한 번 보리와 산책하는 것을 허락했다.

분홍이는 늘 해 저물기 전에 보리와 함께 토담집으로 돌아왔다. 발갛게 상기된 얼굴로 거칠게 숨을 몰아쉬면서 마당으로 들어오면 분홍이는 이튿날 다시 와서 볼 수 있는데도 늘 아쉬움이 가득한 표정으로 보리의 털을 자꾸만 쓰다듬었다.

보리가 없었다면 분홍이는 토담집에 얼씬도 하지 않았을 것이다. 학교와 공부방에서 분홍이는 수줍은 듯 고개를 숙인 채 어느 누구와도 말을 하지 않았다. 솔뫼마을 어른들은 분홍이가 기가 죽어서 그렇다고 말했고 아이들은 성격이 내성적이고 수줍음이 많아서 그럴 거라고 생각했다. 부모 없이 외가에서 할아버지와 살고 있는 분홍이는 솔뫼마을 사람들이 하나같이 딱하고 안쓰럽게 여기는 여자아이였다.

사윤이 자니?

유리가 밤하늘에 촘촘히 박힌 별을 바라보고 있을 때 문자메시지 수신음이 들린다.

응. 잠들었어. 사윤이 걱정 말고 너도 어서 자.

몇 차례 문자메시지를 주고받은 뒤 유리는 휴대전화를 다탁에 올려놓고 방으로 들어간다.

가슴께 베개를 받치고 엎드려서 책을 읽고 있던 정환이 고개를 든다.

"우리 유학생이 너무 과묵하더라."

"차차 나아지겠지."

장롱을 열고 요와 이불을 꺼내면서 유리는 무심하게 대꾸한다.

정환은 사윤이가 아내의 친구 아들이라는 것을 알고 있었지만 토담집에 두 번 왔었던 것을 기억하지 못했다. 토담집에 찾아왔던 친구와 지인 들을 모두 기억할 수는 없을 것이다.

토담집으로 이사한 지 5년이 지났지만 정환의 일상은 큰 변화가 없었다. 학교를 그만두고 농가에 살면서 유리는 촌부 시늉을 냈지만 춘천 시내의 고등학교로 전근을 갔던 정환은 수업과 학생들과 잡무에 시달리는 생활에서 벗어나지 못했다. 학교와 학생들에게서 벗어나 홀가분하게 살고 싶다는 바람으로 솔뫼마을로 이사를 했지만 유리는 산골 생활 1년 만에 마을 회관 한켠을 빌려 공부방을 열었다.

전교생이 10여 명 안팎인 솔뫼 초등학교는 소박하다 못해 쓸쓸해보였다.

교사(校舍) 한 동과 담쟁이덩굴에 둘러싸인 자그마한 관사 건물 뒤로 낮은 산이 서 있는 솔뫼 초등학교는 아이들 숫자가 적은 탓에 드넓은 운동장이 망망대해처럼 느껴졌다. 유리는 하루에 한 번 보리를 데리고 운동장을 돌며 산책을 했다. 학교가 파하면 아이들은 보리와 놀려고 토담집으로 몰려왔다. 유리가 마을 아이들과 가까워질 수 있었던 것은 보리 덕분이었다.

보리가 아이들에게만 인기가 있었던 것은 아니었다. 솔뫼 초등학교 수위이자 학교 버스 운전기사인 김 씨는 사료를 챙겨놓고 보리를 기다렸다. 그는 학교와 마을 사람들과 아이들에 관해 모르는 것이 없었다. 유리는 아이들의 이름이며 집안 내력을 김 씨를 통해 들었다. 그는 이곳 토박이었고 솔뫼 초등학교 1회 졸업생이었다. 학교에 대한 애착과 자긍심이 강한 것으로 치자면 그를 따라갈 사람이 없을 듯했다.

김 씨는 유리가 서울에서 오랫동안 교사 생활을 했다는 것을 알고 있었다. 정환이 근무하는 학교가 어디에 있는지 몇 학년 담임을 맡고 있는지 심지어 두 사람의 고향까지 훤히 꿰고 있었다. 그는 유리 부부에게 아이가 없다는 것을 알면서도 왜 아기를 낳지 않느냐고 묻지 않았다. 어쩌면 그가 그 까닭을 알고 있을지 모른다고 생각하자 낭패감이 밀려왔다.

공부방으로 사용할 공간을 얻는 것은 어렵지 않았다. 동네 사람들이 마을 회관 건물 한 칸을 내어주었고 학교에서 물품을 지원받았다. 아이들의 부모들이 간식거리를 가져왔기 때문에 유리가 따로 준비할 것이 없었다. 유리는 소박한 마음으로 공부방을 열었다. 하교 후 아이들이 함께 어울려 간식을 먹고 숙제를 하고 놀 수 있는 공간이면 충분했다. 유리는 아이들에게 딱히 무언가를 가르쳐주려고 하지 않았다. 욕심을 내기 시작한 것은 아이들 부모였다. 기왕 공부방을 열었으니 도시 아이들이 그런 것처럼 부족한 과목을 가르쳐주고 원어민은 아니더라도 영어를 배울 수 있었으면 하는 눈치였다.

주디에게 도움을 청했을 때 그녀는 머뭇거리면서 망설였다. 아이들을 가르쳐본 적이 없을 뿐더러 한국말이 서툴다는 이유 때문이었다. 솔뫼마을 사람들 중 어느 누구도 집안일과 농사일에 서툰 그녀가 마을과 아이들을 위해 무언가를 할 수 있을 거라고 생각하지 않았다. 솔뫼마을의 이방인이라는 점에서 유리도 주디와 다를 게 없었다. 공부방에 오면 한글을 가르쳐주겠다고 하자 그녀의 표정이 달라졌다. 결혼해서 산골 마을로 온 지 2년이 지났지만 주디의 한국어 실력은 형편없었다. 하루에 한 시간씩 그녀가 아이들에게 영어를 가르쳐주면 유리가 한글 공부를 도와주겠다고 약속했다. 학교가 파하고 아이들이 공부방으로 몰려올 시간이 되면 스물

두 살 필리핀 신부 주디는 돌 지난 아이를 들쳐 업고 논길을 걸어 마을 회관으로 왔다.

부모들의 바람처럼 아이들의 영어 실력이 눈에 띄게 늘지 않았지만 주디는 특별한 일이 없는 한 수업을 빼먹지 않았다. 한글 공부는 책상 앞이 아니라도 어디서든 할 수 있었다. 유리는 기증받은 책 중에서 그림이 많고 글자가 적은 동화책을 골라 주디에게 읽어주었고 초등학교 저학년 학생이 사용하는 칸이 큰 공책에 글자를 적어오라고 숙제를 내주었다. 주디는 자신의 아이보다 먼저 글자를 배워서 가르쳐주고 싶어 했다. 아이와 자유롭게 이야기할 수 있는 엄마가 되고 싶다고 말했다. 유치원에 다니는 아이들보다 한국말이 서툰 주디는 솔뫼마을에서 가장 말수 적은 사람이었다. 솔뫼마을에 분홍이가 오기 전까지 그랬다.

분홍이는 토담집에 오지 않았다. 좀처럼 입을 열려고 하지 않는 아이는 온종일 외갓집 헛간에서 혼자 놀았을 것이다. 사윤이가 보리를 빼앗아가 버린 꼴이 되었다. 유리는 미처 그것을 생각하지 못했다.

*

아침에 눈을 뜨자마자 사윤이가 보리에게 달려갔다. 마루 탁자에 밥을 차려놓고 유리가 사윤이를 부른다.

"아침 먹고 아줌마랑 함께 공부방에 가자. 모두 널 궁금해 해."

된장국에 밥을 말아 떠먹으면서 사윤이가 고개를 끄덕거린다.

"보리와 함께 가도 돼."

"정말요?"

사윤이의 얼굴이 환해진다.

"정말이지. 아줌마도 보리처럼 사윤이와 친해지고 싶어. 먹고 싶은 게 있으면 말해라. 아줌마가 해줄 테니까. 불편한 게 있으면 그때그때 얘기하고."

"네."

사윤이는 밥 한 그릇을 서둘러 비우고 자리에서 일어난다.

정애가 가져온 짐에 식빵이며 잼이며 햄 따위가 들어 있었지만 유리는 아침상에 내놓지 않았다. 편식이 심해서 토스트가 아니면 아침밥을 먹지 않을 거라고 걱정하는 정애에게 유리는 사윤이가 좋아하는 음식이 무엇인지 물었다. 정애는 얼른 대답하지 못했다. 사윤이는 대개 혼자 저녁밥을 먹었다고 했다. 라면을 끓이거나 전자레인지에 데워 먹을 수 있는 인스턴트 스파게티나 피자를 주문해서 혼자 끼니를 때웠고 주말이면 정애와 함께 외식을 했다고 했다.

군말 없이 밥 한 그릇을 비우고 일어서는 사윤이를 보면서 유리는 정애가 알지 못하는 것이 아이의 식성만은 아닐 거라고 생각했다.

마을 회관 앞에서 놀고 있던 아이들이 보리의 목줄을 쥐고 서 있는 사윤이를 말끄러미 쳐다본다. 버섯 농사를 짓는 구 씨의 딸 보람이가 세 살 난 동생 은호를 데리고 왔다. 은호가 보람이의 손을 놓고 보리에게 다가간다. 보람이와 아이들은 호기심과 경계심이 뒤섞인 눈빛으로 산골 유학생을 바라만 볼 뿐 선뜻 말을 건네지 않는다.

아이들은 평소와 달리 얌전하다. 책꽂이에서 동화책을 한 권씩 뽑아 자기 이름이 등판에 적힌 의자에 앉은 아이들은 책상에 펼쳐 놓은 책을 읽지 않고 저희들끼리 수군거린다. 공부방으로 자원봉사를 온 대학생들에게 무람없이 굴었던 아이들은 또래 아이에게는 얼마간의 경계심을 보이는 것 같다.

유리가 부르자 사윤이는 굼뜨게 공부방으로 들어온다.

"오늘부터 솔뫼마을에서 너희들과 함께 지낼 친구를 소개할게. 이름은 한사윤이고 3학년이야. 사윤아, 인사해야지."

"안녕."

사윤이가 주뼛거리면서 작은 목소리로 말한다.

"그럼 저랑 같은 반이네요."

보람이가 큰 소리로 말하고는 킥킥 소리 내서 웃는다.

"그래, 보람이 반에서 공부할 거야. 이제 3학년이 세 명이 되었구나."

반 친구가 생겨서 좋은지 보람이는 제가 보려고 펼쳐놓은 동화책을 사윤이에게 읽으라고 건넨다. 곁에 있던 은호가 사윤이 손에 들려 있는 책을 빼앗아가 버린다. 보람이가 화가 나서 은호의 엉덩이를 때리며 소리친다.

"말썽 피우면 집에 데리고 갈 거야."

보람이가 책을 뺏자 은호가 발버둥을 치며 울기 시작한다.

"그냥 둬. 다른 책 읽으라고 하면 되잖아."

금실이가 책장에서 책을 한 권 뽑아 사윤이에게 가져다준다.

아이들 간식거리로 찐 감자와 옥수수를 가지고 온 보람이 엄마가 은호를 데리고 집으로 돌아갔다. 사윤이가 슬그머니 일어나서 공부방을 나간다. 유리는 사윤이가 독일에서 나고 자랐다는 말을 아이들에게 하지 않았다. 말이 서툰데다 사교성이 부족해 학교에서 따돌림을 당했다는 사실을 굳이 얘기할 필요가 없었다. 상대에 대해 속속들이 안다고 해서 좋은 관계를 맺을 수 있는 것은 아니었다. 분홍이가 솔뫼마을에 온 까닭을 알고 있었지만 어느 누구도 그 애의 입을 열게 하지 못했다. 유리는 아이들이 선입견 없이 사윤이에게 다가가기를 바랐다.

*

"텃밭에 가서 풋고추랑 깻잎 좀 따올래?"

유리가 건네준 대나무 소쿠리를 사윤이 냉큼 받는다.

소쿠리를 들고 텃밭으로 가는 사윤이를 보리가 뒤따라간다.

마당 한가운데 놓인 평상에서 정환이 돼지고기를 굽고 정애가 밥과 반찬을 쟁반에 담아 날랐다.

정애는 소쿠리 가득 따가지고 온 풋고추와 깻잎을 마당 수돗가에 쭈그리고 앉아서 헹구는 사윤이를 가만히 바라본다. 며칠 만에 만난 아이는 건강해 보인다. 더 이상 나빠질 것이 없다는 생각으로 결정한 산골 유학이었지만 사윤이는 기대 이상으로 잘 적응하고 있는 것처럼 보였다.

정애가 고기며 식빵이며 라면 따위를 잔뜩 사 들고 토담집으로 왔을 때 유리는 사윤이가 음식을 가리지 않고 잘 먹는다고 칭찬했다.

"공기가 좋아서 그런지 밥을 잘 먹어. 우리야 만날 된장국에 나물 반찬뿐인데도 사윤이가 반찬 투정을 안 하더라."

유리가 냉장고를 열고 고스란히 남아 있는 빵과 햄을 보여주며 말했다.

아이를 맡길 때 무엇보다 먹을거리를 걱정했던 정애는 당황했다.

"밥 좀 해주지 그랬니? 너 바쁘다고 인스턴트 음식을 너무 많이 먹인 거 아냐?"

유리가 나무라듯 말했다.

사윤이가 한국 생활에 빨리 적응하지 못하는 것을 정애는 낯선 음식 때문일 거라고 생각했다. 된장국과 나물을 좋아할 거라고 짐작도 하지 못했다.

저녁 식사를 한 뒤 정환이 설거지를 하고 유리가 차를 내왔다. 정애는 산골 유학 생활을 마치고 집으로 돌아가면 개 한 마리를 사야 할지도 모르겠다고 생각했다. 사윤이는 좀처럼 보리와 떨어지려고 하지 않았다. 엄마에게 살갑지 않는 아이가 한시도 떨어지지 않으려 하는 존재가 고작 개라는 것을 정애는 받아들이기 어려웠다.

"늘 혼자 지내서 그런지 사람 사귀는 데 서툰 아인데…… 개를 좋아할 줄 몰랐어."

"우리 보리는 흔한 개가 아니야. 나한테 자식이고 사윤이에게 친구니까."

"하필 말 못하는 동물한테 마음을 줄 게 뭐라니?"

"굳이 말을 하지 않아도 되니까 좋은 거겠지. 일일이 말로 설명할 필요가 없으니까."

도시에서 교사 생활을 하는 동안 유리는 개를 키울 엄두를 내지 못했다. 작고 귀여운 애완견이라 할지라도 온종일 집에 가둬놓고 키우고 싶지 않았다.

토담집으로 이사하고 두어 달이 지난 뒤 정환이 보리를 데리고 왔다. 마당 있는 집에 살았던 정환의 대학 선배가 아파트로 이사를 했는데 시베리아허스키를 키울 여건이 안 된다며 가져가서 키우라고 했다.

강아지를 분양받아 키울 생각이었지만 시베리아허스키는 덩치가 부담스러울 만큼 큰 개였다. 시골이 아니라면 엄두도 내지 못했을 것이다. 세 살 난 보리는 순하고 영리했다. 강아지 한두 마리 없는 집이 드문데도 아이들은 보리를 보려고 토담집으로 몰려왔다. 외지에서 들어온 아이 없는 부부에게 데면데면했던 마을 사람들이 보리에게 관심을 갖기 시작했고 보리 엄마라 부르며 유리와 편하게 말을 섞었다.

"보리가 나이가 들어서 그런지 게을러졌는데, 사윤이 덕분에 활기를 찾은 것 같아. 새 친구와 노느라 낮잠 잘 시간이 없거든."

정애는 제 방에서 컴퓨터에 매달려 시간을 보냈던 아이가 널찍한 마당에서 자유롭게 뛰어다니는 모습이 낯설었지만 무거운 짐을 내려놓은 듯 마음이 홀가분한 것이 사실이었다. 뮌헨의 작은 아파트에서 사윤이를 낳고 키우면서 정애는 수백 번도 넘게 한국으로 돌아가는 상상을 했었다. 계획에 없었던 임신과 출산으로 학업을 미뤄야 한데다가 아이를 낳았다는 사실을 부모에게 알릴 수 없었다.

사윤이가 만 두 살이 되던 해 정애는 학위 과정에 들어갈 수 있었다. 옆집에 사는 뮐러 씨 부부에게 사윤이를 맡기고 학교에 가면 정애는 온종일 아이를 까맣게 잊어버렸다. 경제적으로나 정신적으로나 안정된 생활을 하기 어려운 유학 생활은 불면증과 강박증을 가져다주었다. 가족과 유학생들에게 하지 못했던 말을 정애는 이메일로 유리에게 털어놓았다. 유리가 사윤이의 얼굴을 보고 싶어 했지만 정애는 사진을 한 장도 보내지 않았다.

초저녁 무렵이면 정애는 사윤이를 재워놓고 방으로 들어가서 문고리를 걸어 잠갔다. 책상 앞에 앉아 책을 읽거나 리포트를 쓰고 있을 때 쿵쿵 방문 두드리는 소리가 들렸다. 처음 그 소리를 들었을 때 정애는 놀라서 서둘러 방문을 열었다. 선잠을 깬 사윤이가 방문 앞에 앉아 있었다. 사윤이는 저녁마다 방문을 두드려댔고 정애가 밖으로 나올 때까지 멈추지 않았다. 세 살 난 아이는 주먹이 아니라 제 머리통으로 방문을 부서져라 두드려댔다.

"사윤이가 이곳에서 또래 친구를 사귀었으면 좋겠어. 독일에서 친구가 많았던 건 아니지만 한국에 와서 외톨이로 지냈거든. 거기에선 피부 색깔이 문제였는데 여기 오니까 언어가 걸림돌이 됐어."

아이들은 저희들과 다르게 생기지 않은 사윤이가 한국말이 서툴다는 이유로 놀리고 따돌렸다. 사윤이는 시시콜콜 학교 이야기를 하지 않았다. 학기 말이 돌아오면 교사들은 말 없는 아이가 학교생활에 잘 적응하지 못한다는 말을 성적표에 써 보내왔다.

외계인. 사윤이의 별명은 외계인이었다. 아이가 더 이상 학교에 가지 않겠다고 선전포고를 하듯 말한 뒤에야 정애는 비로소 사윤이가 지난 3년 동안 견디기 힘든 생활을 했었다는 사실을 알았다.

"보리가 도와줄 거야. 여기로 이사 와서 나도 처음에 외톨이였어. 보리 덕분에 아이들과 가까워졌고 마을 사람들을 사귀었거든."

유리가 미지근한 물이 담긴 주전자를 기울여서 빈 찻잔을 채운다.

*

학교가 파하려면 한 시간 남짓 남았지만 유리는 보리를 앞세우고 집을 나선다. 정애는 사윤이의 전학 수속을 마치고 서울로 돌아갔다. 솔뫼 초등학교 넓은 운동장을 가로질러 걷다가 유리는 정애와 함께 그네를 탔다.

"사윤이가 다녔던 초등학교는 운동장이 여기 반의 반도 안돼. 한 학년 숫자가 300명이 넘는데 말야. 여기 와 보니까 왠지 안심이 된다."

정애가 가방을 열고 봉투를 꺼냈다. 사윤이의 한 달치 유학비가 담긴 봉투를 유리에게 건네면서 정애가 다음 달부터는 통장으로 넣겠다고 말했다. 정식 유학생이 아니니 유학비를 내지 않아도 된다고 말했지만 정애가 받으라고 고집을 부렸다.

학교로 가는 길목으로 접어들자 아이를 업고 앞서 걸어가는 주디가 보인다. 보리가 컹컹 짖으며 유리보다 먼저 주디를 부른다.

"장군이 마중 나왔어요?"

주디에게 다가가면서 유리가 묻는다.

주디의 아들 장군이는 솔뫼 유치원에 다녔고 그녀의 등에 업혀 있는 딸이 곧 돌이 된다.

"네."

"전에 말했던 유학생이 왔어요. 저희 집에 살면서 학교에 다닐 거예요. 장군이 엄마, 오늘 공부방에 올 거죠?"

주디와 나란히 걸으면서 유리가 묻는다.

"별이 재우고 가겠습니다. 유학생 얼굴 보고 싶어요."

등에 업힌 아이를 추어올리면서 주디가 대답한다.

둘째를 낳고 한동안 집에 틀어박혀 지냈던 주디는 지난봄부터 공부방에 나와서 아이들에게 영어를 가르쳐주었고 한글 공부를 다시 시작했다.

읽고 쓰는 것이 자유롭지 않았지만 장군이 엄마라 불리는 주디는 자신의 아이보다 먼저 말을 배웠고 사람들과 의사소통을 하는데 문제없을 만큼 한국말에 익숙해졌다.

"별이가 엄마를 닮아 예뻐요. 이제 말을 곧잘 하지요?"

"엄마, 아빠, 맘마, 이런 말을 해요. 별이만 예뻐한다고 장군이가 심술부려요."

결혼해서 산골로 왔던 해 겨울, 주디는 살점이 떨어져나갈 것 같은 추위 때문에 집 밖으로 나갈 수 없었다고 했다. 낯선 나라와 낯선 사람들, 입에 맞지 않는 음식과 의사소통의 어려움보다 주디를 힘들고 두렵게 만든 것은 지독하게 추운 날씨였다. 그녀의 나이 많은 남편은 겨울이 지나면 따뜻한 봄이 올 거라고 말했다. 봄이 가면 뜨거운 여름이 오고 선선한 가을이 찾아올 거라고 했지만 주디는 믿을 수 없었다. 겁을 먹고 잔뜩 웅크리고 있던 주디를 밖으로 불러낸 것은 탐스러운 눈송이였다. 하늘에서 나풀거리며 쏟아져 내리는 하얀 덩어리가 신기해서 마당으로 나갔다가 주디는 어깨에 살포시 내려앉은 그것을 손가락으로 집어 입에 넣었다. 그거 먹으면 안 돼. 하야니까 깨끗해 보이지만 그렇지 않아. 먹으면 배탈 난다고. 차가운 거 먹고 싶으면 아이스크림을 사 줄게. 남편이 핀잔을 주었지만 주디는 그해 겨울 아무도 몰래 여러 번 눈을 먹었다.

두 아이의 엄마가 된 주디는 이제 눈을 먹지 않는다. 행여 장군이가 눈을 집어 먹지 않을까 걱정을 했지만 아이는 가르쳐주지 않았는데도 그렇게 하지 않았다.

유리는 주디와 나란히 교문 안으로 들어간다. 화단에서 풀을 뽑고 있던 김 씨가 목장갑 낀 손을 털고 일어나면서 두 사람을 향해 알은체를 한다.

"서울서 온 유학생 엄마하고 친구라면서요?"

목장갑을 벗고 보리의 털을 쓰다듬으면서 김 씨가 묻는다.

"네. 등하굣길이 익숙해질 때까지 제가 데리고 다닐 거예요. 보리 산책시킬 겸 해서요."

김 씨의 입에서 다른 말이 나오기 전에 유리는 얼른 보리의 목줄을 잡아끌고 운동장을 가로질러 걸어간다.

"서울 아이가 산골에서 잘 적응할는지 모르겠네요. 제가 도울 일이 있으면 말씀하세요."

김 씨의 목소리가 텅 빈 운동장에 울려 퍼진다.

*

보리와 함께 천천히 운동장을 한 바퀴 돈 뒤 유리는 관사 건물 앞 벤치에 앉는다. 유리의 발치에 보리가 쭈그리고 엎드린다. 학교에 오면 보리는 웬만해서 짖지 않는다. 종이 울리면 아이들이 우당탕 퉁탕 계단을 뛰어서 내려올 것을 알고 있는 것 같다.

산골 마을의 하루는 느릿느릿 흘러간다. 공부방 문을 열지 않는 주말에는 하품이 나올 만큼 하루가 길었다. 수업과 자율 학습 감독을 마치고 집에 돌아오면 정환은 씻고 자기에 바빴다. 정환이 산골 생활의 여유를 즐길 수 있는 날은 주말뿐이었다. 나도 학교 그만두고 농사지을까? 이따금 그렇게 말했지만 아침이 되면 정환은 습관처럼 출근 준비를 했다. 산골에 살아도 틀에 박힌 빡빡한 일상은 달라지지 않았지만 정환은 주말에 텃밭을 일구는 것으로 만족하는 것 같았다. 무엇보다 학교를 그만두기 두 해 전부터 걱정이 될 만큼 말수가 적었던 유리가 마을 사람들과 잘 지내고 있다는 사실에 안심하는 것 같았다.

교단에서 학생들을 가르쳐야 하는 교사가 말하는 것을 꺼리는 것은 치명적인 문제였다. 정확히 언제였는지 유리는 기억하지 못했다. 수업 시간 50분 동안 떠들어야 하는 것이 참기 어려울 만큼 고통스러웠다. 억지로 수업 시간을 채우고 나면 동료 교사와 아이들이 말을 시킬까 두려워서 전전긍긍했다. 집에서 정환과 나누는 사소한 대화조차 짜증스럽고 괴로웠다.

해마다 신입생이 들어왔고 힘겨운 고3 생활을 보낸 아이들은 대학에 진학하거나 재수를 결정하고 학교를 떠났다. 해가 바뀐다고 해도 특별히 새로울 것이 없었지만 큰 어려움 없이 한 해 한 해가 흘러갔다. 사고가 일어나지 않았다면 유리는 지금 산골 마을이 아니라 교단에 서 있었을 것이다.

종이 울린다. 납죽 엎드려 있던 보리가 몸을 일으킨다. 1학년부터 6학년까지 학생 숫자가 열 명도 안 되는 솔뫼 초등학교의 한적한 교사(校舍)가 곧 시끌시끌해지더니 책가방을 메고 신주머니를 손에 든 아이들이 경쟁을 하듯 다투어 계단을 뛰어내려 온다.

달리기 경주를 하듯 보리를 향해 달려오는 아이들 뒤로 굼뜨게 신주머니에서 운동화를 꺼내는 사윤이가 보인다. 분홍이는 아이들에게 둘러싸여 있는 보리에게 눈길도 주지 않고 운동장을 가로질러서 교문 쪽으로 가버린다.

"분홍아!"

유리가 분홍이를 소리쳐 부른다.

"분홍아, 기다려. 너한테 부탁할 게 있어."

유리는 보리의 목줄을 사윤이에게 건네주고 분홍이를 쫓아간다.

분홍이는 기다려주지 않는다. 발걸음이 빨라질수록 분홍이와 간격이 점점 더 멀어지는 것 같다.

"분홍아……."

손을 맞잡을 수 있을 만큼 가까워졌을 때 유리는 숨을 몰아쉬면서 분홍이를 부른다.

"보리, 목욕 시켜줄래? 니가 안 와서 보리가 씻질 못했어."

행여 달아날까 두려워서 유리가 작고 거친 분홍이의 손을 움켜

잡는다.

“사윤이는 개를 키워본 적이 없어서 잘 몰라. 내가 할아버지한테 전화할 테니까 우리 집으로 가자.”

뒤따라오는 보리와 아이들을 돌아보면서 분홍이가 머뭇거린다.

아이들은 말 못하는 분홍이에게 너그럽지 않았다. 두 해 동안 한 반에서 단둘이 공부했던 보람이는 입을 꾹 다문 채 숨바꼭질을 하듯 저를 피하는 분홍이를 좋아하지 않았다. 말수 없는 학생을 답답하게 생각했던 것은 유리도 마찬가지였다. 교사 생활 8년 차로 접어들었던 해 가을, 목소리가 궁금할 만큼 말이 없던 여학생이 불쑥 담임이었던 유리를 찾아왔다. 말이 없다는 것 외에 특별히 눈에 띌 만한 문제가 없었던 아이는 그날 끝내 입을 열지 않고 돌아갔다. 그리고 그날 밤 아파트 10층 난간에서 뛰어내렸다. 유리는 아이가 하려고 했던 말이 무엇이었는지 끝내 알 수 없었다. 그해 겨울, 유리는 결혼 6년 만에 가진 첫 아기를 유산했다. 그녀는 배 속에서 죽어버린 아기의 얼굴을 보지 못했고 스스로 목숨을 끊은 여학생의 목소리를 들을 수 없었다.

휴직을 하고 떠돌아다니는 동안 유리는 말을 거의 하지 않았다. 물건을 사거나 방을 얻기 위해서 어쩔 수 없이 입 밖으로 소리를 내야 할 때면 그녀는 발화되어 들려오는 자신의 목소리가 낯설고 어색했다. 그녀는 사람들 속에 있었지만 혼자였고 혼자라는 사실에 두려움을 느꼈다. 집으로 돌아가고 싶었다. 집으로 가는 길을 찾아야 했다. 인도 남쪽에 있는 작은 마을을 떠돌 때였다. 관광객을 찾아볼 수 없는 시골 마을을 지날 때 그녀는 바람을 따라 떨어지는 분홍색 꽃을 보고 걸음을 멈췄다. 그것이 부겐빌레아 덩굴이라는 것을, 꽃이라고 생각했던 것이 사실은 잎이라는 것을, 분홍색 잎 속에 흰 꽃이 숨어 있다는 것을 그녀는 나중에 알았다.

부겐빌레아 날리는 마당에서 한 여인이 밭에 물을 주고 있었다. 길과 마당의 경계가 없었다. 한국 촌부처럼 긴 치마에 셔츠 차림으로 한쪽 손에 호스를 쥐고 물을 뿌리던 여인이 꽃에 정신이 팔려 있는 유리를 손짓해서 불렀다. 여인은 알아들을 수 없는 말을 중얼거리면서 금방이라도 울 것 같은 표정을 지었다. 판을 씹어서 온통 붉은 입으로 여인은 알아들을 수 없는 말을 중얼거리며 금방이라도 울 것 같은 표정을 지었다.

호스를 내려놓고 여인이 까맣게 그을린 팔을 그녀 앞에 불쑥 내밀며 울먹였다. 그녀는 울음 섞인 낯선 이방의 말을 알아들을 수 없었지만 얼굴 표정에서 몸짓에서 여인이 아픔을 호소하고 있다는 것을 읽을 수 있었다. 낯선 이방인에게 경계나 의심 없이, 희망조차 없이 고통을 드러내는 여인 앞에서 그녀는 속수무책이었다. 무거운 배낭을 내려놓고 여인을 따라 마당에 쭈그리고 앉았다. 그녀는 여인의 팔을 가만가만 만져주면서 중얼중얼 말을 건넸다. 부겐빌레아 날리는 마당에서 그녀와 여인은 서로 다른 언어로 고통을 나누었다. 그녀가 마당을 나설 때 여인은 붉은 이를 드러내고 환하게 웃고 있었다.

"함께 갈 거지?"

분홍이가 가만히 고개를 끄덕인다.

교문 밖으로 몰려나간 아이들이 신주머니를 흔들면서 제각각 집이 있는 방향으로 흩어진다.

"선생님, 점심밥 먹고 공부방으로 갈게요."

보람이가 큰 소리로 말하고 금실이에게 달려간다.

"그래, 밥 먹고 와라."

유리는 시윤이와 분홍이를 앞세우고 토담집을 향해 걸어간다.

말 없는 두 아이 사이에서 보리가 느릿느릿 걷는다.

분홍이가 말을 하지 않는 까닭은 수줍음이 많아서가 아니다. 가난한 외조부와 단둘이 산골 마을에 살아서가 아니다. 한날한시에 눈앞에서 사라져버린 부모를 영영 만날 수 없다는 사실을 분홍이는 아직 받아들일 수 없는 것이다. 그것을 감당할 엄두를 내지 못하는 것이다. 유리가 그랬던 것처럼 분홍이는 갓난아기가 말을 배우듯 잃어버린 언어를 차근차근 찾아낼 수 있을 것이다.

토담집이 가까워지자 내내 조용하던 보리가 컹, 소리를 내며 짖는다.

그녀가 대문을 열자 부겐빌레아 날리는, 초가을 햇살이 환한 마당으로 두 아이가 날듯이 뛰어들어 간다.

침대 없는 여자

오준이 돌아온다. 나는 평생 오준을 기다리며 살아왔다. 굳게 닫혀 있는 현관문이 열리는 날 오준은 망설이지 않고 그녀의 심장 깊숙이 복수의 칼날을 찔러 넣을 것이다. 나는 오준을 아들처럼 키웠다. 한 여사는 아기를 만드는 데 소질이 있을 뿐 기르는 일에는 관심이 없는 여자였다. 아들 하나 낳아달라고 비굴하게 애원하는 아버지의 간청에 못 이겨 오준을 낳았지만 한 여사는 출산 후 삼칠일이 지나기도 전에 집 밖으로 싸돌아다녔다. 한 여사는 오준에게 모유를 먹이지 않았다. 첫아이인 나를 낳았을 때 그녀는 황금빛 초유가 뚝뚝 떨어지는 젖가슴을 야멸치게 면 기저귀로 싸매고 물처럼 엿기름을 마셔댔다. 한 여사의 탱탱한 젖꼭지를 빨아본 사람은 젊은 애인들뿐이었다. 28년을 함께 살았던 아버지도 한 여사의 젖가슴을 함부로 만지지 못했다. 젊고 예쁜 여자들이 널려 있었지만 아버지는 일편단심 한 여사만 사랑하고 아꼈다. 아버지의 사랑이 그녀의 교만한 마음을 부추겼을 것이다.

한 여사의 몸은 건강하고 아름답다. 싱싱한 육체가 내뿜는 향기가 매혹적이다.

태어나서 서른여덟 해를 살아오는 동안 나는 단 한 번도 예쁘다는 말을 들어보지 못했다.

"얼굴이 못 생겼으면 머리가 똑똑하든가. 하다못해 살림이라도 야무지게 못 하니?"

한 여사가 나를 두고 즐겨하는 말은 쓸데없는 생각하지 말고 살림이나 잘 하라는 것이다.

아버지가 죽자 한 여사는 노골적으로 나를 무시했고 당당하게 부려먹었다. 한 여사는 내가 학대를 견디지 못하고 집을 나가기를 바라겠지만 아버지와 오준이 없는 집을 그녀에게 통째로 내줄 수 없었다. 내가 집을 나가버리면 그녀는 이튿날 당장 젊은 애인을 집안으로 끌어들여서 아버지의 체취가 남아 있는 침대를 더럽힐 것이다.

사고 직후 나는 오준을 설득해서 입대시켰다. 성정이 유약한데다가 아버지를 잃은 충격과 슬픔에 빠져 있는 오준에게 나는 진실을 이야기해줄 수 없었다. 군대가 오준을 강인한 남자로 만들어 주기를 바랐지만 마음이 편했던 것은 아니었다. 나는 생각할 시간이 필요했다. 내가 생각을 정리하고 계획을 세워놓으면 오준이 집으로 돌아와서 복수를 해야 했다.

아버지가 사고가 아니라 음모에 의해 살해당했다는 사실과 복수할 방법을 세세히 적어서 나는 수차례 오준에게 편지를 보냈다. 이제 오준은 더 이상 아이가 아니었다. 아이일 수 없었다. 지금이라도 당장 현관문이 열리고 검게 그을린 얼굴로 오준이 들어설 것 같다. 오준은 망설이지 않을 것이다. 망설여서는 안 된다. 강보에 싸여 있을 때부터 오준은 내 아들이었고 지금도 여전히 내가 가장 사랑하는 남자였다. 남편의 명예를 더럽히고 죽음으로 몰아넣은 여자의 최후가 어떤 것인지 오준은 행동으로써 보여주어야만 한다. 그녀가 자신의 어머니일지라도 말이다.

38평 아파트는 한 여사 혼자 살기에도 충분히 좁다. 한 여사는 네 개의 방 중 두 개를 침실과 드레스 룸으로 사용하고 있다. 외출했다가 돌아오면 그녀는 현관에서부터 옷을 하나씩 벗어놓는 나쁜 습관이 있다. 핸드백이며 둘둘 말아서 벗어놓은 스타킹이며 치마며 집어서 세탁실과 드레스 룸으로 가져다 놓는 것은 내 몫이었다. 한 여사는 결혼할 때 친정에서 딸려 보내 준 몸종처럼 나를 부려먹었다.

한 여사는 오전에 카페 '그리스'로 출근했고 집으로 돌아오는 시간이 일정하지 않았다. 그녀는 오래 전부터 카페 여주인이 되고 싶어 했다. 아버지는 허락하지 않았다. 한 여사는 아버지가 죽음으로써 마침내 꿈을 이룰 수 있었다. 한 여사가 카페 자리를 얻기 위해 청담동 일대를 돌아다니기 시작했을 때 아버지가 사고가 아니라 음모에 의해 살해됐을 거라는 의심이 확신으로 굳어졌다. 한 여사는 갑작스럽게 남편을 잃은 미망인의 슬픔 따위를 연기하지 않았다. 연기라면 무엇보다도 잘할 수 있는 여자였는데도 말이다. 한 여사는 오히려 아버지가 자신을 배신했다고 분노했다. 사고가 났던 현장에 한 여사는 가보지 않았다. 굳이 가볼 필요가 없었을 것이다.

진실은 나와 아버지와 한 여사만 알고 있다. 아버지는 죽었고 한 여사는 절대로 진실을 말하지 않을 것이다. 거액의 보상금과 함께 기억 저편으로 사라져버린 아버지의 죽음을 둘러싼 음모를 파헤쳐서 폭로해야 할 사람은 바로 나였다. 그러나 나는 그것을 오준의 손에 넘겼다. 그편이 보다 효과적이기 때문이다. 아직 세상의 때가 타지 않은 오준의 손에 피를 묻히게 만드는 것이 끔찍한 일이지만 내가 아닌 오준에게 복수를 당할 때 한 여사의 고통이 훨씬 더 클 것이기 때문이다.

안방 욕실에서 한 여사가 나를 소리쳐 부른다. 황급히 안방으로 달려가자 한 여사가 마른 수건을 가져오라고 버럭 고함을 친다. 어제저녁에 수건 몇 장을 개켜 욕실 선반 위에 올려놓았는데 벌써 다 써 버린 모양이다.

한 여사는 내가 베란다 건조대에서 걷어간 수건을 낚아채듯 가져가서 몸의 물기를 닦아낸다. 방을 나가려다 말고 나는 둔부에서 허벅지와 종아리로 이어지는 한 여사의 하반신을 천천히 눈으로 훑는다. 한 여사의 발목에 시선이 붙들린다. 발목이 가느다란 작은 발은 신데렐라의 유리 구두를 신고 밤새 춤을 춘다 해도 절대 붓거나 아프다거나 하지 않을 것 같다.

한 여사의 몸은 아름답다. 군더더기 없이 단단한 몸은 50대 중반을 넘긴 여자의 것으로 보이지 않는다. 미라는 것이 오로지 육체에 한정된 것이라면 한 여사는 완벽한 미의 소유자이다. 한 여사의 벗은 몸을 보고 있을 때면 나는 젊은 애인 앞에서도 당당한 그녀를 이해할 수 있을 것 같다. 아름다운 것은 뻔뻔하고 염치가 없는 법이다. 아름답기 때문에 용서가 되고 모든 것을 허용할 수 있는 것이다. 그녀가 나를 낳아준 어머니가 아니라면 나 역시 그렇게 했을지도 모른다. 뭘 그렇게 보고 서 있니? 한 여사가 팩 소리친다. 나는 마법이 풀린 신데렐라처럼 허둥거리면서 방을 나간다.

한 여사는 대부분의 여자들이 선천적으로 타고난다는 모성이 없다. 나는 내게 사랑과 관심을 주지 않는다고 한 여사를 탓하지 않는다. 사랑 따위는 성가실 따름이다. 나는 어머니의 자궁에서 열 달을 채우고 세상에 태어나느니 차라리 아버지의 머리에서 튀어나왔거나 물거품에서 생겨났더라면 좋았을 거라고 생각한다. 미가 추보다 위험하다는 사실을 아버지는 알지 못했다. 아름다움에 홀렸던 아버지는 아름다운 것으로 화를 당했다. 아버지는 죽음의 강을 거슬러 이승으로 돌아올 수 없다. 저승의 신과 맞서 싸워 목숨을 구해줄 영웅이나, 남편 대신 죽음을 자처할 아내가 없었다.

한 여사가 식탁에 앉는다. 잡곡밥 반 공기와 된장국과 백김치, 양상추와 오이와 귤이 섞인 샐러드 접시가 식탁에 놓여 있다. 한 여사가 숟가락을 들고 된장 국물을 떠먹는다. 한 여사는 천천히 조금씩 먹는다. 한 여사는 곡류와 채소만 먹는다. 고기는 입에 대지 않는다. 한 주먹도 되지 않는 잡곡밥을 먹는 데 한 시간이 걸릴 정도로 느리게 식사를 한다. 아름다움을 유지하기란 쉽지 않다. 날마다 먹고 배설해야 생명을 유지할 수 있는 육체란 방심한 틈을 타서 쉽게 허물어질 수 있기 때문이다.

그녀는 아무 의심 없이 젓가락으로 양상추를 집어 입에 넣고 씹는다. 글자가 씌어 있지 않은 텅 빈 공책 같은 얼굴이 아름답다. 희고 고운 잇바디 틈에서 씹히고 있는 연둣빛 양상추가 관능적으로 느껴진다. 값비싼 외투에 현혹되어 그것을 몸에 걸치자마자 옷에 묻은 독 때문에 온몸이 타들어가는 고통을 당하면서 죽어가는 것보다 독약을 탄 양상추를 씹어 삼키다가 피를 토하고 절명하는 것이 훨씬 더 미적일 것이다. 그러나 오준은 다른 방법으로 그녀에게 복수할 것이다. 설사 후회와 고통이 따른다고 하더라도 우리 남매는 자신들을 낳아준 어머니를 죽여야만 할 운명이다.

오준이 돌아와도 나는 그 아이를 금방 알아보지 못할 것이다. 그 아이는 너무 오랫동안 집을 떠나 있었다. 오준이 입대한 지 벌써 10년의 세월이 흘렀다. 그동안 내가 보냈던 수십 통이 넘는 편지를 오준이 보았을 거라고 확신할 수 없다. 나는 답장을 한 통도 받지 못했다. 오준은 제대를 미루고 군대에 붙박여 있는지도 모른다. 집으로 돌아오면 맞닥뜨리게 될 비극적인 운명을 피하기 위해 낯선 땅을 찾아 떠돌아다니고 있을지도 모른다. 유약한 천성은 치명적인 약점이 될 수 있다. 나는 오준을 군대로 빼돌린 뒤 10년을 하루같이 기다렸다. 군대는 15년 동안 공들여 키운 남동생을 사악한 어머니로부터 구해내기 위한 절박한 선택이었다. 거친 사내들의 세계로 들어가기에 오준의 나이가 너무 어렸지만 달리 방법이 없었다.

오준이 떠난 뒤 나는 집 밖으로 나가지 않았다. 운명은 내게 기다려야 하는 과제를 부여했다. 그것은 내게 친구처럼 익숙했다. 살아생전 애타게 기다렸던 아버지는 죽어서 다시 기다림이라는 숙제를 안겨주었다. 한 여사는 10년 동안 오준에 대해 침묵했다. 그녀는 행방불명된 오준이 죽었거나 영영 돌아오지 않을 거라고 믿고 있었다. 아니, 믿고 싶을 것이다. 오준이 지상에서 영원히 사라져 준다면 한 여사는 언젠가 맞닥뜨리게 될 재앙으로부터 벗어날 수 있게 될 테니까 말이다. 신은 공정하지 않다. 약자의 편에 서 있지 않다. 나는 그것을 온몸으로 체득했고 오준이 온전한 모습으로 집으로 돌아오기를 신에게 기도하지 않는다. 다만 나는 우리 남매가 타고난 비극적인 운명을 피할 수 없었던 것처럼 정해진 순서대로 복수할 수 있게 되기를 바랄 뿐이다. 기계장치를 타고 내려오는 신 따위는 필요하지 않다.

한 여사가 머그컵에 원두커피를 담아 거실로 간다. 리모컨을 집어 텔레비전 전원을 켜고 소파에 젖버듬히 기대앉아 커피를 마신다. 9시 뉴스가 끝나고 드라마가 시작될 시각이다. 머그컵을 탁자 위에 내려놓고 한 여사가 소파 위로 다리를 올린다. 불행한 사건이 일어난 뒤로 나는 안락한 소파에 앉을 수 없었다. 차갑고 딱딱한 1인용 의자가 내가 앉을 수 있는 유일한 자리였다. 그날 이후로 내 삶은 과거 완료형으로 멈춰버렸다. 내 인생에서 남은 것은 그녀에게 복수하는 것뿐이었다. 그것마저도 내가 아닌 오준의 손에 넘겼지만 복수에 대한 희망과 책임마저 없었다면 살아 있다는 것이 무의미했을 것이다.

잠옷 차림에 화장을 지운 한 여사의 얼굴은 온갖 신산(辛酸)을 맛보며 늙어가는 여자의 지치고 고단한 빛을 볼 수 없다. 그녀의 하루치 피로는 소파에 젖버듬히 기대앉아 머리 회전이 조금도 필요하지 않은 드라마를 보다가 깜빡 졸다 깨면 날아가 버릴 정도의 무게밖에 되지 않는다. 살아 있는 것은 아름답다. 미를 위해 의식적으로 노력하는 사람을 따라갈 도리가 없다. 박제된 미는 더 이상 미일 수 없다. 인공적인 노력만이 미를 유지시킬 수 있는 길이다. 주름살 없는 얼굴을 유지하기 위해 한 여사가 얼마나 필사적으로 노력하는지 나는 잘 알고 있다. 담배와 술, 육식을 멀리하고 칼로리가 낮은 식단을 고집하는 것은 결코 쉬운 일이 아니다. 아름다워지기 위해 다이어트를 하고 위험을 무릅쓰고 성형수술을 받다가 사망에까지 이르게 되는 여자들의 마음을 나는 이해할 수 있다. 추한 모습으로 100년을 사느니 하루를 살더라도 아름답기를 바라는 것이 진정한 미학적 인간의 선택인 것이다.

10년 전, 그날 사고는 내게서 아버지를 빼앗아간 것으로 끝나지 않았다. 나는 거울을 보지 않는다. 거울은 고통을 확인시켜 주는 잔인한 도구일 뿐이다. 웨딩드레스를 입은 신부는 죽었다. 신부의 아버지는 식장으로 가는 도중에 사망했다. 죽은 신부는 영원히 스물여덟 살의 젊은 여자로 기억되겠지만 나는 살았다고 할 수 없는 시간들을 꾸역꾸역 살아가고 있다.

아버지는 전장에서 공을 세우고 돌아온 영웅의 모습으로 내 마음속에 남아 있었다. 한 여사는 아버지를 죽였고 나를 죽음보다 더 고통스럽게 살아가도록 내몬 장본인이었다. 그런 그녀가 자신의 운명을 한탄하고 아버지를 원망할 때면 나는 치밀어 오르는 분노를 걷잡을 수 없었다. 한 여사는 내게서 아버지뿐 아니라 남편과 자식까지 빼앗아갔다. 이제 나는 더 이상은 잃을 것이 없지만 그녀는 젊은 애인과 재혼해서 인생의 제2막을 살아갈 날들을 손꼽아 기다리고 있었다.

전화벨이 울린다. 한 여사의 휴대전화가 아니라 집 전화가 울리고 있다. 나는 전화를 받지 않는다. 전화벨이 서너 차례 울렸을 때 한 여사가 느릿느릿 몸을 일으켜 탁자 위에 놓인 무선전화기 수화기를 집어 든다. 깜빡 잠이 들었었는지 한 여사가 낮게 가라앉은 목소리로 수화기 저편에 있는 사람과 통화를 한다. 10년 동안 나를 찾는 전화는 한 통도 걸려오지 않았다. 세상 어디에선가 신호를 보내온다고 해도 나는 대답할 수 없다. 나는 언어를 잃어버렸다.

오래전 사람들은 나와 한 여사의 목소리를 헷갈려했다. 이따금 나는 한 여사에게 걸려온 전화인 줄 뻔히 알면서도 짐짓 모른 체하고 통화를 했다. 목소리와 달리 외모가 전혀 닮지 않아서 밖에 나가면 어느 누구도 우리 두 사람을 모녀지간으로 보지 않았다. 한 여사는 누구라도 부러워할 만한 미인이었다. 아이를 낳은 흔적을 몸 어디에서도 찾아볼 수 없었다. 한 여사는 열여덟 살에 나를 낳았다. 아름다움이 그녀를 불행하게 만들었다. 몸의 변화를 조금만 일찍 눈치챌 수 있었더라면 그녀는 망설이지 않고 나를 없애버렸을 것이다.

아버지는 내가 열두 살이 되던 해 집으로 돌아왔다. 결혼사진과 가족사진이 없었기 때문에 나는 그때 처음 아버지 얼굴을 볼 수 있었다. 아버지는 12년 동안 전장에 있었다고 했다. 아버지는 상상했던 것보다 훨씬 더 멋지고 용감한 남자였다. 나는 아버지의 품에 안겨 전쟁 무용담을 들으면서 잠들었다. 꿈에서 나는 전장에서 칼을 휘두르는 아버지를 만날 수 있었다. 아버지는 영웅 중에 영웅이었다. 명예를 지키기 위해 스스로 제 심장에 칼을 박고 자결하는 영웅이 아니라 죽음과 함께 신의 반열에 오를 만큼 인간의 한계를 뛰어넘는 위대한 영웅이었다. 나는 내가 아버지의 딸이라는 것이 자랑스러웠다. 그것만으로도 나는 충분히 기다림의 보상을 받았다.

아침에 눈을 떴을 때, 아버지의 품에서 잠들어 있는 사람은 내가 아니라 한 여사였다. 누군가 내가 아끼는 물건을 말도 없이 가져다 썼을 때처럼 분한 마음이 들었지만 나는 한 여사를 밀쳐내지 않았다. 나는 아버지가 우리 두 사람을 공평하게 사랑해주기를 바랐다.

아버지와 함께 살았던 날은 1년이 채 되지 않았다. 한 여사는 둘째 아이를 임신했고 아버지는 다시 전장으로 떠나야 했다. 마치 정해져 있는 일이라는 듯 한 여사는 아버지를 붙잡지 않았다. 나는 아버지가 전쟁 영웅이라는 사실이 자랑스러웠지만 떠나지 않기를 바랐다. 12년 만에 돌아온 아버지가 언제 다시 집으로 올 수 있을지 알 수 없었다. 나는 아버지가 빛나는 무공을 세우고 수많은 전리품을 얻는 것보다 집에서 가족과 함께 사는 것을 더 큰 기쁨으로 생각하기를 바랐다.

아버지는 전쟁이 끝나는 날 돌아올 거라고 말했다. 그게 언제일지는 알 수 없다고 했다. 전쟁은 영원히 끝나지 않을지도 모르는 일이었다. 설령 전쟁이 끝난다고 해도 아버지가 반드시 살아 돌아올 거라고 장담할 수 없었다.

아버지가 떠났고 다시 나와 한 여사가 남았다. 오준이 세상에 나왔다. 전장으로 떠나기 전날, 태어날 아이가 사내아이일 거라고 아버지가 내게 귀띔해주었다. 나는 한 여사 대신 오준에게 젖병을 물려주고 기저귀를 갈아 주고 품에 안고 얼러주었다. 오준은 잔병치레 없이 무럭무럭 자랐다. 한 여사는 내게 오준을 맡겨놓고 바깥으로 나돌아 다녔다. 나는 이따금 내 목소리를 한 여사로 착각하는 남자들과 시치미를 떼고 통화했다.

한 여사는 전장에 나가 있는 아버지를 걱정하지 않았다. 아버지가 무공훈장을 달고 집으로 돌아올 날을 기다리지 않았다. 아버지가 사랑의 징표로 남기고 간 오준을 살뜰히 돌보지 않았다. 한 여사는 아버지의 사랑을 믿지 않았다. 그녀는 아버지가 패전국의 포로로 잡은 젊고 아름다운 여자들과 놀아날 거라고 눈먼 예언자처럼 떠들어댔다. 한 여사가 한바탕 퍼붓고 나면 나는 재빨리 샘으로 달려가서 더러워진 귀를 오랫동안 물로 씻어냈다.

"내일 아침 아홉 시까지 집으로 와줄 수 있어요?"

한 여사의 목소리가 축축하게 젖어 있다.

"……10년이 됐네요."

언제나 당당하게 요구하고 명령하고 원하는 것을 받아내고야 마는 그녀가 아니었던가? 그것은 그녀에게 미라고 하는 훌륭한 무기가 있기에 가능한 일이었다. 그런 그녀가 금방이라도 울음을 터트릴 것 같은 얼굴로 수화기 저편에 있는 사람에게 부탁을 했다는 사실이 믿어지지 않는다.

저승 입구에서 구사일생으로 살아 돌아왔지만 정화되기 전까지는 살았다고도 죽었다고도 할 수 없는 창백한 낯빛의 여인처럼 한 여사의 얼굴이 딱딱하게 굳는다. 그녀가 눈치챈 것일까? 가슴이 두근거리고 손발이 오그라들 것 같다. 그녀는 죽음의 순간을 맞아 최후까지 품위를 지키려고 하는 영웅과는 달리 현실의 안위에 급급한 속한일 뿐이다. 남편의 배신에 분노하고 치를 떨며 끝내 제 속으로 낳은 아이들을 죽여 없앰으로써 현재는 물론 미래의 삶에도 복수하는 여자의 갈등과 고통을 흉내 낼 수 없는 사람이다.

한 여사는 지난 10년 동안 내가 겪어야 했던 고통을 알지 못한다. 나에게 10년이라는 세월은 한나절을 엿가락처럼 한정 없이 길게 늘려놓은 것 같은, 권태와 괴로움으로 얼룩진 시간이었다. 아무 변화 없는, 어떤 것도 달라질 수 없는 시간들을 견뎌야 한다는 것이 얼마나 가혹한 형벌인지 그녀는 상상도 할 수 없을 것이다.

나는 한 여사가 슬픔을 연기하는 것을 용서할 수 없다. 악녀는 악녀의 역할에 충실해야 한다. 어쭙잖은 연민에 사로잡힌다거나 스스로를 동정한다면 극의 흐름이 깨져버릴 것이다. 세상 어디에도 그녀의 죄를 정화시켜 줄 샘은 존재하지 않는다. 그녀는 의도하지 않은 실수로 시련을 당하는 것이 아니라 타고난 음심(淫心)으로 인해 파멸하게 될 것이다.

아버지가 다시 전장으로 돌아가자 한 여사는 포도주에 취해 산과 들로 몰려다니면서 광란의 밤을 보내는 주신(酒神)을 따르는 여신도처럼 집 밖으로 나돌아 다녔다. 그녀는 본래 정숙한 여자가 아니었다. 아이를 낳고 백일도 되지 않은 여자가 젖 냄새 대신 분내를 풍기면서 부끄러움도 모르고 젊은 애인들과 놀아났다.

한 여사는 아버지가 영영 돌아오지 않기를 바랐을 것이다. 아버지가 귀향하지 않았더라면, 전장에서 영웅답게 전사했더라면, 아버지를 태운 배가 폭풍우에 떠밀려 낯선 섬에 표류했더라면 내 운명은 달라졌을 것이다. 긴 세월 목숨을 걸고 전장을 누비고 살았던 아버지는 살아서 돌아왔고 아내의 손에 무참하게 살해되었다.

아버지는 불행한 운명을 예측하지 못했다. 평생을 위험 속에서 살아야 했던 그에게 집이란 따뜻함이고 평화이고 안식이 있는 곳이었다. 자신이 떠날 때 아내의 배 속에 있던 자식이 열다섯 살이 되었다는 것을 알고 뿌듯하고 대견했을 것이다. 원하면 언제든지 취할 수 있는 여자들이 도처에 널려 있었지만 기약할 수 없는 날들을 묵묵히 기다려주는 가족이 있는 집을 그는 한순간도 잊은 적이 없었다. 단 하루를 머물다 떠나야 한다고 해도 그는 아쉽지 않았다. 그에게 집이란 기다리는 가족이 있는, 원한다면 언제든 돌아갈 수 있는 곳이었다.

한 여사는 담담한 얼굴로 아버지를 맞았다. 그녀는 추악한 음모 따위를 내비치지 않을 만큼 주도면밀했다. 아버지는 한 여사가 욕조에 받아놓은 따뜻한 물속에서 오랫동안 몸을 담그고 앉아 있었다. 더께처럼 내려앉은 피로가 조금씩 풀리면서 졸음이 쏟아졌을 것이다. 수줍어서 자꾸 방으로 숨으려고 하는 오준을 불러 한 여사가 아버지에게 잠옷을 가져다 드리라고 일렀다. 잠옷을 입고 욕실에서 나온 아버지가 오준을 가볍게 끌어안았다. 나와 아버지의 눈길이 마주쳤다. 아버지가 어색하게 웃었다. 15년 만에 돌아온 아버지가 낯선 사람처럼 느껴졌다. 늘 그리운 마음으로 기다렸던 아버지는 무용담을 들려주었던 용감하고 늠름해 보였던 남자가 아니었다.

지독한 피로 때문일지도 모른다고 생각했다. 아버지가 저녁밥을 먹고 안방으로 들어갔다. 나는 따라 들어가지 않았다. 품에 안겨 무용담을 들려달라고 조를 만큼 나는 어리지 않았다. 오준은 낯선 사람을 경계하듯 아버지 옆에 있으려고 하지 않았다. 특별한 손님 때문에 불편한데다가 이제 곧 내가 집을 떠날 거라는 사실이 오준을 불안하게 만들었다.

내 결혼 날짜가 이틀 뒤로 다가왔다. 결혼을 앞두고 있었지만 나는 특별히 분주하거나 가슴이 설레지 않았다. 한 여사는 든든한 배경이나 안정된 직장이 없는 지방 소도시 출신의 늙은 부모를 모시고 살아야 하는 나이 많은 사윗감을 탐탁지 않게 생각했다. 그녀는 내가 어린 남동생을 돌보면서 부엌데기로 늙어가기를 바랐을 것이다. 나는 일상의 소소한 기쁨을 누릴 수 있는 삶을 원했다. 평생 전장을 누비고 다니면서 무공을 세우고 용맹을 떨치는 남자는 아버지 하나로 족했다. 나는 한집에 살면서 나를 사랑해줄 남자가 필요했다. 설령 찬물에 손이 마를 날이 없더라도 말이다.

아버지가 내 결혼 날짜에 맞춰 귀향한 것은 우연이었다. 아버지는 늙고 지쳐서 집으로 돌아왔다. 무공훈장도 전리품도 없었다. 아버지는 낯선 노인처럼 보였다. 나이 차이 많이 나는 아내를 감당하기에 그는 늙고 무기력했다. 그는 다시 전장으로 돌아가지 않을 거라고 했다. 평생 자신을 기다려준 가족과 함께 남은 생을 조용히 살아가겠노라고 말했다. 비로소 집으로 돌아왔는데 내가 결혼을 해서 집을 떠나는 것이 몹시 아쉽다고 했다.

아버지에게 집이 상징적인 장소였다면 내게 아버지는 기다림이었다. 아버지가 집으로 돌아옴으로써 나의 기다림은 의미를 상실해버렸다. 이제 기다릴 필요가 없었다. 나는 그것이 전혀 기쁘지 않았다. 더 이상 기다리지 않아도 되는 아버지가 해줄 수 있는 일은 딸의 손을 잡고 결혼식장으로 들어가는 것뿐이었다.

지난 10년 동안 나는 오준을 기다렸다. 기다림이 끝나면 상실이 찾아온다는 것을 잘 알고 있었지만 기다림마저 없었다면 나는 긴 세월을 견디지 못했을 것이다.

나는 망설이고 주저하는 오준을 이해할 수 있었다. 기다림이 끝나고 마침내 복수를 해치운다고 해도 우리 남매의 삶은 결코 평탄하지 않을 것이다. 그 애의 두려움에는 채워지지 않는 모성이 있었다. 아버지를 몰랐기 때문에 부성을 갈구하지 않았다. 아버지의 부재로 오준은 여성적이고 섬세한 아이로 성장했다. 어머니이자 누이이며 연인이었던 나조차도 그 아이의 마음을 채워주지 못했을 것이다. 오준은 비극적인 운명으로부터 달아나고 싶었을 것이다. 가능한 한 멀리 도망치고 싶었을 것이다.

운명으로부터 자유로울 수 있는 사람이 과연 존재할 것인가? 아비를 죽이고 아비의 침상을 차지할 거라는 불길한 신탁을 피하기 위해 버려졌던 자식이 결국에는 정해진 수순대로 파국을 맞이하고 스스로 제 눈을 찔러 빛을 볼 수 없게 되는 것처럼 자신을 낳아준 어미를 죽임으로써 돌이킬 수 없는 고통의 길로 들어선다고 해도 그것은 어쩔 수 없이 대면해야 할 우리 남매의 비극적 운명인 것이다.

죽을 것을 알면서도 전장으로 나갈 수밖에 없는 장수처럼 우리 남매는 운명에 순응해야만 한다. 10년을 벼려온 칼은 결코 녹슬지 않는 법이다. 황금에 눈멀어 친구가 맡겨놓은 아들을 죽여 강물에 버린 원수를 용서하는 것은 비겁한 짓이다. 설령 바닷물에 뛰어들어 개가 되는 일이 있더라도 원수를 찌어 눈멀게 하고 그의 아들들을 죽여 앙갚음하는 것이 옳은 선택이다.

한 여사는 거실 소파에서 잠들었다. 나는 리모컨을 집어 텔레비전 전원을 끈다. 오늘 하루도 그녀는 아무 일 없이 무사히 보낸 것이다. 그녀가 눈치를 챘는지, 어떤 의심도 없이 잠들었는지 오직 신만이 알 것이다. 정해진 운명은 신이라도 해도 함부로 간섭할 수 없는 법이다. 그녀를 아끼고 사랑한다 할지라도 말이다.

거실 불을 켜놓은 채로 나는 크고 무거운 바위를 산꼭대기로 굴려 올려야 하는 형벌을 감수하듯 천천히 바퀴를 굴리면서 방으로 들어간다.

나는 4인용 식탁에 한 여사와 마주 앉아 아침 식사를 한다. 세 개의 의자가 10년 동안 벽에 걸린 그림처럼 한 자리에 놓여 있다. 아버지와 오준의 옷가지와 소지품은 진작 치워지고 없는데 식탁 의자는 끈질기게 그 자리에 버티고 있다. 살아 있는 나조차도 식탁 의자가 필요하지 않다.

마주 앉아 있지만 한 여사는 주방 창 쪽을, 나는 거실 베란다 쪽을 바라보고 밥을 먹는다. 시선이 제각각이듯 먹는 음식이 다르다. 한 여사가 집요하게 채소를 씹을 때 나는 채 씹히지 않은 고기를 삼켜버린다.

"밥 먹고 외출하자."

하마터면 혀를 깨물 뻔했다.

한 여사는 외출이라는 단어를 날마다 식탁 위에 오르는 양상추나 피망, 치커리 따위를 발음할 때처럼 힘들이지 않고 입 밖으로 내뱉었다.

"오늘이 기일인 거 너도 알고 있지?"

오늘이 10년 전 사고가 났던 날이라는 것을 알고 있다. 새하얀 웨딩드레스를 입은 신부가 식장에 들어가지 못한 채 죽어버린 날이다.

불운한 신부는 식장에 도착하기 전에 아버지의 손을 놓쳤다. 가족을 태운 승용차는 지방 소도시의 허름한 예식장을 향해 날듯이 질주했다. 가족이 모두 함께 외출했던 처음이자 마지막 날이었다.

"벌써 10년이 됐구나. 올해는 너도 함께 갔으면 좋겠다. 절이 멀지 않으니까 오후에 돌아올 수 있을 거야."

한 여사가 빈 그릇을 챙겨 개수대로 가져간다. 나는 돼지고기 살점을 억지로 삼켜버린다.

한 여사는 무대 위에서 썼던 가면을 벗지 않을 모양이다. 가면이 얼굴에 달라붙어 떼어낼 수 없게 된 것인지도 모른다. 그녀는 죽을 때까지 무대에서 내려갈 수 없을 것이다.

배우는 많지 않았다. 네 명의 인물이 등장하는 비극이었지만 세 명의 배우로 충분했다. 신부의 불행을 한탄해 줄 합창단이 한 차례 나타났다 퇴장했고 신랑은 등장조차 하지 않았다. 다리가 잘려나간 신부를 보고 무대 아래 서 있던 신랑은 줄행랑쳤을 것이다.

전령의 보고 따위는 필요하지 않았다. 신부의 잘려나간 두 다리로 모든 것을 확인할 수 있었다. 웨딩드레스를 입은 신부는 죽었고 복수의 날을 세운 악에 받친 여자가 남았다.

방으로 들어간 한 여사가 검은색 투피스를 입고 나온다. 손에는 영정 사진이 들려 있다. 그녀는 하룻밤 사이에 늙어버린 것 같다. 치마 아래로 드러난 검은색 스타킹을 신은 굵은 종아리와 자글자글 주름이 잡힌 얼굴과 마디 굵은 손을 보자 불쑥 혐오감이 치솟는다.

"날씨가 쌀쌀하다. 스웨터를 걸치고 나가자."

한 여사가 내 무릎에 영정 사진을 놓고 방으로 들어간다.

젊고 건강해 보이는 아버지가 나를 향해 미소 짓는다. 평생 밖으로 떠돌아다녔던 아버지는 영웅도 방랑자도 아니었다. 아버지는 죽어서야 비로소 한 자리에 머물 수 있었다.

한 여사가 내 어깨 위에 검은색 스웨터를 걸쳐준다. 나는 아직 한 여사의 외출에 동행하겠다고 대답하지 않았다. 그녀가 주방 찬장에서 보자기를 꺼낸다. 영정 사진을 쌀 모양이다.

검은색 보자기를 찾지 못했는지 식탁 위에 분홍색 보자기를 펼쳐 놓고 내 무릎에서 아버지의 영정 사진을 집어간다. 담요를 두른 무릎 위에 영정 사진 하나가 남았다. 10년이라는 긴 세월이 흘렀지만 여전히 해맑은 소년의 모습으로 오준이 나를 향해 밝게 웃고 있다.

현관 벨이 울린다. 한 여사가 내 등 뒤로 가서 선다. 분홍색 보자기에 싸인 영정 사진의 무게 때문에 무릎이 시큰거린다. 바퀴가 천천히 굴러간다. 나는 아직 외출하겠다고 대답하지 않았다.

올빼미 눈을 가진

섬

여자는 남자가 떠나는 것을 보지 못했다. 태풍을 삼킨 바다가 잠잠해졌지만 여자의 마음에는 폭풍이 불고 파도가 사납게 날뛰었다.

남자는 배가 뜨지 못했던 엿새 동안 여자 곁에 있었다. 엿새 동안이나 바닷길이 막혔던 적은 없었다. 한 남자가 여자 곁에 그토록 오랫동안 머물렀던 것도 처음이었다.

비가 쏟아지고 바람이 사납게 불어서 여자는 집 밖으로 나갈 수 없었다. 민박집 마당에서도 포도주 빛 바다를 볼 수 있었다. 손님은 남자뿐이었다. 바닷길이 막혔지만 남자는 조바심을 내지 않았다. 배가 들어오지 않아서 식료품을 구할 수 없었다. 혼자라면 하루 한 끼로 족했다. 남자를 위해 하루 세끼를 준비해야 하는 일이 쉽지 않았다.

민박집으로 남자를 데리고 온 사람은 횟집 사내였다. 횟집 사내는 궂은 날씨에 섬으로 들어온 남자가 마뜩지 않다는 듯 얼굴 표정이 잔뜩 굳어 있었다. 지난밤 여자는 꿈에서 아버지를 보았다. 4년 전 고기잡이배와 함께 실종되었던 아버지가 꿈에 나타난 것은 처음이었다. 실종된 지 사흘이 지나자 섬사람들은 아버지가 죽었을 거라고 단정 지었다. 여자는 믿지 않았다. 여자는 아버지의 장례를 치르지 않았고 제사를 모시지 않았다. 꿈에서 여자가 손을 뻗어 아버지의 주름진 얼굴을 만져보려고 했지만 잡히지 않았다. 벌써 오래전에 아버지가 이승의 강을 건너갔다는 것을 여자는 알 수 있었다. 저승은 하늘이 아니라 바다 깊숙한 곳에 있을 거라고 여자는 생각했다.

15년 전 섬으로 들어온 뒤로 여자는 한 번도 바다를 건너지 못했다. 바다가 잔잔하면 하루에 세 차례씩 배가 들어오고 나갔다. 타고 나갈 배가 선착장에 닿을 때까지 관광객들은 갓 잡아 올린 싱싱한 생선회를 사 먹거나 사진을 찍거나 섬을 한 바퀴 돌거나 했다.

섬에서 민박을 하는 사람들은 드물었다. 아버지가 실종된 뒤 여자의 집에서 민박을 했던 손님은 사내 두 명이 전부였다.

남자가 오던 날 여자는 선착장에 나가지 않았다. 말린 톳이 담긴 비닐봉지가 마루 위에 차곡차곡 쌓여 있었다. 날이 흐리고 파도가 높으면 배가 뜨지 않았다.

남자는 관광객으로 보이지 않았다. 떠돌아다닌 지 오래된 듯 옷차림이 남루했고 덥수룩한 머리와 수염 때문에 젊은지 늙었는지 알 수 없었다. 횟집 사내가 돌아가자 남자는 무거워 보이는 배낭을 내려놓고 마루 끝에 걸터앉아서 담배를 피웠다. 천천히 깊게 담배 연기를 들이마셨다가 내뿜으면서 마당에 서 있는 여자를 살폈다.

여자는 수건 몇 장을 세면장에 가져다 놓았다. 운동화 뒤축으로 담뱃불을 밟아 끄고 남자가 자리에서 일어섰다.

남자가 세면장에서 몸을 씻는 동안 여자는 부엌에서 밥을 지었다. 섬은 육지보다 일찍 어두워졌다. 비가 쏟아지면 온종일 해를 볼 수 없었다. 주의보가 발령되면 섬사람들은 일찌감치 저녁밥을 지어 먹고 방문을 닫아걸었다. 사내들은 횟집에 모여 앉아 술을 마셨다. 배가 들어오지 못해서 식료품이 바닥나도 술이 부족했던 적은 없었다.

부엌은 소박하고 정갈했다. 아버지가 실종된 후 여자는 하루에 한 번 밥을 짓고 배가 들고 나는 시간에 선착장으로 가서 말린 톳과 미역을 팔았다. 마당 한쪽에 널어놓은 톳과 미역은 여자가 따온 것이었다. 바닷물이 빠지면 여자는 무릎 위로 올라오는 장화를 신고 톳과 미역을 땄다. 섬에서 산 지 15년이 지났지만 여자는 바다가 무서워서 물옷을 입고 바다 속으로 들어가지 못했다.

톳밥과 톳나물, 미역국과 김치로 상을 차려 들고 여자는 부엌을 나갔다. 말끔히 씻고 깨끗한 옷으로 갈아입은 남자가 마루에 앉아 있었다. 목욕을 하고 수염을 깎은 남자는 딴사람처럼 보였다. 마루에 상을 내려놓을 때 여자는 남자의 턱 주위에 생긴 상처를 보았다. 세면장에 있는 낡고 녹이 슨 면도기로 수염을 깎다가 살을 베인 모양이었다.

떠돌이로 보이는 나이를 짐작하기 어려운 남자의 얼굴은 깎아놓은 듯 반듯했다. 여행의 피로 때문인지 두 눈이 충혈되었지만 사색적인 눈매에 기품이 엿보였다.

"식사하셨습니까?"

남자가 숟가락을 집으면서 여자에게 물었다.

고개를 끄덕이면서 여자는 남자에게 어서 먹으라고 손짓했다.

여자는 비어 있는 방 하나를 치우고 침구를 가져다 놓았다. 가구가 없고 창가 쪽 벽에 해묵은 달력이 붙어 있는 작은 방이었다.

파도가 치고 바람이 불어서 여자는 밤새 잠들지 못했다. 여자의 몸이 파도를 따라 오르내렸다. 태풍이 온다고 했다. 여자는 섬에 갇혀버린 남자가 걱정스러웠다. 어쩌면 남자는 태풍이 올 것을 알면서 섬에 들어왔는지 모른다. 여자는 남자가 두려웠다. 태풍이 오면 개들조차 집 밖으로 나가지 않았다. 사내들은 온종일 취해 있었고 여자들은 아침부터 밤중까지 텔레비전 앞을 떠나지 않았다.

여자는 남자가 누구인지, 어디에서 와서 어디로 가는지 알지 못했다. 그가 선한 사람인지 도둑이나 살인자인지 알 수 없었다. 여자는 손님을 접대하는 일에 익숙하지 않았다. 손님이 스스로 입을 열지 않는 한 여자는 어떤 것도 알 수 없었다. 행여 위험이 닥친다고 해도 손님에게 도망치라고 말할 수 없었다.

섬은 날마다 조금씩 움직였다. 바람이 불고 파도가 사나운 날은 움직이는 속도가 빨라졌다. 파도가 높아 배가 뜨지 못하면 여자를 감시하고 살피는 눈이 사라졌다. 칠흑 같은 어두운 밤에도 올빼미 눈은 떠나지 않았다.

배낭

"혼자 사십니까?"

마당에서 담배를 피우면서 남자가 물었다.

작은 밥상을 손에 들고 여자는 깊고 맑은 남자의 눈동자를 바라보았다. 남자의 체구는 어제보다 훨씬 더 커진 듯 보였다. 젊고 건강한 몸속에 흐르는 강렬한 에너지를 느낄 수 있었다.

소반을 마루 위에 내려놓고 여자는 뒤늦게 고개를 끄덕여서 남자의 물음에 답했다.

밥상은 어제처럼 간소했다. 텃밭에서 따온 고추와 상추가 싱싱해서 그나마 다행이라고 여자는 생각했다.

"저 말고 다른 손님이 없는 것 같은데 함께 식사합시다. 번거롭게 따로 상을 차릴 것 없이."

여자가 황급히 고개를 가로저었다.

"세끼 밥을 꼬박꼬박 차리려면 아무래도 힘이 들겠지요. 아침만 주십시오. 점심과 저녁밥은 횟집이나 밥을 파는 곳에서 해결하겠습니다."

여자가 다시 고개를 내저었다.

세끼 상을 차리는 일이 번거롭거나 힘든 것은 아니었다. 싱싱한 생선이나 육고기를 상에 올릴 수 없어서 아쉬울 뿐 성가신 것은 아니었다. 바닷길이 막히면 횟집과 밥집은 영업을 하지 않았다. 온종일 술에 취해 있는 사내들은 어디에서 왔으며 어디로 갈지 알 수 없는 남자를 위해서 주방으로 들어가지 않을 거였다.

"어제부터 궁금했었는데…… 왜 말을 한 마디도 하지 않는지……."

남자가 여자의 얼굴을 찬찬히 살피면서 물었다.

여자는 대답하지 않았다. 대답할 수 없었다.

"미안합니다. 제가 괜한 걸 물었습니다."

남자가 숟가락을 집어 들고 조용히 밥을 먹기 시작했다.

해가 저물자 여자는 방으로 들어가서 누웠다. 여자의 베개 옆에 베개 하나가 더 놓여 있었다. 베개에서 비릿한 바다 냄새가 났다. 죽은 아버지의 베개는 두 명의 손님이 사용한 뒤로 내내 장롱에 틀어박혀 있었다. 남자가 섬에 온 저녁에 여자는 베개를 꺼냈다.

남자가 머뭇거리면서 방으로 들어왔다. 어둠 속에서 남자가 여자의 몸을 찾아 더듬었다.

"내가 두렵지 않습니까?"

누울 자리를 내주는 여자에게 남자가 떨리는 목소리로 물었다.

"대답하지 않아도 괜찮습니다. 당신은 들어주기만 하면 됩니다. 태풍이 온다고 합니다. 나는 그것을 알고 여기에 왔습니다. 아는 사람이 한 명도 없는 곳에서 조용히 지내고 싶었습니다. 이곳에는 당신과 나, 이렇게 둘뿐입니다. 그리고 당신은 누구에게도 말을 전할 수 없는 사람입니다. 그래서 나는 안심이 됩니다. 당신을 믿지 못해서 그런 것은 아닙니다.

나는 이곳에서 나를 버리고 돌아가고 싶습니다. 사는 것이 지긋지긋해서 견딜 수가 없었습니다. 나는 미쳐버릴 것 같았습니다. 스스로 목숨을 버리면 모든 것을 잊을 수 있겠다고 생각했습니다. 하지만 죽지 못했습니다. 죽을 수 없었습니다. 나는 내가 가여워서 죽지 못했던 것입니다. 나는 모든 것을 당신에게 털어놓고 싶습니다. 당신이 내 말을 들어주었으면 좋겠습니다."

남자의 가슴은 넓고 따뜻했다. 남자의 가슴에 귀를 대고 여자는 심장 뛰는 소리를 들었다.

말 못하는 여자가 어쩌면 듣지도 못할 수 있겠다고 생각했지만 남자는 말을 멈추지 않았다. 순하고 여려 보였지만 여자는 식물이 아니었다. 여자는 온몸으로 남자의 말을 듣고 있었다. 밤새도록 남자가 혼자 떠든다고 해도 묵묵히 들어줄 수 있었다. 여자는 손님을 어떻게 대접해야 하는지 알고 있었다.

섬에 들어온 외지인은 해가 저물기 전에 떠나야 했다. 밤은 섬사람들만의 것이었다. 해가 저문 뒤에 섬에 남는 것은 자유였지만 안전한 귀향을 장담할 수 없었다.

15년 전 여자는 뱃사람을 따라 섬에 들어왔다. 늙고 거친 뱃사람은 여자에게 다정했다. 몇 해 전 잠수병으로 아내를 잃고 홀로 살고 있던 뱃사람은 여자를 수양딸로 삼고 '아가'라고 불렀다. 그는 바닷가로 나가지 못하게 여자를 단속했다. 뱃사람을 따라 섬에 오기 전까지 여자는 '미아(迷兒)'라는 이름으로 불렸다. 그 이름은 고아원 원장이 지어준 것이었다. 여자는 길 위의 아이였다. 여자는 부모가 지어준 이름을 기억하지 못했다.

날씨가 맑고 바다가 잔잔하면 뱃사람은 바다로 나갔다가 초저녁 무렵에 돌아왔다. 큰 생선은 횟집에 팔아넘기고 잔고기는 날것으로 먹거나 매운탕을 끓였다. 수중에 돈이 남아 있으면 뱃사람은 바다에 나가지 않았다. 뱃사람은 낮부터 술을 마셨고 취기가 오르면 여자의 몸을 탐했다.

술이 깨면 뱃사람은 아무것도 기억하지 못했다. 그는 말 못하는 딸을 살뜰히 돌봐주는 다정한 아버지로 돌아갔다. 바람에 날아갈까 파도에 휩쓸릴까 걱정이 돼서 여자를 집 밖으로 나가지 못하게 했다. 여자는 뱃사람 몰래 선착장으로 나갔다가 섬 사내들에게 붙들렸다. 선착장 부근에는 여자를 감시하고 살피는 눈이 여럿이었다. 여자는 도망칠 수 없었다.

섬사람들은 여자와 뱃사람의 수상쩍은 관계를 알고 있었다. 그들은 기꺼이 뱃사람과 공모자가 되었다. 뱃사람이 배를 타고 바다에 나갔다가 실종된 후 사내들은 약속이나 한 듯 모두 여자의 아버지가 되었다. 낮에도 밤에도 그들은 여자를 살폈다. 생계를 위해 여자는 톳과 미역을 땄고 선착장으로 가서 관광객들에게 말린 톳과 미역을 팔았다. 하루 세 차례 육지와 섬을 오가는 배의 선장은 여자가 누구를 따라 이곳에 들어왔는지 알고 있었다. 여자는 배를 탈 수 없었다.

선착장에 서면 육지가 손에 닿을 듯 가까웠다. 여자는 헤엄칠 줄 몰랐다. 몸 하나를 실을 작은 배가 필요했다. 여자는 그것을 만들어줄 건강한 남자를 기다렸다.

여자가 손을 뻗어서 남자의 등을 어루만졌다. 남자의 몸은 크고 단단했다. 태풍이 오기 전에 여자는 남자를 숲으로 데리고 가야 했다. 섬에 머물러 있는 동안 남자는 사람들 눈을 피해서 배를 만들어야 했다. 남자는 여자가 무엇을 원하는지 알아야 했다. 말과 글은 여자의 것이 아니었다. 여자가 가진 것은 몸 하나뿐이었다.

여자가 남자의 오른쪽 손가락 하나를 입에 넣었다. 열 개의 손가락과 발가락을 차례로 입에 넣고 빨았다. 남자가 여자의 귓가에 입술을 대고 떨리는 목소리로 말했다.

"당신은 누굽니까? 천사이길 바라지만 혹시 마녀라고 해도 상관없습니다. 내가 지금 마녀가 살고 있는 이상한 섬에 와 있다고 해도 두렵지 않으니 참 알 수 없는 일입니다."

여자는 천사도 마녀도 아니었지만 남자가 이상한 섬에 와 있는 것은 사실이었다. 뱃사람이 실종된 후 민박을 했던 손님들이 배를 타고 나가는 것을 여자는 보지 못했다. 남자들은 한밤중에 흔적도 없이 사라졌다. 그들이 말없이 떠난 것이 아니라는 사실을 여자는 방에 남겨진 배낭을 보고 알았다.

톱과 도끼

사라진 사람들이 어디로 가 버렸는지 여자는 오래전 그때도 알지 못했다.

아이는 엄마를 따라 새벽에 집을 나왔다. 어디로 가는 것인지 아이는 엄마에게 물을 수 없었다. 작은 배낭을 어깨에 메고 엄마는 화가 난 사람처럼 입을 꾹 다문 채 성큼성큼 걸었다. 행여 엄마를 놓칠까 무서워서 아이는 숨을 헐떡거리며 뒤따라갔다. 버스 정류장에서 엄마는 초조한 낯빛으로 버스를 기다렸다. 버스가 도착하자 엄마가 그제야 아이의 손을 잡았다. 혼자 버스 발판을 오를 수 없을 만큼 작았기 때문에 엄마가 아이를 안고 타야 했다. 엄마는 창가에 머리를 기대고 앉아 눈을 감았다. 아이는 눈을 감지 않았다. 졸음이 쏟아졌지만 잠들면 안 될 것 같았다.

아이를 안고 버스를 내린 엄마가 주위를 두리번거렸다.

"여기서 기다리고 있어. 엄마가 올 때까지."

커다란 석조 건물 맞은편에 있는 벤치에 아이를 앉혀놓고 엄마가 말했다.

"금방 올 거니까 다른 데 가면 안 돼."

어깨에 메고 있던 배낭을 풀어 아이 옆에 두고 엄마는 총총히 사라졌다.

아이는 배낭을 끌어안고 엄마를 기다렸다. 날이 환하게 밝았다. 배가 고프고 오줌이 마려웠지만 아이는 꼼짝하지 않았다. 낡은 석조 건물 안으로 들어가고 나오는 사람들을 보면서 아이는 엄마를 찾으려면 그곳으로 가야 할 거라고 생각했다.

한낮이 되자 햇볕이 뜨거워졌다. 치마 밑이 축축했지만 아이는 움직이지 않았다. 셀 수 없이 많은 행인들이 벤치에 앉았다가 떠나갔다. 누군가는 아이의 이름을 물었고 왜 혼자 있는지 궁금해 했고 엄마가 어디로 갔는지 알고 싶어 했다. 아이는 침묵했다.

해 질 무렵 아이는 경찰서 나무 벤치에 앉아 있었다. 젊은 경찰관이 다가와서 아이에게 이름을 물었다. 아이는 대답하지 않았다.

짜장면과 사탕과 과자를 사주며 달랬지만 아이는 말하지 않았다. 엄마가 석조 건물 맞은편에 있는 벤치에서 기다리고 있으라고 했다는 것을 경찰관에게 말할 수 없었다. 그날 밤 아이는 미아보호소로 넘겨졌다. 그리고 다시 시설로 보내졌다.

사람들은 아이가 엄마를 잃어버린 충격으로 말을 하지 못하는 것이라고 짐작했다. 아이는 울거나 웃거나 화를 내거나 하지 않았다. 아이는 밤마다 엄마가 찾아오는 꿈을 꾸었다. 엄마가 주고 간 배낭이 벤치 위에 덩그마니 놓여 있었다. 엄마 눈에는 아이가 보이지 않는 것 같았다. 아이는 투명인간이 되었다.

10개월 후 아이는 30대 후반으로 보이는 부부에게 입양되었다. 부부는 아이가 말을 하지 못한다는 것을 알고 있었다. 부부는 말 못하는 아이를 애틋한 눈길로 바라보았고 자신들의 사랑과 정성으로 아이의 장애가 치유될 거라고 믿었다.

온순했지만 아이는 고집이 셌다. 양부모의 집으로 갈 때 아이는 엄마가 주고 간 배낭을 챙겼다. 낡고 때가 탄 배낭에 옷가지 몇 벌이 들어 있었다. 엄마의 얼굴과 목소리는 기억 속에서 희미해졌지만 언젠가 다시 만나면 배낭이 증표가 되어줄 거라고 생각했다.

양부모는 아이 방에 새 벽지를 바르고 가구를 사 들이고 옷을 사주었다. 말 못하는 아이를 위해 부부는 세심하게 신경을 쓰고 주의를 기울였다. 지저분하고 냄새까지 나는 낡은 배낭을 쓰레기통에 버리고 백화점에서 사 온 가방을 아이의 침대 위에 올려놓았다. 새 가방을 보고 아이는 기뻐하지 않았다. 울거나 떼를 쓰지 않았다. 식탁에 앉아도 아이는 먹지 않았고 양부모와 눈을 마주치지 않왔다. 양부모는 아이가 말을 하지 못한다는 사실이 새삼 끔찍하게 느껴졌다. 쓰레기통을 뒤져 낡은 배낭을 가져다주면서 아이의 언어장애가 일시적인 것이 아닐지도 모른다고 생각했다. 시간이 지날수록 그들은 자신들의 선택이 현명하지 못했다는 쪽으로 마음이 기울었다.

밤이 되면 남자가 여자의 방으로 왔다. 남자는 독백 같은 긴 대사를 생략하고 여자를 안았다. 어둠은 길었고 살피는 눈이 없었다. 남자가 쓰러져 잠이 들면 여자는 세간 없는 썰렁한 방에서 가지고 온 배낭을 손으로 더듬어 만졌다. 그 안에 무엇이 들었는지 궁금했지만 여자는 열어보지 않았다. 굳이 확인하지 않아도 그것은 남자의 존재를 증명해줄 증표였다.

날은 좀처럼 밝지 않았다. 여자는 컴컴한 마당을 지나 부엌으로 가서 밥을 지었다. 부엌은 한낮에도 불을 켜놓고 밥을 먹어야 할 만큼 어두웠다. 여자는 매끼 똑같은 반찬으로 상을 차리는 것이 미안했다. 거침없이 도끼를 휘둘러 나무를 베어야 할 남자에게 기름진 음식을 줄 수 없어서 안타까웠다.

남자는 이따금 여자에게 무언가를 묻다가 입을 다물었다. 혼잣말을 하는 횟수가 줄었다. 온종일 개미 한 마리 보이지 않는 민박집에서 남자는 아무것도 할 일이 없었다.

남자가 고른 숨을 내쉬면서 자고 있었다. 바다에서 불어오는 바람이 창문을 거칠게 두드려댔다. 탐조등 불빛이 지나갈 때마다 잠깐씩 창이 밝아졌다가 다시 어두워졌다.

창가 쪽에 배낭이 있었다. 낡고 무거운 배낭은 늙고 지친 사람처럼 보였다. 여자의 방에는 손님이 두고 간 가방이 두 개 있었다. 가방의 주인이 사라진 뒤에도 여자는 그것을 열어보지 않았다. 여자는 더러운 배낭 하나를 품에 안고 양부모의 집을 나와 시설로 돌아갔다. 배낭을 영영 잃어버린 것은 여자가 여덟 살이 되었을 때였다.

엄마를 찾을 수 있었던 것은 배낭 때문이 아니었다. 말을 하지 못하는 아이라는 사실이 결정적인 단서가 되었다. 석조 건물 맞은편 벤치에 아이를 두고 간 지 3년이 지난 뒤에야 실종 신고를 했던 엄마는 웬일인지 아이 앞에 나타나지 않았다. 엄마가 오지 않은 것을 아이는 자기 탓이라고 생각했다. 기다리지 않은 벌로 영원히 기다림 속에서 살게 된 것이었다. 언젠가 화가 풀어지면 엄마가 찾아올지도 모르는 일이었다.

사람들은 여자에게 무심하거나 지나치게 친절했다. 대부분의 아이들이 고아원에서 함께 살고 있는 여자의 존재를 의식하지 않았다. 아이들 몸에 보이지 않는 종 하나가 달려 있었다. 언제 어느 순간 그 종을 마구 울려댈지 몰랐다. 크거나 작은 아이들 모두 한 마리의 승냥이 같았다. 여자는 소리 나지 않는 사물처럼 보였다. 누군가 실수로 밟고 지나가도 여자는 고함을 치거나 화를 내지 않았다. 사람들은 여자가 당연히 듣지도 못할 거라고 생각했다.

큰 아이들이 관심을 보이기 전까지 여자의 생활은 평화로웠다. 콧수염이 거뭇거뭇한 아이 하나가 구석진 자리에 앉아 있는 여자를 새삼스러운 눈길로 바라보았다. 처음에 아이는 조심스러운 손길로 여자를 만졌다. 아이의 손이 닿자 따듯하고 말랑말랑한 여자의 몸이 공처럼 둥글어졌다. 아이의 손길은 차츰 거칠어졌다. 여러 명의 아이들이 여자를 공유했다. 여자는 날마다 조금씩 작아졌다.

날이 새기 전에 숲으로 가야 한다. 뗏목을 만들 나무는 충분했다. 여자는 헛간에 있는 톱과 도끼를 가져다 남자의 손에 들려주고 섬 사람들 눈을 피해 숲으로 데리고 가야 했다. 그는 아무것도 묻지 말아야 한다. 술에 취한 사내들이 밖으로 나오기 전에, 포도주 빛 바다가 잠잠해지기 전에 남자는 배를 만들어서 바다에 띄워야 한다.

남자는 영원히 깨어나지 않을 것처럼 깊이 잠들어 있었다. 여자가 손을 뻗어 남자의 뺨을 더듬어 만졌다. 죽을 자리를 찾아서 떠돌고 있다는 그는 더없이 고귀한 존재이거나 한없이 나약한 겁쟁이일 수도 있었다. 죽음이 돌풍처럼 몰려와 낚아채 가기 전에 그의 손을 빌려야 했다. 살아서 저승에 다녀온 후에야 비로소 섬을 떠날 수 있다는 것을 그가 알 리 없었다.

여자가 방을 나와 헛간으로 갔다. 문고리가 떨어져나간 헛간 문이 저절로 열렸다가 닫혔다. 헛간의 전등은 오래전에 망가져서 켜지지 않았다. 여자는 어둠 속을 더듬어서 도끼와 톱을 찾았다. 탐조등 불빛이 지날 때마다 헛간이 잠깐씩 환해졌다. 물옷과 그물과 장화와 낚싯대 틈에서 시뻘겋게 녹이 슨 망치가 보였다. 헛간 벽 한쪽에 바짝 말라 있는 통나무 하나가 비스듬히 세워져 있었다. 여자는 톱과 도끼를 들고 헛간을 나왔다.

바람이 여자의 몸을 바다 쪽으로 잡아끌어 당겼다. 천둥 치는 소리와 함께 굵은 빗줄기가 쏟아졌다. 숱 많은 기다란 머리채가 뱀처럼 여자의 목을 휘감았다. 여자의 왼손에 들려 있던 톱이 마당에 떨어졌다. 여자는 젖은 두 손으로 도끼 자루를 움켜잡았다.

저승

접시에 담겨 있는 거무튀튀한 톳나물이 여자의 기다란 머리카락처럼 보였다. 남자는 하루 세끼 소반에 올라오는 톳나물을 입에 대지 않았다.

여자가 천천히 조금씩 밥을 입에 넣고 씹었다. 함께 밤을 보낸 뒤부터 여자는 남자와 함께 식사를 했다. 상에 올라오는 반찬은 늘 똑같았다. 마당에서 바다가 보이는 집에 머물고 있었지만 생선 한 토막 구경할 수 없었다.

한낮에도 섬은 정전이 된 듯 컴컴했다. 여자의 집에는 텔레비전과 라디오가 없었다. 들을 수 있는 것은 바람 소리와 빗소리뿐이었다. 밤이 되면 여자가 설령 마녀라고 해도 상관없다고 생각했지만 어둡고 긴 낮 동안 남자는 미궁에 빠진 사람처럼 초조했다. 바람은 멈추지 않았고 파도가 미쳐 날뛰었다. 뱃길은 열릴 기미가 보이지 않았다.

배낭 옆에 톱과 도끼가 놓여 있었다. 새벽에 남자는 비가 쏟아지는 마당에 서서 도끼를 휘두르는 여자를 보았다. 허공을 찍은 도끼날이 마당 한가운데로 날아가서 꽂혔다. 남자는 움찔 몸을 떨었다. 여자는 작두날을 타는 무녀처럼 거침이 없었다. 비바람과 광포한 바다를 다스리는 무서운 여신처럼 보였다. 민박집 어딘가에 여자에게 잡혀서 개와 돼지로 변한 손님들이 갇혀 있을 것 같았다.

남자는 우산을 쓰고 마당을 지나 밖으로 나갔다. 몇 발자국 앞으로 내딛자 쓸려갈 듯 지척이 바다였다. 남자는 해안선을 따라 걷기 시작했다. 어둑어둑한 길에는 개 한 마리 보이지 않았다.

언덕 위의 항로표지관리소로 가면 섬을 한눈에 볼 수 있을 것 같았다. 남자는 온몸으로 바람을 밀쳐내면서 힘겹게 언덕을 올라갔다. 항로표지관리소 출입문이 닫혀 있었다. 남자는 낮은 담장 너머로 관리소 안을 기웃거렸다. 마당을 사이에 두고 숙소와 사무실이 마주보고 있는 관리소는 쥐 죽은 듯 조용했다. 밤바다를 유령처럼 떠돌던 탐조등이 거대한 탑처럼 서 있었다. 깎아지른 절벽 아래로 출렁거리는 바다가 보였다. 바람이 남자가 들고 있는 우산살을 꺾었다. 남자는 우산을 바다에 던지고 언덕을 내려갔다.

숲에서 남자는 길을 잃었다. 언덕을 올라가기 전에 남자는 숲을 보지 못했다. 나무들이 빽빽한 숲은 미로처럼 얽혀 있었다. 남자의 머릿속에 비를 맞고 서서 도끼 자루를 휘두르던 여자의 모습이 떠올랐다. 검은 개 한 마리가 소리 없이 남자 앞으로 다가오더니 멈춰 서서 꼬리를 흔들었다. 주인을 마중 나온 것처럼 검은 개가 앞장서서 숲을 나갔다. 개는 여자의 집을 지나 밥집과 횟집이 있는 쪽으로 곧장 내달렸다. 남자가 빗속을 뛰어갔다.

남자가 술과 고기 냄새를 풍기면서 돌아왔다. 모처럼 양껏 먹고 마신 남자는 눕자마자 곧장 잠이 들었다. 배낭을 짊어지고 횟집 사내를 따라 여자의 집으로 왔던 날처럼 남자는 늙고 지쳐 보였다. 여자는 남자 곁에 눕지 않았다.

이튿날도 남자는 말없이 밖으로 나갔다. 섬의 하루는 지루하고 더디게 흘러갔다. 횟집에 모여 술을 마시고 있던 사내들은 남자가 원하는 만큼 충분히 술을 내주었다. 사내들은 남자가 어디에서 왔으며 어디로 갈지 묻지 않았다. 아무도 묻지 않았지만 술 취한 남자는 저 혼자 떠들어댔다. 남자는 말을 할 수 있는 사내들과 함께 있다는 것만으로도 충분히 안심이 되었다. 남자는 민박집 방 안에 놓여 있는 톱과 도끼에 대해서 지껄여댔다. 여자가 마녀일지도 모른다고 말하면서 신경질적으로 웃음을 터뜨렸다. 사내들은 웃지 않았다.

수천수만 개의 창살 같은 빗줄기가 바다 끝에서부터 휘몰아쳐 왔다. 바람에 넘어진 횟집 입간판이 공중으로 날았다. 바다는 탐조등 불빛까지 집어삼킬 기세로 거칠게 날뛰었다.

남자가 비틀거리면서 자리에서 일어났다. 사내 하나가 횟집 출입문을 열었다.

폭풍에 헛간 문이 떨어져나갔다. 빗줄기가 지붕을 뚫을 기세로 쏟아졌다. 바람은 섬을 통째로 집어삼키겠다는 듯 거침이 없었다. 남자는 돌아오지 않았다. 돌아올 수 없었다.

해가 지고 달이 떴다. 여자는 공들여 몸을 씻고 옷을 입었다. 집을 나가기 전에 여자는 남자가 머물렀던 방을 잠깐 돌아보았다. 남자는 예고 없이 찾아왔고 도망치듯 사라져버렸다. 아비의 베개를 썼던 두 명의 손님 역시 마찬가지였다. 얼굴과 목소리가 달랐지만 그들은 모두 낡고 무거운 배낭을 남겨두고 떠났다. 체구가 크고 건장한 남자들은 여자의 손에 들려 있는 톱과 도끼를 보고 두려워서 뒷걸음질 쳤다. 평생 톱과 도끼 따위를 본 적도 만져본 적도 없다는 듯 혼비백산해서 달아났다.

바닷길이 열리자 섬사람들은 꼭꼭 닫아걸었던 문을 열었다. 횟집 사내들은 낚시 도구를 챙겨 들고 바다로 갔다. 첫 배가 들어와서 관광객을 부려놓았다. 그 배를 타고 나간 사람은 없었다.

맨발에 닿는 흙의 촉감이 부드러웠다. 태풍에 쓰러진 나무들이 숲에 널려 있었다. 여자는 숲을 지나서 언덕을 넘었다. 고요하고 잔잔한 바다를 탐조등 불빛이 애무하듯 쓸고 지나갔다. 여자는 해안가를 따라 걸었다.

선착장 앞에서 여자는 멈춰 섰다. 바다 저편에 보이는 육지가 손에 닿을 듯 가까웠다. 탐조등 불빛이 비켜간 틈에 여자는 재빨리 옷을 벗었다. 달빛 아래로 작고 야윈 여자의 몸이 드러났다. 여자는 바다를 향해 한 걸음 내딛었다. 바닷물은 차갑지 않았다. 바닷물이 여자의 몸 위로 거침없이 차올랐다. 손과 발을 길게 뻗자 여자의 몸이 풍선처럼 가볍게 떠올랐다. 여자는 천천히, 쉬지 않고 육지를 향해 헤엄쳐갔다. 둥근 달이 순풍과 함께 여자를 따라왔다. 육지에 닿을 때까지 여자는 멈추지 않았다. 15년 동안 밤낮없이 섬을 떠돌았던 그것은 여자와 함께 사라졌다. 올빼미 눈을 가진.

| 해설 | 이만영(문학평론가)

증상의 서사와 소설의 병리학

"분석을 더 멀리까지 밀고 나가야 한다……
그 병(病)을 필수적이며 의미 있는,
그리고 역사적인 것으로 만들어주는
환자 개인적 역사의 차원을 분석해야 하는 것이다."

- 미셸 푸코

"이방인은 타자가 아니다……
가족과 공동체와 도시와 국민 또는 국가의 저쪽 외부로,
이쪽 외부로 추방해버린 극도의 타자가 아니다."

- 자크 데리다

1. 서사의 중핵으로서의 증상

단언컨대, 나는 이토록 증상(symptom)이 반복되고 변주되는 소설을 본 적이 없다. 서성란의 소설은 그야말로 질병의 서사라고 해도 좋을 만큼 수많은 병리적 신체들이 반복적으로 재현된다. 가령 그녀의 소설에서는 악성 치매에 걸려 기억의 회로 자체가 언제든지 끊어져 버릴 수 있는 노인이 서사 속을 배회하고, 자궁암을 극복한 이후 골다공증에 걸려 언제 무너질지 모르는 신체를 가진 60대 여성이 등장하며, 정체를 알 수 없는 소리가 귓속에 맴도는 이명증

환자 혹은 타인과 세계를 향해 어떠한 말도 할 수 없는 실어증 환자들이 범람한다. 서성란은 이러한 '병든 신체'를 호명함으로써 견고한 생산-소비 질서의 메커니즘 바깥에 위치한 자들, 다시 말해 이미 병들어버려서 아무짝에도 쓸모없다고 간주되는 무용한 인간들의 목소리를 경청하기 위한 서사적 문법을 창안해낸다. 나는 이 문법을 일종의 심폐소생술이라고 명명하고 싶은데, 그 이유는 그녀의 소설이 자신의 고통을 온전히 발화할 수 없었던 환자들, 즉 삶 혹은 세계의 가장자리에 놓여 그간 침묵할 수밖에 없었던 자들의 입에 생기를 불어넣고 있기 때문이다.

우리가 주목할 것은, 그녀의 소설에 등장하는 '병든 신체'들이 곧장 '병든 세계'를 은유하는 수사적 장치가 아니라는 사실이다. 서성란은 병든 신체 자체를 부정적인 것으로서 묘사하지 않는다. 오히려 그녀는 그 신체를 불온한 것으로 간주하는 인식, 그리고 병리적 증상 속에서 허우적대는 인간들을 배제되어야 할 존재로 바라보는 보편적 인식 자체를 문제적인 것으로 간주한다. 생산이 미덕으로 간주되는 지금의 시점에서, 병든 자들은 비효율적인 존재로 간주될 뿐 어느 곳에서도 환대받을 수 없다. 이리하여 증상은, 어떠한 삶의 국면에서 누구에게나 나타날 수 있는 압도적 실재가 될 수 있음에도 불구하고, 그 자체로 부정되고 거세되어야 할 무엇으로 남아 있을 수밖에 없다. 사정이 이러하니, 서성란 소설에서 병든 자들은 삶과 세계의 가장자리에 놓여 절체절명의 위기 상황을 맞이할 수밖에 없는 것이다.

그렇다면 이러한 위기 상황을 맞이한 자들을 위해 서성란이 마련한 심폐소생술은 구체적으로 어떠한 방식으로 이루어지는가. 먼저 그것은 단연 푸코적이라고 할 만한데, 그 이유를 설명하자면 이렇다. 서성란은 자신의 소설 속 환자들의 고통 자체를 재현하는 데 집착하지 않는다. 오히려 그녀는 고통의 기원을 파악하기 위해 환자 개인의 역사를 추적하고 또 재현한다. 이는 어떠한 질환의 기원을 명확히 밝히기 위해서는 그 질환을 단순히 퇴행이라고 진단하기에 앞서 환자 개인의 역사를 추적해 가야 한다는 푸코의 관점과 명확히 맞아떨어진다.[1] 다시 말해 환자가 가진 질환 자체를 교정되어야 할 퇴행적 사태로 보지 않고 환자가 그렇게 될 수밖에 없었던 개인의 역사를 추적해 가는 것, 그것이 바로 서성란이 택한 소생술의 구체적인 방법인 것이다. 이를테면 거짓말을 통해 자기 자신을 끊임없이 포장하려 하는 여자의 내밀한 비밀을 밝히고(「504호, 604호」), 이명증에 시달려 섬으로 도피하다시피 내려온 남자의 비극적 과거를 조명하며(「톳밥」), 좀처럼 말을 하지 않는 실어증 환자들이 가진 상흔의 기억을 낱낱이 열거해주는 서사(「부겐빌레아 날리는 오후」, 「올빼미 눈을 가진」, 「침대 없는 여자」)는 그녀의 소설 윤리학을 함축적으로 드러낸 것이라 할 수 있다. 그리고 다른 하나의 방법론이 있다면, 그것은 데리다적인 것이다.[2] 왜냐하면 죽음의 위협

1) 미셸 푸코, 『정신병과 심리학』, 박혜영 옮김, 문학동네, 2002. 특히 이 책의 2장을 참조.
2) 자크 데리다, 『환대에 대하여』, 남수인 옮김, 동문선, 2004. 특히 pp.55~155쪽 참조. 부기하자면 데리다는 분명 국경을 넘어선 외국인, 즉 자신의 언어를 상실한 채 동일자의 언어를 강요받는 이방인을 중심으로 논의를 펼치고 있다. 하지만 데리다가 말하는 이방인은 우리 안에 살아 있는 (그러나 결코 살아 있다고 말할 수 없는) 타자를 광범위하게 상정하고 있다는 점에서, 서성란의 소설 속 '병든 신체'는 데리다적인 이방인 개념과 접속될 수 있다.

에 노출되어 결코 살아 있다고 볼 수 없는 환자들(「디그니타스로 가는 열차」, 「당신의 몸」) 혹은 자신의 언어가 아닌 언어를 강요받는 가운데 자신이 가진 꿈을 거세당하는 외국인들(「막」), 그리고 보험이나 국가라는 방어 장치로도 구원받을 수 없는 존재들(「6인실」, 「오송(五松)」)처럼 삶과 죽음 내지 세계 안과 세계 바깥의 틈에 끼어 있는 이방인적인 존재들과 그들의 상실된 권리를 서사화하고 있기 때문이다. 따라서 그녀의 소설을 제대로 읽기 위해서는, 소설 속 환자들의 병리적 증상이 무엇인지 혹은 그 증상을 어떻게 치유해 가는지를 파악하기보다는 병리적 증상을 구성해왔던 연원을 서사적으로 재구성할 수 있어야만 한다. 뿐만 아니라 그러한 병리적 증상들에 시달리는 이방인들의 목소리, 다시 말해 귀에 거의 들리지 않았던 그 목소리들을 듣기 위해 그간 마비되어 왔던 우리의 감수성을 회복시킬 수 있어야 한다. 이를 염두에 두고 그녀의 소설 속으로 들어가 보자.

2. 신체의 오작동, 그 기원에 관한 글쓰기

서성란 소설의 인물들이 겪는 병리적 증상은 결코 사라지지 않는 얼룩처럼 주체의 주위를 맴돈다. 그러니까 그것은 치유될 수 없는 무엇, 즉 라캉적 의미의 실재(The Real) 개념과 맞닿아 있는 것처럼 보인다. 가령 "떨쳐버리려고 할수록 그악스럽게 달라붙는 악몽 같은 그날의 기억"으로 인해 이명증에 시달리는 남자(「톳밥」), "한날

한시에 눈앞에서 사라져버린 부모를 영영 만날 수 없다는 사실" 때문에 실어증에 걸린 아이(「부겐빌레아 날리는 오후」), 배낭을 두고 홀연히 사라진 엄마의 기억 때문에 끊임없이 배낭에 집착하는 여인(「올빼미 눈을 가진」) 등이 이를 잘 드러낸다. 이처럼 서성란의 소설에 등장하는 '병든 신체'는 그악스럽게 주체를 맴도는 외상적 기억과 깊은 관련을 맺고 있다.

「톳밥」에서 '그'는 이명증을 이겨내기 위해 섬을 찾아왔지만 증세는 결코 해소되지 않은 채로 남아 있다. 그 이유는 고통의 기억, 즉 아내와 입양한 딸이 익사했던 기억이 그의 머릿속에 잠복해 있기 때문이다. 게다가 섬 곳곳에서 목격되는 '톳'은 그로 하여금 죽은 아내와 아이의 머리카락을 상기시키게 하고, 죽음의 기억을 은유하는 것으로 보이는 '검은 개'는 그를 줄기차게 따라다닌다. 요컨대 그를 고통스럽게 하는 이명증, 섬에 있으면서 줄기차게 목격하는 '톳', 끊임없이 그의 주위를 맴도는 '검은 개'는 죽은 아내와 딸의 기억을 환기시키는 매개물이다. 고로 이명증을 극복하고 아내와 딸의 기억을 지워버리기 위한 그의 기획은 결국 수포로 돌아갈 수밖에 없다. 떨쳐내고 싶어도 떨쳐낼 수 없는 외상적 기억, 그리고 그와 연루된 '병든 신체'는 이제는 받아들여야 할 것으로 간주된다. 그래서 그는 "이명을 쫓으려고 손바닥으로 귀를 막지 않았다. 그는 소리에 집중했고 온몸으로 느껴보려고 안간힘을" 쓰는 것이다. 이처럼 외상적 기억과 그로 인해 발생된 병리적 증상들은 일순간에 소거될 수 있는 것이 아니라, 주체의 주위를 끊임없이 맴도는 실재임에 틀림없다.

「톳밥」이 이명증에 시달리는 남자의 서사를 다뤘다면, 「부겐빌레아 날리는 오후」, 「올빼미 눈을 가진」, 「침대 없는 여자」는 언어를 잃어버린 실어증 환자들의 서사를 다룬다. 「부겐빌레아 날리는 오후」에서는 실어증에 걸렸거나 걸려 있는 네 사람이 등장한다. 정애의 아들 사윤이는 유년시절을 보낸 독일에서 한국으로 돌아온 직후부터 침묵으로 일관하고, 분홍이는 어린 시절 부모님을 잃은 이후 말을 잃었으며, 한국말이 서툰 필리핀 여자 주디는 "솔뫼마을에서 가장 말수 적은 사람"으로 취급받았다. 게다가 정애의 친구 유리는 결혼 6년 만에 얻은 아이를 유산하고 자신이 맡았던 반 학생의 자살 소식을 들은 이후, 말을 거의 하지 못한 경험이 있다. 이 중에서 주목해야 할 인물은 유리이다. 유리는 우연한 계기로 자신의 언어를 되찾아, 언어를 잃은 자들에게 말을 가르치는 언어치료사 역할을 담당하게 된다. 그녀가 언어를 되찾게 된 계기는 이 작품에서 중요한 의미를 함축한다. 아이를 유산한 이후에 언어를 잃었던 유리는 부겐빌레아가 날리는 마당에서 우연히 인도 여인과 고통을 나누는 체험을 한 이후부터, 언어 없이도 고통의 감각을 교류할 수 있다는 사실을 깨닫게 된다. 비로소 언어를 가르치고 배운다는 것이 곧 타자의 고통을 교감하고 어루만지는 것임을 알게 된 것이다. 따라서 "그것이 부겐빌레아 덩굴이라는 것을, 꽃이라고 생각했던 것이 사실은 잎이라는 것을, 분홍색 잎 속에 흰 꽃이 숨어 있다는 것을" 깨닫는 것은 다음과 같은 작가적 윤리를 응축하고 있다. 드러난 것(증상)만으로 그 사람을 이해하는 것이 아니라, 그리고 말해진 것(증상)만으로 그 사람을 파악하는 것이 아니라 증상의 기원이라 할 수 있는 은폐된 기억과 고통을 경청하고 위무해줄 수 있어야 한다는 윤리 말이다.

「올빼미 눈을 가진」과 「침대 없는 여자」에서도 증상의 기원으로서 외상적 기억들이 낱낱이 드러난다. 특히 에우리피데스의 비극 『엘렉트라』의 내용을 차용한 것으로 보이는 표제작 「침대 없는 여자」에서는, 10년 전 결혼하기로 약속된 날에 일어난 교통사고로 인해 얼굴이 훼손되고 두 다리가 절단된 여성 '나'가 등장한다. "죽은 신부는 영원히 스물여덟 살의 젊은 여자로 기억되겠지만 나는 살았다고 할 수 없는 시간들을 꾸역꾸역 살아가고 있다"는 진술에서 확인되듯, '나'의 삶의 시계는 10년 전부터 멈춰 있다. 단 한 번의 사고로 인해 자신의 얼굴과 다리, 아빠와 남동생, 심지어 언어마저 잃게 되었기 때문이다. 이렇듯 '나'는 10년 전부터 '죽어버린 삶', 결코 살았다고 볼 수 없는 삶을 꾸역꾸역 살아가고 있었던 것이다. 실어증에 시달리는 그녀는 오로지 단 하나의 믿음, 즉 엄마가 그 불행한 사고를 모두 기획했다는 왜곡된 믿음에 집착하게 되고, 그 결과 엄마를 죽여야 한다는 불온한 욕망을 계속해서 품는다. 이러한 '나'의 엘렉트라 콤플렉스를 단순히 정신분석학적 의미의 퇴행으로 진단하는 것은 그다지 어렵지 않다. 이러한 진단과 해석보다 더 중요한 것은, 그러한 퇴행이 일어날 수밖에 없는 개인의 외상적 기억들이 묵직한 무게감을 가지고 발화되고 있다는 사실이다. 고로 이 작품의 방점은 '퇴행'이라는 진단에 있는 것이 아니라, 그러한 간명한 해석만으로 설명될 수 없는 '개인의 역사'에 있다.

3. 황혼의 시간, 마모되는 육체

한 인간이 '병든 육체'로 연명할 수밖에 없었던 원초적 진앙지를 탐사하는 것, 그렇게 함으로써 은폐되어 왔던 외상적 기억을 드러내는 것, 그것이 바로 서성란의 주된 창작 방식이다. 그러나 이와 더불어 그녀가 간과하지 않는 것이 하나 있으니, 그것은 삶과 죽음의 경계에 놓여 있는 이방인과 같은 존재, 즉 노년기를 거치면서 육체가 마비되고 실존적 감각이 망실되는 자를 재현하는 방식이다.

「디그니타스로 가는 열차」는 마모되고 쇠락한 육체로 노년을 견뎌내는 인물을 다루고 있다. 이 작품에서 '그'는 아내의 죽음 이후, 치매 증상이 급격하게 심화된다. 결국 요양병원에 입원한 그는, 기억과 더불어 휘발되는 자신의 존재를 인식하게 된다. 이 소설의 주된 공간이라 할 수 있는 요양병원은 익명의 기호만이 지배하는 세계이다. 치매에 걸린 노인들은 자신의 고유명을 잃은 상태에서 모두 하나같이 "죽지 않았지만 더 이상 존재하지 않"는 존재로 간주된다. 따라서 이 공간은 이미 상징적인 죽음을 맞이한 자들, 즉 삶 혹은 세계의 가장자리에 가까스로 붙어 있는 이방인들의 세계이다. 이러한 공간에 유폐되어 있는 그는, 안락사를 지원하는 디그니타스 병원에 가서 자발적인 죽음을 선택하고자 한다. 하지만 그가 실현하고자 하는 자발적 죽음은 어디까지나 환상 속에서만 가능할 뿐, 결코 실현되지 않는다. 디그니타스 병원에서 죽음을 맞이하고자 했던 그의 꿈과는 다르게, 환상에서 깨어나자마자 그가 대면했던 여자는 자신의 죽은 아내가 아니라 요양병원 201호에 입원한 여자였다. 이처럼 "죽음으로써 비로소 삶을 완성"하고 싶었던 그의 희망 자체는 그야말로 실현 불가능한 희망에 불과했다. 기억의 총체적인 붕괴 상태라 할 수 있는 치매는 죽고자 하는 그의 의지를 언제든 마비시킬 수 있었던 것이다. 비록 작품의 결말에 직접적인 언급이 없을지라도, 앞으로의 그의 운명을 예측하기란 그리 어려운 일은 아닐 것이다. 아마 그는 끝내 자발적 죽음을 실현하지 못하고 "의지와 상관없이 망각의 세계로 사라져버리는 자신을 통제"하지 못한 채, 기억과 망각의 경계선 위를 위태롭게 넘나들며 살게 될 것이다. 그리고 그는 수동적으로 의식의 사라짐을, 더 나아가 육체가 정지되는 순간을 그저 무덤덤하게 받아들여야만 할 것이다. 이렇듯 이 소설에서는 자신의 이름조차 제대로 호명받지 못한 채, 찰나의 기억에 의존하여 살아가야 하는 한 남자의 '황혼의 시간'을 냉랭한 시선으로 응시하고 있다.

「디그니타스로 가는 열차」의 '그'가 치매의 굴레 바깥을 벗어나지 못한 채 황혼의 정점을 맞이하고 있다면, 「당신의 몸」의 '그녀'는 '육체적 감각의 복원'이라는 방식을 통해 황혼의 시간을 재생의 시간으로 인식한다. 그녀는 암 때문에 자궁을 도려낸 경험이 있는데다가 60대에 접어든 지금은 골다공증까지 걸린 상태이다. 자궁이 사라진 이후에도 수시로 찾아온 고통은, 그녀로 하여금 육체적 감각과의 결별을 선언하게 했다. 그 결과 그녀는 최소한의 식사만을 하는 소식가(小食家)로, 또 남편과의 섹스를 원치 않는 여자로 살아왔다. 하지만 급성 뇌경색으로 쓰러져 팔과 다리를 움직이지 못하는 친구 재희를 보고, 그녀는 사라져버린 육체의 감각을 복원시키고자 한다. 허기진 사람처럼 고구마 케이크와 고기 등을 단숨에 먹어 치우고, 한 번도 해본 적 없는 자위행위를 통해서 언제 무너져 버릴지 모르는 허름한 육체를 재생시키려 한 것이다. 그에 따라 그녀는 비로소 자신의 몸이 "무색무취의 사물(死物)이 아니었"음을, "감각은 의지만으로 사장되는 것이 아니었"음을, "욕망은 사라진 것이 아니라 숨이 있었을 뿐"임을 인식하게 된다. 따라서 "아기가 세상에 태어나서 걸음마를 배우는 것처럼 그녀의 몸은 (중략) 다시 걸음마를 시작해야 할지 몰랐다"는 결말부의 문장은, 60대라는 황혼의 시간을 마모와 소멸의 의미만이 아니라 재생과 성장의 의미로 이해해야 한다는 당위의 문장으로 읽어야 한다.

비록 위의 두 작품에 제시된 노쇠한 육체는 아니지만, 「504호, 604호」는 훼손된 육체 혹은 자신의 치부를 감추거나 위장하면서 살아가야 하는 두 여성 인물을 서사의 중심에 배치하고 있다. 이 작품에서는 실직한 남편의 이상한 행동(야밤에 아파트 벽을 등반하는 행위)을 제어하기 위해 남편의 음식에 신경안정제를 타 먹이는 604호 여자와 민머리 때문에 항상 모자를 쓰고 다니면서 자신을 과대 포장하며 살아가는 504호 여자가 등장한다. 주목할 것은, 604호 여자가 504호 여자처럼 차츰 위장의 처세술에 익숙해진다는 사실이다. 남편을 대신해 돈을 벌기 위해서는 품위 있는 여성처럼 보여야 하기 때문에, 604호 여자는 더 화사한 정장을 입고 세련되게 화장을 한다. 그와 동시에 그녀는 밤마다 아파트 벽을 타는 기이한 남편에게 더 많은 신경안정제를 먹이고 싶어 한다. 그렇게 해야만 화장품 방문판매원으로서 체면을 유지할 수 있고, 더 많은 화장품을 팔아 생계를 유지할 수 있기 때문이다. 504호 여자에게는 모자가 자신의 치부를 감추는 도구였다면, 604호 여자에게는 세련된 화장과 남편에게 먹이는 신경안정제가 자신의 치부를 감추는 도구였다. 이러한 위장의 처세술은 질병, 고통, 치부를 드러낼 수 없는 현실적 조건 속에서 체득한 생존 방식임에 틀림없지만, 사실 그것은 두 여자가 가진 질병이나 치부를 극복하는 데 있어서는 어떠한 효험을 갖지 못한다. 그럼에도 불구하고 그들이 위장 혹은 감춤의 제스처를 반복할 수밖에 없는 이유는 분명하다. 그 행위야말로 그들이 세계의 가장자리에서 비루한 삶을 지탱하며 살아가는 유일한 방법이기 때문이다.

4. 존재의 심연을 응시하는 렌즈

「막」이나 「6인실」에서는 앞서 다룬 작품들처럼 특정한 증상에 시달리는 인물이 등장하지는 않는다. 하지만 우리는 주어진 삶의 조건들을 개선시킬 만한 출구를 마련하지 못한 자의 '존재론적 증상'을 두 작품에서 읽어낼 수 있다. 희망의 좌표를 제대로 설정할 수 없는 외국인 노동자(「막」), 그리고 자신과 가족을 위한 마지막 안전장치로 꼬박꼬박 보험료를 납입했지만, 결국 보험금을 수령하지 못한 채 급작스러운 죽음을 맞이하는 여성(「6인실」)은 모두 꿈꾸는 바를 이루지 못한 채 창백한 얼굴로 살아가야 하는 우리의 자화상들이라고 할 만하다. 이 인물들은 국가라는 공적 보호 장치로도, 보험이라는 사적 보호 장치로도 구원받지 못하는 유령 같은 존재들이다. 따라서 자신의 삶을 스스로 구원할 수 없고, 몰락해가는 삶을 붙들어 맬 수도 없는 이들에게서 구원의 이미지를 읽어내기는 어려울 수밖에 없다. 이처럼 살고 있지만 결코 살아 있다고 말할 수 없는 존재, 세계를 좀처럼 친근하게 느낄 수 없는 이 낯선 주체는 또 다른 의미의 '병든 주체'라 할 만하다.

위의 두 작품과 유사한 방식으로, 국가의 폭력('오송회 사건')으로 인해 병들어버린 주체를 응시하고자 한 작품이 바로 「오송(五松)」이다. 이 작품에서 소설가인 '나'는 민주화운동기념사업회 회지 발간을 위해 오송회 사건에 연루되었던 자들을 취재한다. 취재 과정에서 '내'가 발견한 것은 오송회 사건 피해자들이 "진실이 밝혀진다고 해도 시간을 되돌릴 수는 없고 파괴되어 버린 인간의 내면은 영영 치유받지 못할 거"라는 사실이었다. 찬란한 20대를 감금과 고문 속에서 보낸 이들은, 역사와 세계와 자기를 혐오하면서 살아왔다. 그런 이들을 위해서 '내'가 할 수 있는 일이란 무엇인가. 서성란의 답은 이러하다. "나는 가방에서 카메라를 꺼내 수많은 남자들의 일그러진 얼굴과 바싹 말라 있는 연못과 공원 구석구석을 렌즈에 담기 시작했다." 이는 누구에게도 기억되지 않는 사건과 병든 주체들을 응시하고 또 서사 속에 담아내겠다는 작가적 의지를 요약적으로 제시한 문장이다. 분명 '내'가 꺼낸 이 렌즈는 '일그러진 얼굴'을 하고 있는 병든 주체들의 삶을, 그리고 충분히 발화되지 못한 그들의 존재론적 심연을 들여다보는 렌즈임에 틀림없다. 고로 이 소설은 일차적으로는 사라져가는 역사적 기억을 소환하는 증언의 서사이지만, 궁극적으로는 치유받지 못한 자들의 절망감과 그것의 연원을 기필코 서사화하고야 말겠다는 작가의 윤리를 함축한 작품이라고 봐야 할 것이다. 그리고 그러한 윤리는 결국 배제되고 낙오된 주체들을 환대할 수 있어야 한다는 작가의 온기 있는 목소리까지도 담지하고 있다.

의사와 소설가는 모두 인간의 병리적 증상을 다룬다는 점에서 동일한 직업적 의무를 갖는다. 하지만 이 둘의 차이는 분명 있다. 의사가 증상을 순수하게 과학적 사실로서 다루는 반면, 소설가는 그것을 과학적 사실로 환원시키지 않는다. 소설가는 증상을 과학이 아닌 존재의 뿌리에서 해석한다. 그 뿌리라 함은 고통을 유발하는 원초적 기억을 의미할진대, 서성란은 은폐된 기억들을 소환함으로써 병리적인 주체들의 냉랭해진 심장을 어루만진다. 병든 주체를 위해 모두가 죽음의 향을 피워 올리려할 때, 서성란은 마치 그 주체들이 아직 하지 못한 말들이 있다고 항변하듯 그들의 잃어버린 서사와 목소리를 되찾아준다. 온 힘을 기울여 '병든 신체'의 은폐된 기억과 고통을 응시할 때 비로소 그들의 고통에 기꺼이 동참할 수 있다는 것, 그것이 바로 서성란의 소설이 우리에게 던지는 윤리적 함성이다.

| 작가의 말 |

햇살 좋은 한낮, 어머니가 마당에서 배추를 다듬어 고무 함지에 절이고 있었다. 커다란 가방을 손에 든 남자가 열어놓은 대문 안으로 들어왔다. 나는 토방에 쭈그리고 앉아서 낯선 남자를 유심히 바라보았다. 남자가 배추를 절이고 있는 어머니에게 다가가더니 주저 없이 커다란 가방을 열었다. 남자의 가방에서 몇 권의 책과 전단지가 나왔다. 굵은소금이 묻은 손으로 남자가 내민 전단지와 책을 받아들고 한참을 들여다보던 어머니는 부엌으로 가서 꼬깃꼬깃한 지폐를 들고 나왔다. 저녁 무렵에 남자가 커다란 상자를 가지고 왔다. 상자를 열어보니 책이 빽빽이 들어 있었다. 어머니는 계몽사에서 나온 '소년소녀세계명작동화' 스물다섯 권을 월부로 샀다. 원래는 한 질이 오십 권인데 어머니는 반절만 샀던 것이다. 이 책을 전부 읽으면 나머지를 사 주마. 어머니가 언니에게 말했다. 초등학생인 셋째 언니를 위해 산 동화책이었다. 내가 언니의 책꽂이에 꽂힌 동화책 스물다섯 권 중에 가장 먼저 읽은 것은 루이자 메이 올컷의 『작은 아씨들』이었다. 책을 펼치자마자 나는 단숨에 읽어 내려갔다. 글씨가 작고 드문드문 흑백으로 그려진 그림이 삽입된 동화책을 읽으면서 나는 글자들 속에 재미와 즐거움이 있다는 사실을 난생 처음 깨달았다. 나는 막내인 에이미에게 유난히 애착이 갔다. 그건 내가 네 자매 중 막내였기 때

문이었다. 작은 아씨들 중 둘째인 조처럼 나의 둘째 언니도 책 읽기를 좋아하고 밤이면 혼자 공책에 무언가를 끼적거리곤 했다. 중학생인 둘째 언니의 책꽂이에는 세로로 글자들이 빽빽한 삼중당 문고들이 꽂혀 있었다. 어머니가 사 준 동화책 스물다섯 권을 모두 읽었지만 나머지 스물다섯 권은 집으로 배달되지 않았다. 어머니는 약속을 지키지 못했다.

작업실 청소를 하다가 낡은 흑백사진과 연애편지와 오래전에 썼던 산문이 실린 책자를 발견했다. 청소를 하다 말고 쭈그리고 앉아서 사진을 보고 연애편지를 읽었다. 교보문고에서 발행되었던 『THE BOOK』이란 잡지의 2002년 2월호에 실린 산문 제목은 「아직 읽지 못한 스물다섯 권의 동화책」이었다.

나를 위해 사준 것은 아니었지만, 스물다섯 권의 동화책은 내가 엄마한테 받았던 최초이자 마지막 선물이었다. 대여섯 살 무렵, 어느 한낮의 풍경을 나는 놀랍도록 생생하게 기억하고 있다. 햇살이 환했던 마당과 고무 함지에 배추를 절이고 있던 엄마와 토방에 앉아 있던 나의 모습. 커다란 가방을 들고 마당에 들어섰던 남자와 그의 가방에서 나왔던 전단지며 책들. 굵은소금이 묻어 있던 엄마의 손과 집으로 배달되었던 분홍 표지의 동화책 스물다섯 권.

엄마는 약속을 지키지 않았다. 지킬 수 없었다.

스물다섯 권의 동화책은 글자들이 모여서 마술 같은 즐거움을 만들어낸다는 사실을 알게 해주었고 읽을 수 없었던 스물다섯 권의 책은 아쉬움과 간절한 기다림으로 남아 있었다.

절실한 마음으로 기다린다는 것이 어떤 것인지 알게 해주고 소설을 쓰게 만들었던, 그러나 나의 소설을 한 편도 읽을 수 없었던 엄마에게 이 책을 드리고 싶다.

침대 없는 여자

2015년 5월 1일 1판 1쇄 찍음
2015년 5월 8일 1판 1쇄 펴냄

지은이 서성란
펴낸이 김남일
편집 이호석, 박성아, 이승한
디자인 김현주
관리 · 영업 김태일, 박윤혜

펴낸곳 (주)실천문학
등록 10-1221호(1995.10.26)
주소 서울특별시 마포구 월드컵로10길 48 501호(서교동, 동궁빌딩)
전화 322-2161~5
팩스 322-2166
홈페이지 www.silcheon.com

ⓒ 서성란, 2015

ISBN 978-89-392-0730-1 03810

이 책 내용의 전부 또는 일부를 재사용하려면
반드시 지은이와 실천문학사 양측의 동의를 받아야 합니다.